Gratulatio
nuptiarum

転生大魔女の異世界暮らし

～古代ローマ風国家で始める魔法研究～

II

AUTHOR

灰猫さんきち

TOブックス

CONTENTS

登場人物紹介

ティト

ゼニスの子守役。
ゼニスの研究に
一番付き合っている人物。

ゼニス

本作の主人公。
ユピテル共和国の下級貴族の子。
魔法を愛し、研究に打ち込む。

アレク

ゼニスの弟。

オクタヴィー

フェリクス本家のお嬢様。
ゼニスの師匠で後見人。
風魔法が得意。

ティベリウス

フェリクス本家の長男。
ゼニスの魔法の才を
見込んでいる。
オクタヴィーの兄。

ランティブロス

ユピテルの東に位置する
エルシャダイ王国の第三王子。
留学中はゼニスが
面倒を見ることに。

第V章

魔法学院のちびっこ先生

TENSEI DAIMAJYO NO ISEKAIGURASHI

新しい季節と新しい仕事

今年の夏は大忙しだった。

夏が終わり秋になった今、ようやく振り返る余裕が生まれたくらいに。

フェリクスのお屋敷の中庭で、私は秋の青空を見上げた。

最初は、ひょんなことで屋台を営む少年マルクスに出会ったのが、始まりだったね。

そうして彼と一緒に、氷の商売を始めたんだ。

ユピテルの暑い夏に、魔法で作り出した氷の商売は大ヒットしたよ。

毎日、列柱回廊《フォルム》と呼ばれるユピテル共和国独特の公共広場に通って、魔法の氷からかき氷を作り、魔法の氷で飲み物を冷やして売りに出した。

何せこの古代世界に冷蔵庫はない。首都のような大都市の街なかだと井戸もなくて、水といえば公共水道のぬるい水だけ。中世ヨーロッパみたいに清潔な飲み水確保に苦労しないだけずいぶんマシではある。けれどそれでもやっぱり、冷たくて美味しい飲み物の魅力はすごかった。

カッと照りつけるような夏の太陽の下、マルクスの小さい屋台ではさばけないほど、毎日お客さんが大挙して押し寄せたっけ。

偶然に発見・製作した魔法素材『白魔粘土』の力もあって、氷の供給量をアップさせて。屋台だけじゃなくちゃんとしたお店も出して、大繁盛したんだよ。

私の目的はお金稼ぎだった。たっぷりとお金を稼いで魔法の研究資金にしたかった。今後何年分も、何なら一生分の資金をガッツリと稼ぎたかった。

だから、このくらいの成功じゃあまだまだ満足していない。

そう。実のところ、かき氷と飲み物の商売は前哨戦に過ぎない。

本命は次の段階——ユピテル共和国の輸送革命、冷蔵運輸にある。

前世の物流では欠かせなかった、冷蔵と冷凍を使った運送。

これをユピテルに導入すれば、どれだけの儲けを得られることか！

大貴族フェリクスの次期当主、ティベリウスさんはそれを正しく理解してくれた。むしろ私よりも深く考えて、このユピテルという国を変えるための手段にしようとしているようだ。

けれど、そのためにはまだ課題が残っている。

一つは白魔粘土の不足。

画期的な魔法素材である白魔粘土は、他の素材の追随を許さないくらいの高い断熱・保冷性能を誇る。冷蔵運輸には絶対に必要である。

それなのに数が足りない。

白魔粘土は能力の高い魔法使いでないと製作が出来ない。これは、次の問題に直結している。

二つ目。魔法使いの人材が絶賛不足中。

魔法は、氷の商売で注目される前までは、つまりごくごく最近まで全く人気のない技術だった。

魔法使いは軍人になるくらいしか職業の幅がなくて、使い潰しの利かない職だと思われていたんだ。まったくひどい話である。魔法はこんなにも不思議とロマンにあふれているっていうのに！

それで、魔法使いを育成するための施設も一つしかない。

私の母校でもある、首都ユピテルの魔法学院だ。

この魔法学院は扱いとしては私塾で、規模も小さい。三年制で一年ごとに十数人しか学生がいない。

しかも学生のほとんどが小金持ちの次男三男や女子で、「どうせ家の後継ぎになれないし、軍隊に入るのに優遇される魔法使いにでもなっとくか～」くらいの意識の低さなのである。熱意を持って魔法に取り組んでいる人は皆無だ。

めちゃくちゃ嘆かわしいッ！　きみたちには浪漫《ろまん》を解する心はないのか!?

まあ、それはともかく。

今年の氷の商売で、魔法に対する流れが変わってきた。

まず、魔法学院の経営権をフェリクスが取った。以前は別の大貴族家と折半するような形で経営していたが、完全にフェリクスが買収したそうな。

次に魔法使いの育成強化が掲げられた。

魔法の新しい可能性を広めて、魔法学院への入学者を増やす。同時に教育カリキュラムも見直して、より質の良い人材を育てる。

その第一歩として、私の『魔力回路理論』が採用された。学院の卒業課題で論文にまとめて提出した、体内魔力の挙動と操作に関しての考察だ。

これは前世の科学や医学の知識（といっても素人レベルだけど）を盛り込んだ内容だったので、その辺りの基本的な知識が薄いユピテル人たちに不評であった。

せっかく全身ベトベトになりながら、お尻から熱風が出そうになりながらすごく頑張って書いた論文だったのに、オクタヴィー師匠などは「ふーん？　まあいいけど」の一言。他の教師陣の反応も冷たかった。

そのため、この論文はしばらく表に出ていなかった。

それが今年の夏、魔法使いの人手不足がひどかった時、藁にもすがる思いで雇われの魔法使いたちに実践したら、結構な効果が出た。皆さん効率的に魔力を扱えるようになって、魔法の効果が上がった。

そのような経緯があって、私の魔力回路理論は正式に魔法学院で採用されたのである！

担当教師はもちろん、このわ・た・し！

考案者にして立役者、ゼニス・フェリクス・エラル！

年齢は弱冠九歳の天才女児、その実体は前世アラサー日本人で通算年齢四十代のおばさま！

……うん、なんかごめん。ちょっと浮かれすぎた。

私は前世知識がちょろっとあるだけの凡人。見た目は子供、頭脳は大人でも、凡骨の大人に過ぎない。

冷静に戻って話を続けると、とにかく肉体年齢・九歳の私が教師として教壇に立つことになった。

教える内容は魔力回路理論の実践。体内の魔力をより効率的に操作して、魔法の効果を底上げをする。これを学生たちに指導するのだ。

教師なんて前世の教育実習以来。しかも中身はおばさまでも、見た目はちびっこ。

学生たちに舐められないか心配というものだ。

そこはまあ、魔法学院の支配者、影の番長であるオクタヴィー師匠に威圧をお願いしておこう。

きっと威力ばつぐんだろう。

そのようなわけで、私は初授業への準備を進めている。


ティベリウスさんとオクタヴィー師匠の兄妹から指示されたのは、この教師業務が一つ。

それから白魔粘土の製作だった。

製作については私自身は出来る範囲で行い、それ以外の人材確保・マネジメントなどは師匠が担う予定である。

私はかなり魔力が高い方なので、実働部隊としても期待されている。

でも何やら、それ以外にもありそうなのだ。

一連の話を聞いたあの日、お屋敷の執務室で、ティベリウスさんが含みのある言い方をしていた。

「ゼニスは今後も活躍してもらわないとね。氷の商売の発案者であり、冷蔵運輸の可能性を俺に示してみせた。その責任をぜひ取ってもらおう」

な、なんだろう……。ちょっと背筋が寒いんですけど。

私がビビりまくっていると、彼は微笑んだ。とても胡散くさい感じの笑みだった。

「何、どういうことはない。常に斬新な発想を持つきみならば、難なくこなせる程度のことさ。時期が来たら教えるよ」

それで結局、具体的に何をするのかはぐらかされてしまった。

私は一抹の不安と大いなるビビリを心に抱えながら、最初の仕事――魔法学院の教師業務に手を付けたのだった。


季節は秋。暑い夏は終わっても、残暑がまだまだ厳しい季節。

それでも見上げた空はもう高くて、新しい始まりの予感を告げていた。

魔力回路のいろいろ

少しだけ日にちが進んで、もうすぐ初授業の日がやってくる。

私は授業に向けて準備をしていた。

まずは魔力回路理論をもっと突き詰めて、私自身の理解度を深めなければならない。

魔力回路は体の中にある一種の臓器で、私の予想では血管と並行して全身に張り巡らされている。

臓器と言ったが、魔力に関するものなので実体があるかどうか分からない。

そこで私は確かめてみることにした。

「ティト。ちょっと手伝ってもらっていい？」

魔法学院の私の研究室で、ティトに声をかける。

以前は自分の研究室を持てず、図書室の片隅で論文を書いていたが、今ではこの通り。私の城、私の拠点である研究室がちゃんとあるのだ。えっへん。

掃除をしていたティトは振り向いて、うなずいた。

「いいですよ。何をしますか？」

「これからナイフで自分の指を切るの。血を見て卒倒しそうになったら、支えてくれる？」

「はい？」

ティトが不可解な顔をしている。

私はお皿を取り出して机に置いた。ちょっと大きめで、深さのある皿だ。

次に水晶を磨いた凸レンズを首から下げる。ユピテルはガラスの加工技術が未熟なので、ガラス製のレンズはない。水晶みたいに硬くて透明度のある鉱物で代替している。もっとも、水晶レンズも普通は装飾品として使われていて、虫眼鏡のように使う人は一部の学者だけだ。

体内魔力を操作して指先に集め、皿の上に差し出す。見た目には分からないが、本人である私には魔力がきちんと集まっているのが実感できた。

そこで。

「とぉぉぉおおぉりゃぁぁ——!!」

恐怖を紛らわせるために奇声、じゃない、大声を上げて、私は魔力が集まっている指先をナイフで切った。

ブツッと音がして鋭い痛みが走る。ぱくっと開いた傷口に、みるみるうちに血が盛り上がった。

「うひぇ、痛いよぉ、怖いよぉ！」

私は弱音を吐きまくりながら、流れる血を皿に落として、傷口をレンズで観察してみる。

……うん、傷口が普通に気持ち悪い。拡大された赤い肉の断面がグロいわ。

ちょいと目眩《めまい》を感じてふらついたら、ティトがしっかり肩を支えてくれた。助かる。

さて、虫眼鏡程度の拡大率では指先の毛細血管は見えない。単に肉の間から血が盛り上がっては滴り落ちるのが目に入るだけだ。

それから魔力回路に相当する臓器、もしくは血管のようなものも見えなかった。

レンズの拡大率が低いせいなのか、それともそもそも肉眼で見えるようなものではないのか。

あと一つ発見があった。

今現在、指先の血はぽたぽたと皿に落ちているが、魔力は指先に留まったままだ。体内では確かに血流と連動して魔力を操作するのに、体の外に出てしまえば関係なくなるらしい。

あ、そうだ。

私は思いついてティトに言った。

「ティト、魔力石をひとつ皿の中に入れてほしいな」

「えぇ？　血の中に浸すんですか？」

「うん」

魔力石は、触れたものの魔力に反応して光る小石だ。

私の感覚上では血液に魔力は溶け出していないが、実際に確かめてみようと思ったのだ。

ティトは渋い顔で魔力石を持ってきて、皿の中にそっと入れた。

「……あれ」

皿の上で血まみれになった白い魔力石は、うっすらと光っている。指先に魔力を集めて触る時と比べれば光はかなり弱いが、それでも間違いなく魔力に反応している。

「うーん？」

これはどういうことだろう。

感覚的には魔力が流れていないだけで、実は血と一緒に魔力も出て行っているのか。

それとも血液には元々多少の魔力が含まれているのか。

調べるほどに謎が増えてしまっている。

実に不思議だ。

不思議で、やっぱり魔法は面白い！

よし。この勢いでもう一つ実験をしちゃおう。

私は滴り落ちる指の血に、魔力を乗せてみた。何もしなければ留まっている魔力を、あえて血と一緒に外に出してみたのだ。

すると。

ピカーッ！

皿の中の魔力石が激しく光った。指先で触った時の何倍も強い光だった。

私の魔力色は白。白い光が血まみれ状態で結果、薄ピンクに光ってめちゃくちゃ気持ち悪かった。

「きもちわるぅ……」

ずっと血を眺めていたせいで、私の神経はけっこう参っていた。

そこにグロフラッシュを浴びたせいで、限界に達したのである。

そして私は、ぐらぐらと目眩を起こしてよろめいて。

ティトが止める暇もなく皿の端を引っ掛けて、血を机にぶちまけた挙げ句、私自身も血溜まりで汚れる羽目になったのだった……。


「まったく、ゼニスお嬢様！　血なまぐさいものが苦手のくせに、どうしてああいうことをやるんですか」

「すみませんでした」

ティトが掃除をしてくれている。元々、指先からちょっとこぼれていた程度の量の血だ。大したものではない。

でも私は、服にべったり血をつけてしまった。白っぽい色の服なので、とても目立つ。

「洗濯しなきゃ」

指に軟膏《なんこう》を塗って布を巻いてから、私は言った。

実験で集中している時はすっかり忘れていたが、割と深く切った傷口はじんじんと痛い。でもこのくらい切らないと魔力回路の血管が見える可能性がなかったわけで、悩ましいところだ。

なお軟膏はバターである。ユピテルではバターは食品ではなく薬品なのだ。

微生物滅殺魔法こと殺菌の魔法も使っておいたので、化膿することはないだろう。

「じゃあフェリクスのお屋敷に戻って、洗濯係の奴隷に頼みましょう」

と、ティト。

魔法学院に着替えは置いていない。一度帰らないと駄目だろう。

今後は実験を行う機会も増えるから、着替えや仮眠の毛布一式などを揃えておこうと思った。

血で汚れた服で歩くのは恥ずかしかったけど、布を寄せて目立たないようにしながらお屋敷まで歩いた。こういう時、タクシーとか呼べないのがつらい。

お屋敷まで帰り着いて、奴隷の人に洗濯を頼む。

ふと思いついて聞いてみた。

「ねえ、洗濯はどういうふうにやるの？」

血液汚れはしつこいが、ちゃんと落とせるだろうか。

奴隷の女性が答えてくれる。

「簡単なものなら、お屋敷で手洗いしますよ。旦那様のトーガやオクタヴィーお嬢様のお洋服のように、大事なものは洗濯屋に持っていきます。ゼニス様のそれも、血の汚れは落ちにくいですから。洗濯屋に出しますね」

トーガというのはユピテルの伝統的な成人男性の衣装で、でっかい布を身体に巻き付けて着こなす。巻き方やひだの付け方でおしゃれ度合いが決まるらしい。

「洗濯屋さんがあるんだ」

私は興味をひかれた。

ユピテルで石鹸は流通していない。お屋敷での洗濯風景は、桶に水を張って棒で叩いたり足で踏んだりして洗うのを見たことがある。

洗濯屋ではどうやって洗っているのだろう？　ティベリウスさんの正装用のトーガはいつも真っ白だけど、ああいうきれいな色はどうやって出しているのだろう？　漂白剤があるのかな。

「洗濯屋、私も行きたい」

私が言うと、奴隷の女性はぎょっとした顔をした。なんぞ？

「貴族のお嬢様が行くような場所じゃありませんよ。臭くて汚くて、わたしらも近寄りたくない場所です」

洗濯屋が臭くて汚い？

私は前世のクリーニング店を思い浮かべた。洗濯屋自体は汚いってこともないと思うが。まあ、汚れた衣服を集めているわけだから臭ったりするのかな？

「気になる。行きたい」

力強く言えば、奴隷の女性は困った顔でティトを見た。ティトは首を振った。

「ゼニスお嬢様は言い出したらきかないわ。連れて行ってあげて。それで思い知るでしょう」

というわけで、私たちは洗濯物を抱えて、洗濯屋へと行くことになったのである。

洗濯屋は、下町の住宅街の一角にあった。

大きな石造りの建物で、五～七階ほどの高層の建物が目立つ中にあって珍しく二階建てだ。

しかし、それよりも何よりも。

その建物に近づくに従って、強烈な臭いが濃くなっていく。もはやどんな言葉で表していいか分からないほどの、腐敗臭と糞便臭、とにかくこの世のあらゆるひどい臭いを混ぜ合わせたかのようなものだった。

私は既に洗濯屋に行きたいと言ったのを後悔し始めていた。でもここまで来て引き下がるのは出来ない。

悪臭に鼻が慣れてくれるのを願いながら、洗濯屋の建物に向かった。

建物の中は広くて、風が吹き抜ける造りになっている。そうでなければ中で働く人が死んでしまうくらいの悪臭が立ち込めていた。

多くのユピテルの建物と同じく、建物の真ん中に中庭がある。中庭には大きな洗い桶がたくさん置いてあって、腰巻き姿の洗濯奴隷たちが足踏みで洗濯をしていた。足踏みっていうかジャンプの勢いで、洗い桶の中の洗濯物を踏みつけている。おかげで、奴隷たちの足は太くてたくましい。

「いらっしゃい」

横合いから声をかけられて、私は飛び上がった。

見れば女性が一人、こちらに近づいてくるところだった。身なりからして奴隷ではない。この洗濯屋の店主か、店主の奥さんだろう。

そして、私は思わず何歩か後ろに下がってしまった。

だってその女性からは、ものすごい臭いがしたのだ。

この洗濯屋に漂う悪臭を圧縮して、全身に塗りたくったような臭い。

たぶんずっとここにいるせいで、臭いが染み付いてしまったのだろう。

表通りですれ違ったら、鼻を押さえて悶絶しそうな臭いだった。

「今日はこの一枚だけお願い。血の汚れです」

フェリクスの奴隷の人が鼻声で言った。悪臭で鼻が詰まってしまったのだ。

洗濯屋の店主はうなずいて、私の服を受け取った。

もうさっさと帰りたかったが、私はふと壁際の壺に目をとめた。悪臭はあそこから特に発している気がする。

「あれは何？」

私が指をさして言うと、店主は壺の横まで行って手招きした。

え、行きたくないんですけど？

でも質問した以上、確認せねばなるまい。私は渋々、その壺の近くへ行く。

「あたしらの大事な『洗剤』ですよ」

壺の中には、強烈な悪臭のするナニカが入っていた。

それは液体だった。液体に土が混ぜてあるようだ。ふつふつと軽く泡立って、地獄の釜ような様相を呈している。

「洗剤はね、人間のオシッコから作るんです。オシッコを壺に入れて、ちょっとの土と混ぜて、七日もすれば出来上がり。これで洗えば、どんな汚れもたちどころに落ちますよ」

えええええぇえええええぇぇぇ！

尿！　オシッコ！

なんでそうなる！

……いや待て。尿に含まれる成分、つまりアンモニアのことではないか？　アンモニアは前世でも洗剤に使われていた。皮脂汚れを落とすのに最適なのだ。

この古代世界で手軽にアンモニアをゲットするには、人間の尿が一番いいのだろう。だって毎日、勝手に出てくるもん。土を入れるのは、微生物の働きで尿の窒素を分解して、より効率的にアンモニアを生成するためだと思う。

そういや、前に聞いたことがあった。庶民の皆さんは自宅では壺に用足しをして、洗濯屋が小の方を回収していくって。公衆トイレも回収を前提にしてるって。

うへぁ……。この国で洗濯するって、こういうことなの……。

私はよろめいたが、倒れるわけにはいかない。倒れてこの壺の中身を頭からかぶってみろ、ゼニスの人生が終了して次の異世界転生が始まってしまう。

「わ、わかった。ありがとう」

私が必死に言うと、店主は嬉しそうに答えた。

「貴族のお嬢さんが興味をもってくれるなんて、光栄ですよ。あたしらはほら、この臭いでしょう。嫌われ者でねぇ」

そっか……。

とんでもねぇ『洗剤』だが、都市の暮らしに必要な職業でもある。

あとエコでもあるか……？　人間の生活内で循環しているという意味では、持続可能な何とかかんとか。ＳＤＧｓ。

私が無理やりいい方に考えようと頑張っていると、

「ふえっくしょん！」

急にくしゃみが出た。風向きが少し変わって、アンモニアとはまた別の悪臭が漂ってきたのだ。

見れば部屋の一角に、テントみたいな三角錐のものがいくつか置いてある。布がかけられていて、てっぺんから煙が出ている。

その煙がこっちにやって来たせいで、くしゃみが出たのだ。

ていうか、くしゃみだけじゃなく涙も出てきた。

この刺激臭は前世日本人にはお馴染み。硫黄である。

「あぁ、あれはトーガを漂白してるんですよ。ほら、こうやって木の枝を編んだ枠にかけてね」

店主が布――トーガをめくってみせてくれた。

内側で硫黄が焚かれていて、もくもくと煙が出ている。

「トーガの漂白は硫黄に限りますよ。硫黄でいぶして白くしたトーガは、高貴な方々に好評で」

「そ、そうなんだ、へくしょん！」

いかん。好奇心はあるし洗濯屋という職業に偏見もなくなったのだが、体が限界だ。くしゃみが止まらず、涙ぼろぼろ。ついでに鼻水ずるんずるん。

「じゃあ、あたしたちは帰ります。洗濯物をよろしく」

同じく目に涙をためたティトが、さっさと出ていこうとしている。

洗濯物！　私が血で汚してしまったやつ、そうだ！

涙でにじむ視界の中で、私は一つ思い出した。前世の洗濯術である。

「それ、自分で洗うから、持って帰る！　キャンセルごめんなさい！　へっくしょん！」

私は洗濯物を取り返して、いよいよ限界を迎えて外へと走り出した。


外の空気は美味しかった。それはもう、信じられないほどに清らかに感じられた。

ティトとフェリクスの奴隷もほっとした顔をしている。

この国の洗濯が尿を使うのは、もう仕方ない。

いずれ石鹸を作った方がいいとは思う。でもそうなると、尿を売ったり回収していた人の生活に影響が出るだろう。

それに確か又聞きの知識では、布を染める染料の定着剤や羊毛の脱脂にも尿は使われている。排除は出来ない。

それからもし石鹸に切り替えたとして、排水や下水に影響はないか？

私はまだ知らないことが多すぎる。

仮に対処法がばっちりだとしても、都市機構を大きく変えるような力は私にはない。

だから「オシッコなんて汚いから今すぐ止めろ！」と頭ごなしに言えばいいってもんじゃないのだ。

いつか私が都市計画に携わる機会があったら、ぜひ変えていきたいね。

それまではオシッコ洗濯も、ユピテルならではと割り切っておこう。

さて、ものすごい目に遭ってしまった洗濯屋見学だったが、限界ぎりぎりの状態で思い出した。

血液汚れは、大根で落とせるということを。

ユピテルには日本のような白くて長い大根はない。でも二十日大根、ラディッシュならある。ごくありふれた野菜で、市場でいつでも手に入る。故郷の村でも栽培していたよ。

大根にもラディッシュにも、ジアスターゼという酵素が含まれている。

ジアスターゼはタンパク質を分解する効果がある。血液はつまり、タンパク質。

よってラディッシュをすりおろして揉み込めば、血液汚れが落ちるのである。

「お屋敷にラディッシュ、あったよね？」

帰り道、汚れ落としの説明をして奴隷の人に聞いてみる。

「ええ、もちろん。厨房に行けば分けてくれますよ」

というわけで、お屋敷に帰り着いた私たちは、ラディッシュをすりおろして小鉢に入れてもらった。

洗濯物とラディッシュを持って浴室近くの洗濯室に行く。貴族の私がそんな場所に顔を出したせいで、奴隷の人たちがびっくりしている。

「これからゼニス様が、血の汚れ落としをしてくれるんですよ！」

洗濯屋まで一緒に行った奴隷の女性が言った。皆、なんだなんだと近づいてくる。

私が自分で洗おうとしたら、止められてしまった。そういうのは奴隷の仕事ですって。

まあ仕方ない。

「やり方は簡単だよ。血がついた部分にすりおろしたラディッシュを揉み込んで、水で洗い流すだけ。あまり強くこすらないで、ぽんぽんと軽く叩き込む感じで」

「はい」

言われたとおりに、奴隷の女性が血のついた部分にすりおろしラディッシュをつける。

だんだん血の汚れが薄まって、最後に水で流せばきちんときれいになっていた。

「まあ！」

「ラディッシュにこんな効果があったなんて」

皆さん口々に驚いている。

「これは……あれじゃない？」

「そうよね」

うん？　女性の奴隷が何人か、小声で話している。

「どうしたの？」

「あぁ、あの。血の汚れがこんなにきれいに落とせるなら、その……女の月のものの悩みも減りそうだと話していたんです」

彼女はちょっと気まずそうに言った。

月のもの。生理か。

ユピテルでは生理はタブー視されていて、表立って話題に出ることはない。日本みたいにお赤飯でお祝いするようなこともない。

でも、いくら隠したって生理が消えるわけじゃない。布が貴重な古代世界では、経血の処理も一苦労だろう。こっそり洗ってしまえるなら、それに越したことはない。

我ながら、意外にいい仕事をしてしまったかもしれない。

これはさすがにティベリウスさんには話せないな。オクタヴィー師匠に話を通しておこう。ラディッシュを多めに仕入れて、洗濯で使いますって。

こうして血液と魔力の実験から始まった洗濯騒ぎは、一段落ついたのだった。

◇

いくらか寄り道をしてしまったが、今日はとうとう初授業の日！

あれから血液と魔力についてレポートにまとめた。

残念ながら魔力回路の目視での確認は出来なかったが、結果的に血液と一緒に魔力が巡っているのが分かった。一歩前進だと思う。

それから授業の資料として、簡易的な人体図を作ってみた。

私の魔力回路理論は、自分の体の中にある魔力の通り道『魔力回路』を自覚するところからスタートする。そのため、まずは血管や内臓をはじめとした人間の体の構造をきちんと知っておかなければならない。

大きな血管がどこをどう通って体を巡っていくか。

各種の臓器の位置と役割。

この辺りを理解しておけば、血流と一緒に体を循環する魔力、ひいては魔力回路の把握に役立つだろう。

魔法や魔力はイメージが大事なので、自分の体をしっかり認識するのは大前提なのだ。

ちなみに私は、前世では生物の授業や人体テーマのテレビ番組が好きだった。そりゃあ専門的な詳しさ、精密さにはまったく欠けるが、素人にしてはよく覚えている方だと思う。

だから、科学的な人体図を頭の中で再現する分には問題がない。

問題は別の所にある。私に絵心がない点だ。

それでも一応自力で描いてみたら、幼稚園児の落書き以下のシロモノが出来上がってしまった。脳内で「腐ってやがる。早すぎたんだ！」の巨神兵登場シーンがよぎった。とても使い物にならん。

で、小さい仕事なので絵画の職人に頼むのも頼みにくくて困っていたら、なんとマルクスが描いてくれた。意外な才能だ。

「絵を描くのは得意だぜ。外国人で言葉が通じないお客相手でも、身振り手振りと絵で話ができるからさ」

と言って笑っていた。

彼は最近、公衆浴場の出店も担当している。売上は上々のようだ。

屋台と公衆浴場の掛け持ちしている中で忙しいだろうに、描いてくれた。ありがたいね。

そうして完成した人体図と各種の資料を持って、私は教室に向かった。


いよいよ二年次の教室に入る。緊張するなあ……。

しかし、教師がビビり腰ではいかんのだ。そんなことをしたら学生に舐められる。前世の教育実習で学んだ教訓である。

私はオクタヴィー師匠の偉そうな態度を真似しながら、教壇に立った。

具体的には胸を張って相手をあごで見下すような感じだ。でもよく考えたら、九歳の子供で身長が低い私がそれをやっても、アホみたいに見えるだけだった。失敗した！

内心で冷や汗を流しながら教室を見渡した。

教室には十人少々の学生がいる。十三歳から十六歳くらいの少年少女たちだ。

おや、よく見ると見知った顔もいる。私が一年生として魔法学院に通っていた頃、クラスメイトだった人たち。そうか、本来の進級スピードなら二年次の後半にいてもいい人たちだ。

知っている人がいてちょっぴり安心した。

「皆さん、こんにちは。魔力回路理論の授業を受け持つことになった、ゼニス・フェリクス・エラルです。よろしくお願いします」

挨拶をすると好意的な反応が返ってきた。良かった、こんな子供が教師役でも拒絶反応は起きないみたい。

オクタヴィー師匠あたりが根回しで圧力をかけておいてくれたのかもしれない。フェリクスの子をいじめると後でひどいわよ、って。ほら、影の番長だから。

「今日はまず、人の体の仕組みを学びます。血管や内臓の位置を把握しておくと、体の中で魔力を移動させる時に、より明確にイメージができるからです。体の中の魔力の通り道は、魔力回路と呼んでいます」

言いながら、マルクス作の絵を広げた。大きなパピルス紙に描いてもらったので、教壇の壁に貼ろうと思ったのだが、私の身長が低いせいで微妙な位置になってしまった。

見かねた学生たちが手伝ってくれて、皆が見やすい高い位置に貼り直せた。おおう、申し訳ない。ありがとう！

「人の体の構造は、だいたいこんな感じになっています。あ、この絵はあくまで簡易的なものですので、あしからず」

学生たちは不思議そうに絵を見ている。後ろの方の席の人は、立ち上がって近寄ってきた。

「本当にこの絵のとおりになっているんですか？」

質問が来たので、答える。

「はい。中央の少し左胸寄りに心臓がありますね。そこから太い血管が出て、全身に繋がっています」

「頭部は、これが脳ですか」

「ええ。脳はこんなふうに、表面にシワが寄っています。魔力の起点になる重要な場所です」

思考や記憶を司るとか、本当はその辺も言いたかったが、ユピテルの常識と大きく異なる点は混乱のもとだ。最初は控えめにするつもりである。

なお、下腹部は男女それぞれ描いてもらった。マルクスがふざけて、でっかいおちん○んを描こうとしたので、慌てて阻止したという裏話がある。

「皆さんの中で、家畜や野の獣を解体したことがある人はいませんか？　内臓の位置などは、おおむね獣と同じはずです」

「俺の実家は田舎なので、ウサギをよく狩りました。確かに似ています」

「料理人が豚をさばいているところを見たことがあります」

そんな話をして、だいたいの学生は納得したようだった。

次に白魔粘土を私の体にいくつか貼り付けて、魔力回路に魔力を回す。

脳を起点として心臓へ。下腹部へ。胴体を一周した後は、手足の先まで隅々と。

流れる魔力に反応して、粘土が順に光る様子を見てもらった。心臓や下腹部を通すと明らかに光が強くなっているのを見て、学生たちがどよめいている。

「では、皆さんもやってみましょう。頭、額の裏側辺りに意識を集中して魔力を作ってみて下さい。頭に魔力を集めるのではなく、魔力が生まれる場所、起点として意識してみましょう」

各々の席の横に立った学生たちが、軽く目を閉じたり深呼吸をしたりしながら挑戦を始める。

従来のカリキュラムでは魔力操作は二年次で習う。その第一歩は『指先に魔力を集める』。それをクリアしたら、魔法の詠唱と発動が出来るようになるわけだ。

ここにいる学生たちは、初歩的な魔法の発動が出来る程度には魔力操作を行える。でも皆、頭に魔力を作るのに苦戦していた。

魔力を集めるのではなく『作る』という動作は私の魔力回路理論の最初の一手で、新しい概念でもある。ここはクリアしなければならない第一難関だろう。

しばらくしてもあまり手応えがないようだったので、一度休憩にする。

「先生、頭に魔力を作る時、何かイメージをしていますか？」

「電気……ええと、雷のような火花が弾ける様子を思い浮かべていますね」

脳は電気信号で神経細胞同士のやり取りをしている。だから電気のイメージだったのだが、ユピテルに電気の概念はまだない。そのため説明が『雷のような火花』になってしまった。

静電気であればユピテル人も知っているので、その説明をした。

「魔力回路理論はまだ新しい試みなんです。魔法を使う時のように、起点のイメージも個人で違うかもしれないですね。お手伝いしますから、色々やってみましょう」

「はい」

その後も学生と意見を交換して、起点のイメージは湧き上がるようなものがいいのではないかとなった。着火、湧き水、種の芽吹きなど。各人に馴染みが深く、イメージしやすいもので試してみようという話になる。

こういった『イメージ』は、詠唱して発動させる魔法の時もそうだったが、人によって違う。どんなイメージでも方向性が合っていて、ある程度以上の精度があれば魔法は発動する。

呪文（魔法語）の詠唱は、よく知られているものに関しては定型的。

けれど私が夏に作ったドライアイスの魔法のように、生み出したいものの特徴を指定していく方法も可能だ。

何故こんな仕組みになっているのかは、さっぱり分からない。

なんとなく、曖昧さや多少の記述ミスをもしっかり解釈してくれる超高性能プログラムシステムを連想するが、それは単に私が前世でプログラマだったからだろう。

あまり決めつけず、この世界の人々の魔力の有り様を観察しながら分析していきたい。

今回の起点のイメージもそうだ。どんなイメージがどんな人にどれだけの効果を生むのか。しっかりと記録して意見を取り入れていきたいな。

「あ、そうだ。頭部に魔力が生まれたかどうかの確認に、これを」

白魔粘土を少しずつちぎって、みんなの額にぺちっと貼った。魔力が生まれれば光って見えるだろう。

もう一度、試してみる。

学生たちが静かに集中すること数分、一人の額の白魔粘土がごく淡く光った。薄い水色のきれいな光だった。

次いでもう一人。琥珀《こはく》色の弱い光が灯っている。

「そこまで！　あなたとあなた、ちゃんと魔力が生まれていました。お見事です」

しばらくして、彼らの集中力が切れ始めたのでそこで終わりにした。

魔力が生まれた二人の学生は顔を見合わせて、嬉しそうにしている。他の人は悔しそうだ。

それから何度か休憩と集中を繰り返して、時間になったので終了とした。

魔力を作れたのは、最終的に四人。まだ魔力の移動はできないが、初日の成果としてはまずまずではないかと思う。

私は彼らの名前と魔力色をメモした。メモ先はお馴染み、木板の片面にロウを塗った書板である。ロウの部分を鉄筆で引っ掻いて字や絵を書くのだ。

それから二人に聞いてみた。

「お二人は、どんな起点のイメージで魔力を作りましたか？」

水色の人が答えた。

「湧き水です。山の中の岩から、水が湧き出ているイメージで出来ました」

琥珀の人も言った。

「俺は植物の芽吹きです。なかなか魔力が生まれなかったので、ゼニス先生の真似をしました」

「真似？」

私が首をかしげると、琥珀の男子学生はちょっと恥ずかしそうに頭を掻いた。

「雷の火花ですよ。種が弾けるみたいに、ぱちんと小さい雷の火花を散らすイメージにしてみたんです。そうしたら、うまくいった」

「おぉー」

イメージ自体は人によると思っていたが、電気信号はやっぱり有効なのか？

これもメモっておいた。

最後にぱたんと書板を閉じて、私は言った。

「お疲れ様でした。最初だったのに、皆さんよく頑張ったと思います。ではまた、次の授業で練習しましょう」

白魔粘土を回収し、壁に貼った人体図も剥がしてもらって、解散。学生たちはガヤガヤとお喋りをしながら教室を出ていった。

こうして、私の講義初日は無事に終わ……ん？

学生たちがいなくなった教室の一番後ろの席に誰かが座ったままでいる。十四、五歳の男子だ。

なんだろ？　質問かな？

そう思った私が、トコトコとそちらに歩いていくと。

「ふん。下らん！」

吐き捨てるような言葉と、こちらをにらみ上げる瞳にぶつかった。

「魔法学院を最年少で卒業した天才が授業をするからと、見に来れば。実に下らん、エセ理論ではないか！」

彼はガタンと椅子を鳴らして立ち上がると、ずかずかと近づいてきた。

「子供は大人しく、家でシロップ水でも飲んでいろ！　帰れ、帰れ、帰れ!!」

右手に持ったパピルスを丸めたやつで、私の頭をぽかすか叩く。

いきなりなにすんだ、こいつ！

おいやめろ、痛くはないがムカつくわ。やめろっての！

シリウス

「このチビが！　さっさと帰れ！」

奴が丸めたパピルス紙を大きく振りかぶり、振り下ろす。

無防備な大振りだったので、私はさっと横に避けてみた。

すると彼は空振りの勢いのままに、ビターン！　と漫画のように転んだのである。

「…………」

「…………………」

気まずい沈黙が流れる。

いや、なんか、ぽかすか叩かれてムカついていたのが冷めちゃったというか。

このすごくトロくさい感じ、覚えがある。――前世の私だ。

今の私、ゼニスはごく真っ当な運動神経をしているが、前世はもうひどかった。

昔の私もちょっとしたことでよく転んだっけなぁ……。思わず遠い目になってしまった。

「クソ、くそっ！　馬鹿にしてるだろ。笑えよ!!」

床からようやく起き上がり、彼は悔しそうに身を震わせた。

「別に馬鹿にしてないよ。ただ、昔の自分を見てるみたいって思ってただけ。私もよく転んだから」

「嘘をつけ。お前、素早く回避したじゃないか。そんなふうに動けるやつが、転ぶわけあるか」

「昔はトロかったよ。よく、何もないとこで転んだもの」

昔というか、前世だが。

「何もないところで……？」

「うん」

「僕もよく転ぶんだが、どうしてだろう」

さきほどの怒りはどこへやら、彼はしゅんとして言った。

どうしてだろうと言われてもねえ。まあ、前世の体験でよければ話してやろう。転びまくった前世の私が、靴屋さんに相談した時に返ってきた答えである。

「たぶん、歩き方に問題があるんだよ。あまり足をしっかり上げないで、引きずるみたいに歩くから、ちょっとした段差につまずいちゃうの。あとはよく考え事しながら歩いてたから、足元が不注意になる」

「…………」

私の言葉に、目の前の彼は黙り込んでしまった。

改めて彼を見てみる。年齢は十四歳か十五歳くらいの男子、明るい色の金の髪に青い目をしている。これはノルド人と呼ばれる北方民族の特徴だ。ユピテルは外国人もたくさん住んでいるので、それほど珍しいとは思わない。

服装は丈が長い貫頭衣。魔法学院の一人前の魔法使いたちが着ているような服だった。

「僕も、きっとそれだ……」

しばらく黙った後、少年は呟くように言った。

「長年の謎が解けた。すっきりしたぞ！　今度から足をなるべく上げて歩こう」

そう言って歩き始めた。宣言通り足を高めに上げている。

おい待て。一方的に人を叩いておいて、一人で転んで落ち込んで、勝手に去っていくつもりか？　自由すぎるにもほどがあるだろ！

「待ってよ！　まだいきなり叩かれた理由、聞いてないよ」

「ん？　……あ、そうだった」

そうだった、じゃないよ！　痛くなかったからまだしも、あれは相手によっては喧嘩《けんか》になるぞ。オクタヴィー師匠にやったら消されるぞ！

「お前、あんなデタラメの人体図を授業で使うな。魔力回路理論とやらも、あんなデタラメをもとにしてる以上はエセだろ」

「デタラメじゃないし。何を根拠にデタラメ言うのさ」

「ふん、いいだろう。じゃあ本物を見せてやる。ついてこい」

そう言ってさっさと歩き出す。私は慌てて後を追った。

きっちり足を高めに上げて歩いているのを見ていると、デタラメ呼ばわりの怒りがまた冷めてしまいそうだった。

廊下を進む間に、彼は『シリウス・アルヴァルディ』と名乗った。

シリウスはユピテル語風だが、アルヴァルディの方は耳慣れない響きである。北方の言葉だろうか。でも、なんか聞き覚えがあるような？

「ここが僕の研究室だ」

そう言って立ち止まったドアは、私の研究室のご近所であった。なんだ、同僚だったのか。懇親会とかないから、未だに他の研究員のことをよく知らないのである。

シリウスはどうやら、私の授業に興味を持って勝手に潜り込んでいたようだ。いやまあ、研究員の聴講も別に禁止ではないので、いいといえばいいんだが。普通は一言あってしかるべきだろうに。

ドアを開けて中に入る。

部屋の中は……筆舌に尽くしがたいゴチャゴチャっぷりであった。

とにかく物が多い。書物の巻物が一番多くて、床から壁、天井までうず高く積まれている。巻物をきちんと紐で留めていないせいで、中途半端に開いて、転がしたトイレットペーパーみたいに散乱しているのもある。

あとはよく分からないホコリをかぶった箱とか、鉱物のかけらとか、干からびた植物とか、とにかく散らかっている！

「えーと、確かこの辺りにあったはず」

シリウスが巻物の山の一角に手を突っ込んだ。無理やり引き出そうとしたせいで、ホコリが舞い上がる。くしゃみが出そうだ。

「くそ、引っかかってやがる」

「あ、ちょっと……」

危ない、という言葉は間に合わなかった。一部を引き抜かれた巻物の山はバランスを崩し、ドドドドドと雪崩を起こした。

「よし、あったぞ」

唖然《あぜん》とする私と崩れた山に目もくれず、シリウスは物でいっぱいの机の隅の方に巻物を置く。

「これを見ろ。これこそが正しい人体図だ」

仕方ないので物を踏まないよう気をつけながら近寄って、彼の手元を覗いてみた。

そこには……人の体の輪郭と、左胸に心臓の絵図。心臓からは謎の渦巻きがぐるぐると出ていて、体全体を満たしていた。

なお、輪郭の内部は心臓と渦巻き以外は何も描かれていない。

「………」

「どうだ、すごいだろう！　これこそが真理だ！　お前のあのデタラメは、すぐに取り消すように」

アホか!!　なんでこうなった！

いくらユピテル人の医学レベルが低くて人体はブラックボックスだと言っても、これはない。なさすぎる。

私の正しさを証明するのに、お前を解剖してやろうか!?

と、一瞬だけ思ったが、そうもいかない。

なるべく冷静に声を出した。

「これ、出典どこ？」

「我が家に伝わる秘伝の書の一部だ」

「残念だけど、こっちが間違ってるよ。人間の体の中は渦巻きだけじゃなくて、筋肉も内臓もあるもの」

「騙されんぞ。もっともらしいこと言って、言いくるめる気だろう」

んなわけあるか。

「じゃあ、私と一緒に来て。料理人に頼んで豚の解体を見せてもらおう。そしたら、人間の中身と似てると分かるから」

「嫌だね。なぜ豚と人間を一緒にするんだ？　無意味だろう」

無意味なのはお前さんの脳みその中身だと思うがね？

「同じ動物だもの。だいたいのところは一緒でしょ」

「どうだか。人間と豚じゃ違いすぎるだろ。確かめるなら人間をバラしてみなきゃ、分からない」

それができれば苦労しないわ。

するとシリウスは、ぽんと手を打った。

「おっ、そうか。本物の人間の中身を見てみりゃいいんだな」

「え？」

なんかいきなり殺人鬼みたいなことを言い出したので、後ずさる。

「うん。確かに、僕もまだ人間の中身は見たことがなかった。いいだろう、どっちが正しいかは実物を確かめてから決めてやる」

「や、やめてよ。なにする気？」

「何って、人間の死体くらい、貧民街に行けば転がってるだろ。一つその場で切り刻んでみるだけだ」

「駄目!!」

顔色変えずに何言ってんだこいつ！　怖いわ！

シリウスはきょとんとした顔で首をかしげた。

「なんで駄目？　さすがに生きてるのを殺すのがまずいのは分かる。だから引き取り手のいない死体を……」

「駄目ったら駄目！　……そうだ、猿！　猿の解体でどうよ⁉　猿なら人間に似てるでしょ！」

「ああ、うん？　まあ豚よりかは似てるか？」

「じゃあどうにかして猿探してくるから、それまで待ってて」

猿は、以前フェリクスの宴会で料理が出ていた。脳みそ食べるやつ……。

どっかで手に入ると思う。がんばって探す。

「猿、見つけたら知らせるから。絶対死体に手を出したら駄目だよ⁉」

シリウスは「やれやれ」みたいなジェスチャーをした。ムカつく！

マヌケな言動で油断したが、ヤバい奴と関わり合いになってしまった。

本当は猿だって解体なんぞしたくないが、いつまでも難癖つけられても困る。さっさと決着つけておさらばしよう。

「ふぇっくしょん！」

ホコリだらけの部屋でくしゃみも出てきた。こんなところにもう、いたくない。

私は汚部屋ならぬ汚研究室を飛び出すように出て、フェリクスのお屋敷に走ったのだった。

ゼニスのお悩み相談室

猿はけっこうな珍味らしくて、すぐには入手できないとお屋敷の料理人さんが言っていた。

市場に入荷があったら知らせてもらうことにして、自室に帰る。なんか、どっと疲れた。

「おかえりなさい、ゼニスお嬢様」

ティトが迎えてくれた。あぁ、ほっとする。

「今日の初授業はどうでした？」

「授業は良かったけど、そのあと変な人に絡まれた」

シリウスの話をすると、ティトは肩をすくめた。

「まるで小さい頃のお嬢様のような方ですね」

「ええ！　私、あそこまでひどくなかったはずだけど」

「似たようなものですよ。あたしも意味なくたくさん叩かれましたし、カエルの解剖もやっていました」

「えぇ……」

カエルの解剖??

うーん、そう言われればやった気もする。薄く割れる石でナイフのようなものを作って。

それに田舎の山は、野生動物の骨やら蛇の抜け殻やら、フンとか色んなものがその辺に落ちていた。当時は慣れきって気にしていなかったよ。

イカレポンチだった頃は、グロ耐性が高かったんだなぁ。今じゃとてもできない。

「でも、でも、私は六歳までだから。まだ可愛げがあるでしょ。シリウスは十五歳とかだよ」

「そうですね、大人に近い体格で暴れられたら手がつけられません。今後もつきまとわれるようであれば、オクタヴィー様に相談を」

「うん、そうする」

相談できる相手がいるって、いいことだね！


と、そんな話をした翌日。

私が魔法学院の研究室で授業の準備をしていると、ドアがノックされた。出てみればシリウスである。

「猿の入手はまだなの。もうちょっと待ってね」

「そのことだが」

彼は気まずそうに言った。

「僕が間違っていた。お前の人体図が正しい」

「お？」

なんか急だな。……まさか本当に死体を解剖してみたのか？　不安になる。

「どうしてまた、急に？」

「昨日あれから、伯父の家に行って我が家の人体図について聞いてみた。そうしたら、あれは宗教的なシンボル図で、実際の肉体を反映しているわけではないと言われた」

「ほほう」

「僕はそれでも納得できなかったが、貧民街で……」

「ストップ!!　それ以上は私、聞けない！」

私は慌てて彼の口を塞いだ。

いや、もしかしたら、貧民街で猿を扱っている闇市があったので行ってみた、とかかもしれないが、万が一怖い話だったら嫌すぎる。こういうのは首を突っ込まないのが一番！

「そ、それより、伯父さんがいたんだね。親御さんじゃなくて、伯父さんに聞いたの？」

無理やり話を変えてみる。

「両親は遠方に住んでいるからな。僕は伯父の家に預けられて育った。去年、独立しろと言われて追い出されて、今は一人暮らしだ」

うん、きっと伯父さんもシリウスのイカレっぷりに手を焼いたんだろうね。

「ところで……」

シリウスは眉を寄せて、言いにくそうに続けた。

「今回の件で、僕はお前に迷惑をかけただろうか？　伯父にきちんと謝罪するよう言われたんだが」

迷惑かけまくりだよ！

いきなり叩かれて、チビとか悪口言われて、汚研究室に連れ込まれて怖い思いしたもの！

……あ、最後のはちょっと語弊があるかな。どっちにしても大迷惑だった。

しかもこれだけやっといて、他人に言われるまで悪いことをした自覚すらないのか。やっかいな。

ううむ。ここで「迷惑でした！」と言えば素直に謝ってくれそうではあるが、それじゃコイツの心に響かないのではないか。

そしてきちんと反省せず、また似たようなことをやらかしてくるのではないか。心配だ。

仕方ない、中身四十歳オーバーの私が年の功で、ちゃんと反省できるよう促してやろう。

「迷惑だったよ」

考え考え、私は言った。

「そうか……。それは、すまなかった」

「その謝罪を受け入れる前に、いくつか質問があるんだ」

「質問？」

シリウスは不可解と言いたげな顔をしている。

「シリウスは、今回の一件、どこが迷惑だったと思う？」

「……確認を取る前に、人体図がデタラメと決めつけた点か？」

少し考えて、彼はそう言った。

そこなのか。やっぱり何が悪かったか分かってない。

「それもあるけど、それ以上にいきなり叩かれて嫌だった」

「だが、痛くなかったはずだ。紙で叩いたから」

「痛くなくても、知らない人からいきなり叩かれたらびっくりして嫌だもの。叩くのは駄目だよ。なんで叩いたの？」

「あの時は、お前がデタラメを学生に教えていると思って、頭にきていた」

「怒ったら、他人を叩いていいと思う？」

「怒りの程度と内容による」

駄目に決まっているだろ、このやろう。と言いたいのをぐっとこらえる。

「たとえものすごく怒っても、叩くのはよくないよ」

「じゃあ、どうしろというんだ」

「だいたいね、シリウスは私のことを叩きたかったの？」

「どういう意味だ？」

彼は不審そうに目をそばめた。イライラし始めたのか、剣呑《けんのん》な雰囲気である。

私は内心でため息をつきながら、続ける。

「違うよね。人体図が間違っていると伝えたかったんでしょ」

「…………！　そう言われれば、そうだ……」

「だったら叩かないで、言葉で言えばいいんだよ。『あなたの人体図は間違っていると思います。一緒に確認しましょう』と」

シリウスが目を丸くして絶句している。

ううむ、なんか、幼稚園児に諭しているような気持ちになってきた。こりゃあ前世の私を上回るコミュ障かもしれない。ある意味すごい。

「そんなふうに考えたこと、なかった……」

呆然としている。いやそこまで？

「だったら、いや、でも……」

彼はしばらくぶつぶつと独り言を言って考え込み、やがて顔を上げた。

その青い瞳は、納得したように落ち着いている。

「叩いてすまなかった……。どうやら僕は、目的と手段を履き違えていたようだ」

「うん。その謝罪を受け入れるよ」

やれやれ。これで今後は、いきなり叩かれることもなくなるかな。まあ、一度のお説教で全部改善するのも難しいだろうけど。

コミュ障っぷりと意味不明な行動様式が、前世の私とイカレポンチ時代の私に似ていたせいで、ついおせっかいをしてしまった。

「あの……チビ、じゃない、ゼニス？」

「はい？」

恐る恐る、という感じでシリウスが言う。

「また困ったことがあったら、相談していいだろうか。僕、こんなふうに思考を整理できたの、初めてだったから。それに、僕の話を嫌がらずに聞いてくれた人も、お前が初めてだ」

ええぇ。正直、勘弁してほしい。昨日のことは水に流すけど、あまり積極的に関わりたい相手ではないぞ。

……でも。ここまでコミュ障だと、生きるのが大変だろうなと思う。

実はさっきのお悩み相談もどきだって、前世のコミュ障対策の本で学んだ内容だ。自分が本当にやりたかったことと、何が問題なのかを解きほぐして、自分自身で気づいて修正するってやつ。

もちろん当時は、自分の改善のために買った本だった。

こいつ放って置いたらどんどん孤立して、そのうち前世の私みたいに死んじゃうんじゃないか。

一応同僚であるわけだし、多少の面倒くらいは見てもいいかもしれない。まだ十五歳やそこらだから、改善の余地はあるだろう。いやはや、仕方ない。

「分かった、いいよ。ただし私にも私の都合があるから、いつでも聞けるわけじゃない。後回しにしても怒らないこと。たとえ怒っても、叩かないこと」

「ああ、了解した」

ほんとかなー？

まあいいや、あんまり手がつけられなかったらオクタヴィー師匠に相談して物理的になんとかしてもらおう。追い出すとかで。そうでない限りは、なるべく気にかけておくかね。

そんなわけで、私の魔法学院生活に『コミュ障の相談に乗る』という新たなミッションが追加された。


コミュ障ことシリウスは、あれから時々話をしに来る。

「人と話すのが苦手だ。特に雑談ができない」

今日の彼は、そんなことを言った。

私の研究室でティトが淹れてくれたお茶を飲みながら、話を聞くことにする。

「魔法についての議論ならできる。だが、無意味な雑談は付き合うのが苦痛なんだ。雑談する意味が分からないし、何を話せばいいかも分からない」

私は相槌《あいづち》を打ちながら、先を促す。

「以前、伯父や伯母と住んでいた頃、自分勝手に一人だけで喋るなと言われた。だから黙っているようにしたら、黙ってばかりいるなと言われた。矛盾している、わけがわからない」

「その時、どんなことを話したの?」

「魔法文字についての疑問点と分類法についてだ。伯父は魔法使いだからそれなりに聞いてくれたが、伯母は途中でもうやめてと言いだした」

あれかな、興味のあることだけ早口でマシンガントークしちゃうやつ。オタクあるある。

私もちょいちょいやらかすから、なるべく気をつけている。だから気持ちは分かる。

「それは、伯母さんは魔法に興味がないから、聞いているのに飽きちゃったんだろうね」

「ありえない。魔法はこんなにも興味深い学問なのに、そして僕が研究している魔法文字はどこまでも奥深くて深遠な知識を授けてくれるのに、どうして興味を持たないんだ」

「興味を持つ対象は人それぞれだよ」

「だから僕が、魔法の面白さを教えてやろうと思ったんだ。でも伯母は全然話を聞かないで、下らない雑談ばかりする」

シリウスは本気で納得していないようだ。

「シリウス。まず、伯母さんと貴方は別の人間だってのは分かってる？」

「それは、そうだろ」

「じゃあ、感じ方も考え方も、好きになるものも別で当たり前なんだよ。シリウスが下らないって言う雑談、伯母さんは好きなんでしょう」

「それが間違っている。雑談などより魔法の議論の方が絶対に有意義だ」

んあー。手強い。

どういう切り口で話そうかな。こういう頭でっかちのタイプは、なるべく論理的に話す方が良さそうか。

「じゃあ、どうして人間はそれぞれ違うのか、考えてみよう」

ちょっと話の前フリが長くなるが、これでいってみよう。

「シリウスは、この世は弱肉強食だと思う？」

「当たり前だな。強いものが弱いものを食う、それが真理だろう」

「それが違うんだよね。だって例えば、ライオンはすごく強いけど、南の大陸の一部にしかいない。反対にネズミはとても弱いのに、世界中どこにでもいる。この場合より繁栄しているのは、生物の種として勝っているのはどっちだと思う？」

「む……」

彼は言葉に詰まった。

「ネズミでしょ？　だから、力とかの単純な強い弱いはあまり意味がないわけ。ここまでいい？」

「そうだな……。理解した」

「で、ネズミの『強さ』はどこにあるかというと、南の大陸から北の凍る海の岸まで、色んな場所に適応して生きていける柔軟さじゃないかな。反対に、ライオンは南の大陸の住処では強いよね。他の生き物はみんな獲物にして食べてしまうくらい強い。でも、それ以外の場所では生きていけない。ここがネズミの強さに対する、ライオンの弱さ」

シリウスは黙って聞いている。

「人間に話を戻すと、人間も色んな場所でたくさんの人が暮らしている。ネズミのような強さがある。そしてここからが本題なんだけど――」

私はちょっと言葉を切り、手元のお茶を飲んで渇いてきた喉を潤した。

「なんで人間は、こんなに『強い』んだと思う？」

「え……？　繁殖力が高いからか？」

シリウスは戸惑いながら答えた。

「うん、それも正解。あと、肉も草も穀物も何でも食べる雑食性もある。服を脱ぎ着して、温度差に対応できるおかげもある。で、私が思うに、それらを前提とした上で、人間が一人ひとり違った性格や性質をしているせいじゃないかな」

「どういう意味だ？」

「人間は得意なことがそれぞれ違うでしょ。力自慢で剣が強い人、目が良くて弓が得意な人、走るのが速い人。それに頭が良くて色んなことを知っている人に、優しい性格でみんなから好かれる人。

戦争の時は、腕っぷしが強くて勇敢な人が『強い』。でも平和になったら、その強さは必ずしも必要ない。それよりも計算が得意な商人だったり、辛抱強く荒れ地を耕して畑を作る農民、学問を学んで人々に広める学者なんかが『強い』。つまり、色んな違う人がいるから人間は強いの。どんな状況でも、各人の強みを生かして対応できるからね。人間はそれぞれ違う方がいいんだよ」

「…………」

シリウスは口を引き結んで、目をきょろきょろと動かしている。これは、彼が深く思考している時の仕草だ。邪魔しないで様子を見よう。

しばらくして彼は口を開いた。

「だが、……だが、それでも、雑談は下らないじゃないか。雑談好きな人間が、人間の強さに貢献しているとは思えない」

「そんなことないよ。雑談は、議論なんかに比べると確かに話の内容は薄いけど、役に立ってるもの」

「雑談の何が役に立つと言うんだ」

「人と人とのつながりを保つ役割。コミュニケーションってやつ」

「……意味が分からない。コミュニケーションなら、もっと役立つ情報をやり取りすべきだ」

時々思うんだけど、こいつ、「～すべきだ」とかそういう言い方をちょいちょいするよなぁ。まあいいや。

「雑談もけっこう情報が入ってるよ。どこのおうちの誰が何をしたとか、そういうゴシップ的なのも含めて。必ずしも『役に立つ』わけじゃないけど、たくさん雑談をするとそれだけ情報量も増えて、総合的に見るとけっこうな量になる。それで自分の周りの人間関係を把握してるの。あと、話す時の受け答えとか態度とか表情に、人となりが出る。そういう言葉にならない情報も含めてやり取りしてる。言ってしまえば雑談は、それそのものがコミュニケーションの手段であり目的。結論を言うと、雑談は人付き合いを円滑にする効果がある。お互いに話す機会が増えれば、仲良くなりやすいっていうのもあるね。人間は社会をつくって暮らす生き物だから、コミュニケーションはとっても大切」

「…………」

シリウスは椅子に座ったまま頭を抱えた。

私がお茶を飲みながら待っていると、やがて彼は「降参だ」と言った。

「分かった。雑談の有用性を認める。……でも僕は、人と何を話したらいいか分からないんだ。どうしたらいいんだろう……」

「雑談が苦手でもいいんじゃない？　だって、人間は色々いた方が強いから。伯母さんみたいにおしゃべり好きで社交的な人も、シリウスみたいに雑談苦手で魔法大好きな人も、どっちもいた方がいい」

私も魔法大好きオタクの部類である！

なお雑談というか、ガールズトークは下手な方だ。特に恋バナとかぜんぜん駄目。聞くのは好き。

「そうか……そうなのか……話せなくてもいいのか」

「そうそう。だから伯母さんの雑談に上手に付き合えなくても、馬鹿にして見下したりしなければそれでいいよ」

「ああ、分かったよ」

少しすっきりした顔で、シリウスはうなずいた。

「あと一つ教えてくれ。雑談に関連しているんだが、どうして人は天気の話を毎回するんだ？　今日が晴れだとか暑いだとか、僕にとってはどうでもいいんだが」

「それは、場を温めるためだと思う」

シリウスが不思議そうに首をかしげたので、言葉を続ける。

「食事の前に食前酒を飲んで、胃を温めるようなものかな？　お天気の話は誰しも関係があるから、興味のあるなしにかかわらず話題として無難なの。こんにちは、の挨拶の後に天気の話をして、本題に入る準備をしてるわけ」

「なるほど、準備運動か。納得した」

実は前世で、私もこの辺を不思議に思ったことがあった。結局、挨拶と同じ定型文句の一つということで理解したわけだ。

言葉でのコミュニケーションは案外、定型的なものが多くて、基本パターンを覚えておけばあとは組み合わせて何とかなったりする。コミュ障が一般人に擬態する時によく使う手だ。

ただ、この手法は初対面の時は有効だが、それ以降で話題のバリエーションが増えると途端に苦しくなる。覚えなければいけないパターンも組み合わせも飛躍的に増えるので、脳みその記憶容量もワーキングメモリも足りなくなるのだ。

結果、受け答えに妙な空白が空いたり組み合わせをミスってトンチンカンなことを言ったりして、コミュ障がバレるのである。かなしい。

まあ、シリウスにはそこまで話さなくていいだろう。ユピテルは前世よりものんびりしていて、コミュ能力一辺倒ではないから。

前世の一時期はやたらコミュ強コミュ強言われて、体育会系ウェーイ人種が幅をきかせていてうんざりした。営業にそういう奴多くて、開発の職人気質なエンジニアにウェーイ論を押し付けてくるのね。まったくもう。

シリウスは椅子から立ち上がって両手を伸ばした。

「あー、色んなことに合点がいった。清々しい気分だ。ゼニスは何でもよく知っているな」

「いやいや、それほどでも」

謙遜してみた。ていうか本音でもある。別に何でも知ってるわけじゃないくせに、すごく偉そうに喋ってしまった。

これじゃあ、オクタヴィー師匠のことを偉そうで態度がデカいなんてとても言えない。

シリウスも時々やらかしてくれるけど、別にわざと意地悪しようとか思ってるわけじゃないんだよなぁ。あえて言うなら人の心が分からないだけで。

分からない『だけ』というのもアレだが、彼は分からないなりに分かりたいと思っているようなので、改善の余地があると思う。

さっきの『人間は色々いるから強い』論は、前世の私がコミュ障で世間とのギャップに悩んだ末にたどり着いたものだった。

コミュ障人間は周囲からすると迷惑だけど、本人も困っていたりする。あんなふうに理屈っぽく考えて、自分の存在を肯定しないと苦しくなる程度には。

前世の私はそれでもコミュ障こじらせて、一人でブラック労働を抱え込んだ上で死んでしまった。

誰かに助けてほしかったけど、助けてもらうには「助けて」と言って手を伸ばさないといけなかった。それすらできなかったなぁ。

今生は幸いなことに、人間関係に恵まれている。前世の失敗は繰り返さないよう気をつけよう。

シリウスを見てると前世を思い出しちゃうから、ついついお節介を焼いてしまう。彼とこうして話す時間が、少しばかりの助けになるといいんだけどね。

続・ちびっこ先生の授業

秋も深まる中、魔力回路理論の授業は続けられている。

私は魔法学院の研究室で次の授業の資料のチェックをしながら、ここ二ヶ月ほどの成果を思い浮かべた。

最初は戸惑いがちだった学生たちは、今では私のやり方に慣れてきたようだ。

脳に魔力を灯せるようになった人は、ずいぶん増えた。

どうやら小さい雷の火花――電気信号のイメージが、幅広い人に有効に作用すると分かってきた。

火花だけでは起点のイメージがやりにくくても、湧水の飛沫《ひまつ》だとか、種が弾けるだとか、そういったユピテル人にも馴染みの深いイメージと組み合わせると、良い結果が出た。

やはり私の予想通り、身体の科学的な仕組みと魔力は連動しているのかもしれない。

そして今では、不完全ながらも魔力回路を使って魔力の移動を行える人が出てきた。

これまでは個人の素質とか、個々人の工夫程度で魔力の量は決まっていた。

けれど魔力回路を使って身体に魔力を循環させれば、誰もが魔力の底上げを実現できる。

このおかげで最初は白魔粘土の製作が出来なかった人も、訓練後に成功する例が出てきている。

そして当然、魔力量が増えればそれだけたくさんの魔法が使える。以前は一日にこぶし大の氷を十個作って青息吐息だった人が、今では十二個、十三個と実力を上げてきているのだ。

白魔粘土を増やしながら、氷の商売で役立つ人材を育てる。

当面の目的は、まずまず順調というところである。

それから、長期的な目標として。

――魔法使いや魔法業界全体の質の向上を目指している。

魔法は今まで、本当に人気のない技術だった。魔力が少ない人が多いのと、魔法そのものの原理が解明されておらず、大した効果が得られないのとでダブルパンチ状態。

火や風を操り、飲水を補給する能力は、軍隊や隊商などでは重宝される。

でもそれ以外の場所では、役に立つというほどではなかった。

農地に水撒きできるほどの量の水を出せるわけではない。帆船を動かすほどの風を吹かせるわけでもない。火起こしは便利といえばそうだが、火打ち石を使えばそれでいい。

火矢の魔法や氷つぶて、石つぶてといった攻撃に使える魔法もあるが、詠唱の時間と魔力量を考えれば、普通の弓矢や剣の方が便利。

そんな感じで魔法の需要は狭く、魔法使いのなり手は少なかった。結果、魔法使いたちの意識は低くて、お金持ちの手遊びみたいな扱いにすらなっていた。

私はこの状況を変えたい。

魔法をもっともっと研究して、謎を解き明かしたい。

一体どうしてこの世界では、言葉――魔法語――によってこんなに複雑な事象を起こせるのか。

不思議の源流はどこから来るのか。魔法の真理はどこにあるのか？

そうやって、真剣に魔法に取り組んでくれる仲間を増やしたい。

だって魔法はあまりに奥が深くて、私一人ではとてもやり遂げられそうにないんだもの。

志を同じくする魔法使いをいっぱい増やして、皆で手分けして研究していけば、あるいはいつか手が届くのではないか。そんなふうに思っている。

そう考えるようになったきっかけの一つは、シリウスだったりする。

あのコミュ障野郎はとんでもない変人だけれど、私が今まで見てきたどんな魔法使いよりも魔法に対して熱意があった。

熱意がありすぎて空回りした挙げ句、私の授業に突撃してきたわけだが……。

人体の真実のためにあっさりと「人間を切り刻んでみればいい」とか言い出した時は心臓が止まるかと思ったが、あれも一種の熱意だろう。本当のところが知りたい、という。

この世界にもシリウスのような人がいると分かった。その熱意は買いたい。

そうして一緒に、魔法を極める道に進めたらいいなと思っている。

……それから、正直に言うと。私は最初、純粋に魔法と真理の追究だけを求めていた。

けれど今年、マルクスに出会って考えが少し変わった。

本当は今でも、結果よりも研究そのものの方が大事だと思っている面はある。

でも、研究の成果は何のためにある？

あの夏の日々を思い出す。魔法で作ったかき氷や冷えた飲み物を口にした人々の、嬉しそうな顔が心に焼き付いている。

魔法はこの国の人々を笑顔に、幸せにする可能性を秘めた技術。あの時、そう実感したんだ。

たくさんの人たちを笑顔にする仕事は、私一人の手には余る。やっぱり仲間が必要だ。

だからいくつもの意味で、私は魔法と魔法を取り巻く環境を発展させたい。

この長期目標は、今はまだ始まったばかり。これからどうなるかは分からない。

けれども確かに、第一歩を踏み出した実感がある。

だって学生たちが徐々に興味を持って、一生懸命取り組んでくれるようになってきたんだもの。

魔力が低いからと、ちゃんとした魔法使いになるのを諦めていた人が、魔力回路の循環で魔力がアップした。そうしたら魔法の効果が上がった。

その上、今までは役立たずと思われていた魔法そのものに大きな価値があると分かってきた。

裕福な家の次男や三男で跡取りになれない人、成人までの腰掛けで魔法を学んでいる少女たち。

未来を見失いがちだった彼らが、魔法に意義を見出してくれた。

見た目が九歳の私をちゃんと認めてくれて、授業を楽しそうに聞いている。一緒に工夫して知恵を絞ってくれる。

今はそれがとても嬉しい。

魔法の可能性をさらに広げて、彼らと一緒に進んでいきたい。

いつか魔法がもっと社会に認められて、魔法使いが尊敬される職業になるような、そんな未来を思い浮かべているよ。

さて。そろそろ次の授業に向かわないとね。

私は資料を抱えて立ち上がって、教室へと向かった。

◇

本日の授業は、血液の循環について取り扱う予定だ。

いつも通り教壇に立つ。背面にはマルクス作の人体図が貼り付けてある。学生たちが授業の時以外でも見て学びたいというので、最近は教室の壁に貼ったままになっているのだ。

予定している内容は、前世で言うところの中学理科レベル。

ユピテルは古代文化の割に建築技術などは発展しているが、医学や生物学などはさすがに未発達。

それで小学校後半から中学レベルの理科を授業に取り込んで、人体やその他の自然現象に対して理解を深めてもらう狙いである。まあ、私自身が素人なので、中学から高校の科学がせいぜいという話でもあるが。

魔法の観点からすると少し遠回りだけど、効果はきっと出ると思う。

ドライアイスの魔法を作った時、結局私以外にあの魔法を発動させられる人はいなかった。誰も二酸化炭素という概念を理解できなかったからだ。

私だけのユニークスキルなどと言えばカッコイイが、それでは駄目なのだ。

魔法使い、ひいてはユピテル人全体の知識レベルを押し上げる。それこそが魔法の発展に必要不可欠なのだと思う。

「皆さん、こんにちは！」

「こんにちは」

「ゼニス先生、ごきげんよう」

私が挨拶すると、学生たちも声を返してくれた。

「今日は血液と心臓、肺についての話をしようと思います」

私は体を横によけて、壁の人体図の心臓と肺を指し示した。

「皆さんは、医学と人体と言えば、グリアの四体液説をご存じでしょうか」

グリアはユピテルの東にある隣国で、何十年か前にユピテルに征服されて属州化している。学者を多く輩出している国で、今でも世界の最高学府と呼ばれる大学はグリアにあったりする。

学生たちはうなずいている。裕福な家に育った彼らは、基礎教養として医学も少しかじっているようだ。

なお、四体液説は私には理解不能な学説だった。

ざっくり言うと、四つの体液の「血液・黄胆汁・黒胆汁・粘液」のバランスを取ることによって、人は健康を保っているというもの。病はどれかのバランスが崩れた状態になる。例えば黒胆汁の勢いが過剰であれば、黒胆汁は寒冷・乾燥の属性なので、逆の属性を強める——体を温めて白湯をいっぱい飲めばいい、みたいな。

前世、東洋の漢方医学みたいなものか……？

しかし血液はともかく、黄胆汁とか黒胆汁とは一体なんぞ。粘液もざっくりし過ぎである。

一応、図書室で関連書を読んでみたものの、やけに難しい言い回しが多い上に前世の医学とかけ離れた内容だったので、理解を諦めてしまった。

「四体液説と魔力回路理論は、必ずしも一致しません。四体液説は魔力を考慮していませんから、今は私の話を優先して下さいね」

そう言うと、学生たちはうなずいた。今日の話は魔力じゃなく科学だが、まあ方便だ。

今日は血液の体循環と肺循環の話。ただしユピテルにない概念をいくつも含んでしまうので、何とか噛み砕いて伝えなければいけない。

「まず、血管には三種類あります。動脈と静脈、それに毛細血管です。皆さん、ちょっと集まってもらえますか？」

私の呼びかけに、学生たちがガヤガヤと教壇の周りにやって来た。

「三種類のうち、静脈は体の表面からも見える、青っぽい血管です。こんなふうに」

手近な男子学生の手をつかまえて、掲げてみせた。彼の手はもう大人のそれで、手の甲に静脈が浮いている。

いきなり手を掴まれた彼はびっくりしたようで「うぉ!?」とか言っている。すまんね。

「静脈の血は静脈血といって、色は暗めの赤です」

私は男子学生の手を離して続ける。

「動脈は体の表面には出ていない血管です。血の色は鮮やかな赤。えーと、あれですね。神殿で犠牲の動物が捧げられる時、首を掻っ切ったり突き刺したりするでしょう。あの時に切るのが首の動脈、噴き出る血が動脈血です」

いかん、想像したらお尻の辺りがぞわぞわする。

すると一人の女子学生が口を開いた。

「そういえば、そうですね！　ちょっと怪我をした程度の血と、生贄の獣の血では色が全然違いますもの」

なんかやけに嬉しそうだが、なんじゃいな。

私の視線に気づいた彼女は、頬を染めて言った。

「あら、ごめんなさい。私、血の色が好きなんです。ゼニス先生のお話を聞いて、やっぱり色が違うのは気のせいじゃなかったと思って、嬉しくなりました。祭儀で犠牲が捧げられる時は、私、父に頼んでできるだけ前の席を用意してもらっています。よく見えるように」

「へ、へぇ……」

世の中には色んな趣味の人がいるもんだなぁ……。

気を取り直して続ける。

「それで、動脈血がきれいな赤色なのは、ヘモグロビン……血の中のある成分が酸素と結びついているからです。酸素は空気、皆さんが吸う息の中に含まれていて、肺で血の中に溶け込みます。そして動脈血は心臓から全身に送り出されて、体の各部分に酸素と栄養素を渡すと、静脈血になる。静脈血は栄養の代わりに老廃物を、酸素の代わりに二酸化炭素を含んでいます。静脈血は毛細血管を経由して静脈に入った後、心臓から肺に送り込まれて、また酸素を得ます。そうして体を循環しているんです」

ヘモグロビンも酸素もユピテルにはない概念だ。案の定、質問がいくつも来る。

一通りの受け答えと説明をすると、学生の一人が言った。

「どうして先生は、そんな目に見えないものが本当に存在すると思っているんですか？」

……これが、一番痛い質問だった。

私はこれらの知識が正しいと知っている。けれどユピテル人たちの常識にはない話だ。

そのために、今日は実験の準備をしてきた。

「そうですね。では、酸素と血液の関連を証明するために、これから血の色が変わる様子を皆で見ましょう」

そう言って私は、ガラスのコップを取り出した。

教壇の机に、ガラスのコップ。

コップの上に手を差し出した私は、親指の付け根辺りにナイフを当てた。ナイフはきちんと消毒した。多少切ってもリスクは少ないはずだ。

血の色が変わるのを見るには、この前のように指先からでは量が足りない。もう少し太い血管を切らなければ。

「ゼニス先生⁉　何をやるつもりですか！」

男子学生が止めてくる。さっき、静脈を見るのに手を握った人だ。

私は答える。

「このコップに静脈血を入れて、酸素――空気に当てます。そうしたら、暗い色が鮮やかな赤になるのが見えますよ」

冷静に言ったつもりだったが、切るのが怖くて声が震えてしまった。情けなし。

「まあ！」

目を輝かせているのは、血が大好きな女子学生である。

男子学生が詰め寄ってきた。

「女の子が自分の体に傷をつけるなんて、頭おかしいでしょう！　俺がやります！」

「駄目だよ！　学生にそんな役割を押し付けるのは、教師として間違ってるもの！」

「まあ……お二人分の血が見れるのでしょうか……」

「ゼニス先生、ナイフ振り回したら危ないって！」

皆、勝手にわーわーと騒ぎ始めた。

「駄目なのはきみだろう！　そういうのは、大人に任せなさい！」

なんか、いつの間にか教師から子供に立場がランクダウンしている。

「このクラスに成人はいないでしょ！　私でいいの！」

私はナイフの柄を握り締めたが、取り上げられてしまった。

「だめー！　返して！　実験ができないよ～！」

高く掲げられたナイフを取り返そうとして、ぴょんぴょん跳ねる。身長差のせいで届かない。

その様子を見ていた他の学生が「あ、そうだ」と言った。

「ゼニス先生は女の子だし、小さいし駄目ですよ。小さくない男を呼んでこよう」

そうして教室を出ていった。しばらくして、誰かと一緒に戻ってくる。

「何の騒ぎだ？　僕は研究で忙しいんだが」

それは、コミュ障野郎ことシリウスであった。

「ゼニスがどうしても来てほしいというから、来てやったぞ」

無駄に偉そうにしている彼の周りで、学生たちが目配せしている。

「シリウスさん。魔法の実験に協力して下さいね」

ナイフを持った男子学生が、にこやかに言った。

「実験だと？　ほう、いいじゃないか。僕に頼むのは目の付け所がいい。で、何をやるんだ？」

「簡単ですよ」

ススス ッ……と三人ほどの男子学生がシリウスを取り囲んだ。見事に連携した動きだった。

「ではナイフは私が。大丈夫、扱いは慣れておりますの」

血が大好きな女子学生がナイフを受け取って、シリウスの腕を握る。

「静脈切ってね、静脈！　動脈は傷つけたら大変だから、浅く！」

私は一応、念押しをしてみる。シリウスはまだ事態が呑み込めず、キョトンとしていた。

「ええ、承りました」

女子学生はシリウスの袖をまくりあげ、二の腕の外側をぺたぺたと触った。ほどよい血管を見つけたらしい。すいと刃を入れた。

「痛――!?」

シリウスが悲鳴を上げる。周囲の学生たちが彼を取り押さえた。

血がじわっとにじみ出て、垂れた。私は思わず一歩下がったが、気の利いた学生がちゃんとコップに血を受けた。

コップに一センチ足らずほど血を溜める。静脈血らしい暗赤色だ。

「はい！ では皆さん、尊い犠牲でゲットしたこの血を使って、酸素の観察をしましょう！」

コップを受け取って、私は叫んだ。

茎が中空になった植物のストローを取り出して、血に向かって吹く。本当は純粋な酸素が良かったんだけど、ユピテルの設備じゃ用意できなかったので、もう息でいいやとなったのである。

フーフー吹いていると、暗赤色は少しだけ明るくなった。鮮やかというほどではない。やはり吐息では酸素が足りないらしい。

とはいえ、目で見て分かる程度の変化があった！

「おお、本当だ」

「血は息？ 酸素？ で色を変えるんですね」

「肺から吸い込んだ息が、血に溶けていたなんて」

学生たちは興味津々。私も鼻高々。

しかしそんな空気に水をさす人物がいた。

「おい、これはどういうことだ。いきなり呼び出されて、腕を切られたぞ。通り魔か、お前ら！」

腕を押さえたシリウスが、泣きそうになりながら文句を言っている。

私は彼に駆け寄り、自分で使うつもりだったバターを傷に塗って布を巻いてやった。もちろん消毒魔法も忘れない。

「人の体の、血の実験だったの。体を巡る血と酸素の関係について」

「僕は魔法の実験と聞いたが？」

「魔法の実験でもあるよ。血に魔力が溶けているかどうか、確認してみよう」

コップの血に魔力石を落としてやると、石は薄く光り始めた。魔力の色は白っぽい……淡い金、かな？

「……ほう？」

するとさっきまでの泣き顔はどこへやら、シリウスは興味深そうにコップを覗き込んだ。

ふうむ。私が自分で指を切った時は指先に魔力を集めていたが、今回のシリウスの血は特に魔力が集まっている部位ではない。ということは、血には元々多少の魔力が含まれているのだろう。

新しい事実が判明した。興奮するね！

おっとそうだ、もう一つ思いついた。

この前、私が指先から落ちる血に魔力を流したら、効果絶大だったけど。傷口からでなくても魔力は流せるだろうか？

「シリウス、この血に魔力を流してみて。前に私、指に傷を作って流れ出る血と一緒に魔力を流したら、かなりの量が反応したの」

「はぁ？　お前、そんなことしたのか。自分で指を切るとか馬鹿だろ。何を考えているんだ。引くわ」

周囲の学生たちもうなずいている。うわー、肩身が狭い！

「いいからやって！」

すねを軽く蹴っ飛ばしてやったら、シリウスは転びそうになりながらもコップを持ち、指先を血にちょいとつけた。

次の瞬間、ぱあっと魔力石が強く輝く。光の色は淡金。血の赤と混ざって妙に豪華な色合いである！

おおー、と学生たちから声が上がった。

ふうむ。傷口を介さなくとも、自分の血であれば魔力は通るのかな？

うん？　自分の血。じゃあ、他人の血ならどうだろう。

魔力石の光が収まった後、私はコップに指を突っ込んで魔力を流してみた。

……光らない。

私はがっかりして、――指先でぬめるシリウスの血を自覚してしまった。

自分の血だって気持ち悪いのに、他人の血！

「……へぶっ」

グロ耐性が限界突破して、私はひっくり返った。

前回の反省を活かし、コップだけは死守してぶちまけなかったのを褒めてほしい。

目が覚めると、医務室であった。

どうやら学生たちが私を運んでくれたらしい。

枕元にはティトがいて、目を開けた私を見て心からホッとした顔、次に怖い顔をした。

「ゼニスお嬢様。またろくでもないことをしましたね？　どうして相談してくれないんです！」

「ご、ごめん。ティトに言ったら、反対されると思って」

「当たり前でしょう。お嬢様は貴族の令嬢で、まだ子供なんですよ。それをこの前なんて、ナイフで指を切って！　本来なら絶対に止めるのに、魔法の実験だからと渋々認めていました。それを何ですか、またやったんですか？」

「あー、えーと。今日は私じゃなく、シリウスの血を使わせてもらった」

「へ？　シリウス？」

ティトは目を丸くする。それからコテンと首をかしげて言った。

「ああ、じゃあいいですね。あのバカもお嬢様の役に立てて喜んでいるでしょう」

いやそれは言い過ぎではなかろうか。そりゃあ、シリウス本人も興味深そうにしていたけれども。

「あのバカ金髪は、お嬢様に頼りすぎて迷惑なんです。いつも研究室に来て好きに喋ってお茶を飲んで帰るくせに、手土産の一つもよこさない。たまには恩返しするくらいでちょうどいいですよ。

今回は問題なしです」

「えぇ……」

いいのかなあ。

起き上がってベッドで悩んでいると、医務室のドアが開いて当のシリウスが入ってきた。

学生たちも一緒だ。皆、心配そうに私を見ている。

「ゼニス。気がついたか」

「あー、シリウス。今回はごめんね」

「なにが？」

何がってあんた。

「いきなり連れてこられて、腕を切られて痛い思いをしたんだもの。悪いことしたって反省していたの」

「そんなことか。構わんぞ。血の色が空気で変わるのと、血に魔力が溶けていること。それに本人が魔力を流せば、強く出ること。他人では反応がないこと。これだけのことが分かったんだ。素晴らしい成果じゃないか。この目で見られて良かった。むしろあの場に呼ばれなかったら、お前を恨んだろうな」

シリウスは本当に気にしていないようだ。相変わらず変な奴である。

男子学生が口を開いた。

「俺、感動しました。ゼニス先生の人体の授業は、今まで半信半疑だったんです。まさか血の色が息、いえ、酸素であんなに色を変えるなんて。でも、今日で分かりました。俺が知らないだけで、不思議なことはいっぱいある。魔法や魔力も学びたいことがいっぱいある」

女子学生も一歩前に出て言った。

「私もですわ。私、成人したらすぐに結婚して家庭に入りますの。そうしたらきっと、退屈な日々が始まってしまう。それが嫌で、生贄の獣の血を見て心を慰める日々でした」

「お、おう」

私は思わず変な声を出してしまったが、彼女は気にしなかった。

「けれど、新しい楽しみを見つけました。成人するまであと三年、精一杯、魔法を勉強します。ゼニス先生に教わって、私の力も何かの役に立てられればと……」

そう言って微笑んでいる。

——そっか。そういうふうに思ってくれたんだ。

私の心に、じんわりと温かいものが広がっていく。

今までは私が一人で変なことをやって、変な目で見られてばっかりだったけど。

こうやって少しずつ皆の意識を変えていけば、魔法の研究はもっとはかどるだろう。

「みんな、ありがとう」

私が言うと、医務室にいる人が一斉にこちらを見た。

「みんなが魔法に真剣に取り組んでくれると、私は嬉しい。血を見て倒れた甲斐があったよ！」

「いや、倒れたら駄目だろ」

ところがシリウスが、感動的な雰囲気をぶっ壊す一言を放った。

「駄目ですね」

ティトも言った。

「まぁ、駄目ですよね。実験するなら血以外にすればいいのに」

「血が苦手なのは理解できませんが、人それぞれでしょうから。うちの父なども苦手ですわ」

「ゼニス先生が倒れた時、どうしようと思った」

学生たちも口々に言い始めた。

いや、おかしくない？　ついさっきまでこう、「みんなで手を取り合って、魔法の追究を爆進していこうね！」みたいな空気だったのに。

その後はゼニスは自重しろ、ゼニス先生はいつも突っ走る、などと心外なことばかり言われて、私はたいそう不満であった。

仕方ないので話題を変える。

「シリウス。傷はもう痛くない？」

聞いてみると、シリウスは肩をすくめた。

「もう何ともない」

「それでもやっぱり、痛い思いをさせて悪かったよ。お詫びに何か、私に出来ることがあればやるけど、どう？」

「お、そうか？」

シリウスはちょっと嬉しそうに言った。

「じゃあ、僕も魔力回路理論の実践をやってみたい」

おや、そんなことでいいのか。断る理由もない。私はうなずいた。

「うん、いいよ。それじゃ近いうちに教えるね」

「頼む」

学生たちがニコニコしている。

「これでシリウスさんも俺らのクラスメイトですね」

「どちらかというと、ゼニス先生の個人的な弟子じゃない？」

シリウスが不満そうに口を尖らせた。

「勝手なことを言うな。僕は一人前の魔法使いで、この学院の正規の研究員だぞ。お前らみたいな半人前と一緒にするな。ゼニスの弟子でもない。こんなチビの弟子なわけがあるか！」

「あーはいはい、そうですねー」

学生たちもシリウスの扱いが分かってきているらしい。あまり取り合わずスルーしている。

こうして私は、シリウス相手に課外授業を行うことになった。

◇

シリウスへの課外授業は、日を改めて私の研究室で行った。

彼は普段、魔法文字を中心に研究している。文字の分類や意味の読み解きを行っていると聞いた。

魔法の実技はあまりやらないようだ。呪文を詠唱するよりも文字そのものに興味があるらしい。

「既存の魔法は全て覚えた。これ以上の発展性は薄い。それならば、まだ未知の部分が多い魔法文字そのものの方がよっぽど興味深いだろうが」

とは、本人の言葉である。

魔力回路と体内での魔力循環について、一通りの説明をする。特に頭部の起点では、雷の火花とともに何かが生まれるような、湧き起こるようなイメージをするよう伝えた。

「じゃあ、白魔粘土くっつけるね」

「頼む」

もう晩秋なので、厚着になっている。とりあえず額にだけ白魔粘土を貼り付けた。

シリウスが軽く目を閉じて十数秒後、額に白っぽい光が灯った。けっこう強い光だ。色は淡金。

私は「すごい！」と声を上げかけて、飲み込んだ。せっかく集中しているのに、邪魔しては悪い。

ティトも目を丸くしながら、口を押さえて見守っていた。

淡い金の光は一層強く輝いて、やがてすうっと薄まる。でもシリウスは集中を続けている。どうやら魔力の移動をしているようだ。

「……っは、ここまでか」

数分後、目を開いた彼が大きく息を吐いた。

「すごい！　額に強い魔力が生まれていたし、移動もできたでしょ」

「ああ。心臓と下腹部を通したら、明らかに魔力が増えた。ゼニスのこの理論は、大したものだ」

面と向かって褒められると、ちょっと照れる。

「シリウスもすごいよ。初めてでここまで出来た人、他にいないもの」

「ふふん。もっと褒めていいぞ。僕はアルヴァルディの一族だ、魔法文字だけじゃない、何をやったって優秀なんだ」

おや？　そういえば彼のファミリーネームは、ユピテルでは見ないタイプの綴りと響きなんだよね。

「アルヴァルディ？　魔法使いの一族なの？」

私の言葉に、シリウスは鼻を鳴らした。

「なんだ、知らないのか。ゼニスは聡明で博識なくせに、妙なところで常識がないな」

褒められてるのかけなされてるのか、よく分からん。

「シリウスにだけは常識がないと言われたくないね」

「ふん、常識だっていずれ身につけてやるさ」

自分に常識がないと理解するようになったのは、けっこうな進歩だと思う。前は僕は絶対正しいマンだったから……。

「アルヴァルディは、ノルドの古い血筋だ。魔法使いを多く輩出している。この魔法学院を作ったのもアルヴァルディ。僕のひいおじいさまにあたる」

「え⁉」

なんか聞き覚えがあると思ったら、そうか、この学院の創立者だった！　何十年か前の高名な魔法使いだ。

「あれ？　ということは、時々話に出てくるシリウスの伯父さんって……」

「学院長だ」

あちゃー。全然気づかなかった。我ながら迂闊《うかつ》だわ。てかシリウスも言ってくれればいいのに。

気まずかったので、少し話題を変えてみる。

「ノルド——北方民族は、魔法使いが多いの？　確か魔法の発祥の地も、北の方だよね」

「ノルドの中でも、特にブリタニカだな。あの北の島国は、ユピテル人より魔法使いが多い。あちらでは稀に魔法文字が刻まれた遺跡が見つかるんだ。今ある魔法文字も、その多くをアルヴァルディに連なる者が発見して解読した」

「おお……」

魔法の秘密が眠る古代遺跡とか、浪漫の塊ではないか。ぜひ一度訪れたい。

「とはいえ遺跡も発見され尽くして、ここ何十年かは新しいものが見つかっていないようだが。僕のひいおじいさまはそんな状況を見て、新天地を求めてユピテルに来たと聞いている」

「いい話を聞いたわあ。たとえ新しい遺跡が見つからなくても、いつか現地に行ってみたいな。シリウスのご先祖様の土地」

「そ、そうか……？」

なんかシリウスが顔を赤らめているが、また意味不明なことをやってるな。まあいいや。

それにしても、彼は出自からして魔法文字の専門家だったわけか。いつもの早口な研究トークは、聞き手のことを何も考えていない一方的なものだった。そのせいで割と聞き流していたが、こうなるとがぜん興味が出てくる。

「ねえねえ、シリウス。今やってる研究、見せてもらえる？　きりがついたと言ってたよね」

「構わんぞ。魔力回路と魔力循環を教えてもらった対価に、僕の研究も披露しよう」

彼の研究室はすぐそばだ。

早速、行ってみることにした。

辞書

研究室のドアを開けると、相変わらずのゴチャゴチャ状態、いや、前よりひどくなっている。物が散乱する中で獣道のような細い隙間を通り、机まで行った。

「今取り組んでいるのは、魔法文字を形で分類する方法だ。魔法文字は形が複雑だが、一定の規則性がある」

ユピテルの書物は巻物である。シリウスは物が山積する机の上で巻物を開こうとして難儀していた。仕方ないので、机のスペースを確保するのを手伝ってやる。

「それは触るな！　大事なんだ」

ペン立てをよけようとしたら、強い口調で文句を言われた。

「はいはい。じゃあ、どれなら触っていい？」

「この辺なら重要度が低い。……ゼニスは僕が何か言っても、怒らないよな」

「大事なんでしょ？　なら触らないよ」

「他の奴らはどうせゴミみたいなものだとか、片付けろとかうるさいから」

それは真っ当な意見だろうなあ。でも本人がこだわるなら、それはそれでしょうがないよ。彼の部屋だから、自分で片付けようと思わなければどうしようもない。

「片付けなくても、今の状態でいいんだ。どこに何があるか分かってるから」

ぶつくさ文句を聞きながら、机の上をあけた。

巻物を開いて伸ばす。膨大な数の文字が、整然と並んでいて注釈がつけられていた。

この片付いていない部屋の主が作ったとは思えないくらい、几帳面に規則正しく羅列されている。

これは、なかなかのものだ……。

私が魔法語の勉強を始めた時、まるで日本語やその他の漢字圏の文字と言葉のようだと思ったが。

シリウスのこれはまさに漢字辞典のようで、漢字の偏やつくりの分類になっている。

こう見ると、偏やつくりのようなパーツにも意味があると見えてくる。漢字の「さんずい」が水の意味を持つように。

魔法の研究は、魔法語の追究であるとも言える。

呪文は発話が必要だが、魔法語を理解するためには文字も必要不可欠。

単純な読みからの索引だけでなく、こうして多角的に見ると理解が進む。

もし今後、また遺跡から新しい文字が発見されたとしても、この表を参照しながら探れば効率的に答えにたどり着けるだろう。

「シリウス、これ、素晴らしいよ」

思わず私は言った。

「文字のパーツごとに分けるっていう発想がいい。魔法文字はユピテル文字と違って、文字そのものが意味を持つものね。発音だけ追っていても、分からないことがいっぱいある。これは解決の糸口になるよ！」

「そうか、そうか。もっと褒め称えるといい」

シリウスは得意満面だ。単純な奴である。

「これ、冊子にしたいなあ。せっかくきれいに一覧になってるのに、巻物だと見たい場所をすぐ出せないもん」

「冊子とはなんだ？」

「こうやって、ページごとに切り分けてとじる方法」

手近にあった何も書いていない紙で、説明をする。

「で、目次に見出しとページ数をつければ、見たい場所をすぐめくれるでしょ？」

「なるほど。効率的でいい方法だ。早速やってみよう」

シリウスは物の山からハサミを取り出し、いきなりざっくり切り始めた。巻物が端から切られて紙片になっていく。

「ちょ、ちょっと待って！」

「なんだ？　大きさを揃えて切ればいいんだろ」

だからって準備もなく切り始めるやつがあるか！

「切ったページが散らばっちゃうよ！」

「なくさないよう、集めておいてくれ」

シリウスはざくざく切っている。無造作にやっているようで正確で、というか、巻物に書いていた文字の一覧が同じ幅のブロックでまとめられていたらしい。きっちり同じ大きさでページが量産されていった。

しばらくすると巻物はすっかり姿を消し、一山のページが出来上がった。何気に紙の片側には、とじるためのスペースもちゃんと取ってある。

「これを紐でとじればいいんだろ。まずは穴を開けるキリがいるな。この辺にあったはず」

机の脇の謎の山に、シリウスが手を突っ込む。

「あった、あった……うわ!?」

キリを取り出す前に、山がズドドドドと雪崩を起こした。ううむ、デジャブ。

「ねえ、シリウス」

私はチベットスナギツネのような顔をしながら言った。

「さすがに片付けの必要があると思うんだけど、どうかな?」

「うん……」

雪崩山に腕を埋めたまま、シリウスはしょんぼりとうなずいたのだった。

ついにシリウスも片付ける気になったが、ここまで部屋がゴチャゴチャだと大仕事になる。先に冊子を作ることになり、ページを全部まとめて私の研究室に持ってきた。

私の研究室は、まあまあ片付いている。ティトが備品を管理してくれているからだ。私もどちらかというと散らかし人間で、放っておくと物が増える。反面教師のシリウスがすぐそこにいるため、なるべくこまめに片付けようと決心しているから、だいぶマシだが。

切り分けたページに番号を振り、キリで穴をあけて紐でとじた。目次は後で、ページ番号を参照しながら作るそうだ。

とじ方は和綴じにした。

前世の姉が和風漫画の同人誌のコピー本を出した時、和綴じを手伝わされたので覚えている。ティトに太めの針と丈夫な糸を借り、するすると穴を縫って綴じた。

「できた！」

こうして本邦初、冊子型の魔法文字辞典が出来上がった！

「すごい、見やすい！」

ぱらぱらとページをめくる。分類ごとに順に並べられているおかげで、とても分かりやすい。あえて残念な点を挙げれば、紙の片面にしか内容が記されていない点か。巻物は裏には書かないから、仕方ない。パピルス紙は構造上、裏面は表面よりざらざらしていて字を書くには不向きだからね。それでも十分に見やすかった。

「なるほど。巻物よりもよほど素早く目的の情報を参照できる。いいな、これ」

シリウスもページを捲《めく》ってはうなずいている。

「これ、図書室に置きたいね。一年生の魔法語学習に役立つと思う」

「駄目だ。これは僕のだ。ゼニスならともかく、他人に貸すなどできるか」

「写本を頼もうよ。二冊か三冊作ればいいじゃん」

コピーも印刷技術もないので、本を増やすには手書きの写本しかない。ちゃんとした写本の費用はそれなりに高額だが、良い書物は増やしたいもの。

なお、ここで費用をケチるといい加減な写本の書き手に当たってしまう。字が汚いとか誤字が多いとかろくなもんじゃない。節約は美徳だがケチはかえって損をするのである。

「僕は写本を頼むほどのお金を持ってないぞ。どうするんだ」

「そりゃもちろん、魔法学院の経費に決まってるよ。魔法語の勉強がはかどれば、学院のためにもなるもの」

善は急げ！

この話をオクタヴィー師匠に持っていこうとして、思い直した。持って行く相手は、シリウスの伯父である学院長にしよう。甥っ子の良い仕事を見れば喜んでくれそうだ。


学院長室に行って魔法文字の辞書を学院長に見せると、最初は冊子形式に戸惑っているようだった。でも内容が優れているのはすぐに認めてくれた。

「シリウスは魔法文字に関しては、実に有能なんです。魔法文字に関してだけは……」

学院長は寂しくなった頭髪に手をやりつつ、遠い目をして言う。

気持ちは分かるが、私は反論してみた。

「いいじゃないですか、彼は魔法文字の優秀な研究者でしょう。他のことは苦手でも、これだけ得意な分野があるのは素晴らしいですよ」

「うむ……そうですな」

学院長がうなずくと、シリウスも嬉しそうにしている。

「従来の読み方からの辞書に加えて、この形の分類辞書を使えば、魔法語の習得の大きな助けになると思います。ぜひ写本して図書室に置きましょう」

「ええ、わたくしとしてもそうしたいところですが、なにぶん大きな金額の決裁はフェリクスの承認が必要でして」

そうだった、今の魔法学院はフェリクス本家が経営を握っているんだった。

つまり説得すべきはオクタヴィー師匠か。彼女は巻物を手繰る仕草がかっこいいとか言っていたけど、それはそれ、これはこれ。別に巻物を全廃するわけじゃなし、大丈夫だろう。

「では、私から師匠の了解を取ってきます」

「お願いします」

というわけで、師匠の部屋に行ってこの話をすると、案外簡単にＯＫが出た。

「いいわよ。魔法語の複雑さから、習得に時間がかかるのがネックだったもの。便利に使える道具は、どんどん使いなさい」

と、景気のいい答えであった。

フェリクス家門は元から相当な資産家で、今年は氷の商売をかなり上手いことやったからなぁ。

予算は潤沢である。

図書室の管理人を通じて、写本の専門家を手配することにした。魔法文字みたいな一般に知られていない内容でも、きっちり正確に写してくれる技術のある人だ。

写本の際には、紙の裏面もきちんと記入してもらおう。パピルス紙の裏面は文字を書くのに不向き。でもそれは、パピルスの繊維の組み方と接着剤を工夫するとか、裏面も表と同じように仕上げ磨きをするとかで解決できると思う。冊子の有用性を損なうものではない。

この際、両面書きに適した紙の開発を進めてもいいかもしれないね。

師匠が腕を組んで言った。

「シリウス・アルヴァルディ。ゼニスに感謝するのね。きみはもう少しでこの魔法学院を追い出されるところだったのよ。素行不良と、さしたる研究実績を出していないせいで」

うわ、そうだったのか。素行不良は言い訳のしようもないが、研究実績はどうなんだろ。これだけのものを作る能力があるのに？

シリウスに聞いてみると、こう答えた。

「締切に何度も間に合わなかった。納得できるものができるまで待てと言ったのに、この女が聞く耳を持たなかったんだ」

「こらっ！　師匠を『この女』なんて言っちゃ駄目。学院の偉い人だよ！」

「ちっ……」

おい、舌打ちやめろ。師匠が不機嫌な顔してる！

「ゼニス、付き合う相手は選びなさいと前に言ったでしょう。この金髪坊やときみはふさわしくないと思うけど?」

「えっと、彼にもいいところがあるので、今回は見逃してあげて下さい」

「――仕方ないわね。でも、今後はよく考えて頂戴」

「はーい!」

さらに文句を言いそうになってるシリウスの背中をぐいぐい押して、さっさと退散したよ。

あー、肝が冷えた!

第Ⅵ章

フェリクスの結婚式

年末の里帰り

季節はすっかり冬になっていた。年末と新しい年が近づいてくる。

今年もラスとヨハネさんと一緒に、私の実家へ里帰りすることにした。

ラスはアレクと会えるのをとても楽しみにしている。

ティトはあまり顔に出さないけど、一年ぶりに家に帰るのが嬉しいみたい。

シリウスの研究室の大掃除は、彼一人でやれるところまでやってもらうことにした。

大きな箱をいくつか用意して、それぞれ『日常的に使うもの』『使う頻度は低いけど必要なもの』『不要なもの』『判断がつかなくて保留にするもの』と書いた紙を貼った。

「あまり深く考えないで、直観的に仕分けしてね」

「分かった。里帰りから帰ってきたら、すぐに成果を見に来てくれ」

さて、どこまで片付くだろうね。


フェリクスのお屋敷を発つ朝、マルクスと彼のお母さんが見送りに来てくれた。

お屋敷を出て、丘を下るところまで付き合ってくれる。

マルクスのお母さんは最近、ずいぶん具合がよくなった。もう少し療養したら、フェリクスの使用人として働く話も出ている。

「皆様、いってらっしゃいませ」

「気をつけて行って来いよ！　ティトは実家でのんびりして、眉間のしわが取れるといいな？」

丁寧に挨拶するお母さんに対し、マルクスはいつもどおりだ。

「はぁ？　誰にしわがあるって？　あんたの目、節穴なの？」

ティトもいつもどおり。なんでか、マルクスには口が悪くなるんだよねぇ。

「ほらほら、そういうとこだぜ。女の子は笑ってた方が可愛いっての！」

「おあいにくさま。私はあんたみたいに、四六時中へらへらできないの」

こんなやり取りも慣れたもので、ラスと私はニコニコして見守っている。ヨハネさんは表情を動かさないが、どことなく微笑ましい感じが滲んでいる。

にぎやかな見送りを経て、故郷への道を歩く。もう何度も通った慣れた道。街道も宿場町も整っているので楽しい旅になった。


故郷の村に着くと、お父さんとお母さん、ティトの家族が出迎えてくれた。

アレクもラスの到着を楽しみにしていたようで、一年ぶりの時間を感じさせないくらいあっという間に打ち解けていた。

早速、外遊びに出かけた彼らを追って、私も外に出る。

そうだ、せっかくだから番犬たちを散歩に連れ出してやろう。

そう思って犬小屋の方に行きかけると、アレクがはっとしたように言った。

「姉ちゃん、フィグを出してやるの？」

「うん、プラムと一緒に運動させてあげようと思って」

黒犬のフィグと白犬のプラムは、我が家の番犬にして私の愛犬だ。プラムの方がおじいちゃんで、私と同い年の九歳である。

犬たちの喜ぶ様子を想像しながら、犬小屋の柵を開けた。私の匂いに気づいたのだろう、フィグが大喜びで飛び出してくる。黒くて大きなフィグに飛びつかれて、顔を舐められた。

「よしよし、フィグ、元気だね。久しぶり！」

撫で回してやったら満足したらしい。柵の外のアレクの方へ走っていった。

さて次はプラムだ。あの子はもうお年寄りだから、飛びついたりはしないだろう。姿が見えないけど、寝てるかな？

私がきょろきょろしていると、アレクが声をかけてきた。

「姉ちゃん……プラムはもういないよ」

いつものうるさいくらい元気な彼に似合わない、どこか困ったような声だった。

「え？」

黒犬フィグの頭を撫でている、アレクを見る。その横にはラスが心配そうな表情で立っている。

「先月死んじゃったんだ。手紙で知らせようと思ったけど、もうすぐ帰ってくるから、顔を見て言おうって父さんが」

え……？　ちょっと、頭の整理が追いつかない。

確かにプラムはもうおじいちゃんで、去年の時点で体が弱っていた。あの時ももう長くないかも、とちらっと思った。

でも、そんな。

「そうだったの……。プラムはもう、お年寄りだったものね……」

心がぐちゃぐちゃなのに、私は私の口が勝手に言葉を喋るのを聞いた。

「うん。俺も悲しかった。フィグも寂しがってる」

プラムという名前に反応したのか、フィグもクゥンと小さく鳴いた。

「そっか……。そうだったのかぁ」

「姉ちゃん、大丈夫？」

「ああ、うん、大丈夫。びっくりして、ちょっと悲しくなっちゃっただけ」

嘘だ。すごく悲しくて、今にも大声で泣きそうだった。

でも私がそんなふうに取り乱したら、アレクとラスを心配させてしまう。私は必死に取り繕って、無理やり平気そうな顔を作る。

「――じゃあ、フィグだけ連れて遊びに行こう。二人とも、一年ぶりだもんね。いっぱい遊んで来よう！」

「うん！」

それからのことは、なんだかふわふわしていて記憶が薄い。

ただ、アレクとラスが楽しそうに駆けっこをして、村の他の子供たちにまじって遊んでいるのを見て、心がほんの少しだけ慰められたのを覚えている。

夕方、家に戻る。お父さんの口から改めて、プラムの死を聞いた。

亡骸《なきがら》は家の裏手、厩舎《きゅうしゃ》の近くに埋めたそうだ。

「お前はプラムを特に可愛がっていただろう。きっとショックを受けると思って、手紙に書かなかった。直接伝えた方がいいと思ってな」

「大丈夫。もちろん悲しいけど、あの子がもうおじいちゃんなのは分かっていたから」

私はまた嘘をついた。

だって、この里帰りが終わればアレクを首都に連れて行く。アレクは実家を離れて不安な思いをするだろう。そんな時に姉である私が泣きじゃくっていたら、安心できないじゃないか。

お父さんとお母さんもそうだ。子供が二人とも、まだ小さいうちに家を出てしまって寂しいはず。せめて私は元気でやっていると、見せてあげなければ。

演技力はまあまあ自信がある。前世だっていよいよ死ぬまで、割と平気な顔をしていたはずだ。

だから、大丈夫。そう思い込む。

皆で揃って晩ごはんを食べる。

私は首都で起こった事柄を話して聞かせた。手紙でも書いていたけど、書ききれなかったことをあれこれと。

マルクスとティトが口喧嘩ばっかりしてることとか、シリウスがやらかした変なこととか。魔法学院の授業のこと。

夏に売り出した冷たい飲み物とかき氷で、お客さんがみんな笑顔になった、とか。

ラスとヨハネさんもそれぞれ話して、アレクはげらげら笑ったりしていた。

そうして寝る時間になり、部屋に戻って寝台に寝転ぶ。

私の枕とお布団はお母さんがよく干してくれていたようで、暖かなお日様の匂いがする。

旅の疲れが出たせいで、まだ九歳のこの体はすぐに眠りに落ちていった。

真夜中の追悼

夜半、ふと目が覚めた。

前世はよく夜中に何度も起きていたけど、ゼニスになってからこんなことは珍しい。

大人たちももう寝静まったようで、辺りはしんとした空気に満たされている。冬だから虫の声もせず、鳥や獣たちの気配も薄い。

私は起き上がって、毛織物の上着を羽織った。

部屋の外に出ると、中庭の空に細い三日月がかかっているのが見えた。薄い雲に覆われて、弱く淡く輝いている。

家を出て裏手に回る。月が細くて周囲は暗いが、住み慣れた実家。歩くのに不自由はなかった。

厩舎の前を通ったら、寝ぼけまなこの馬のガイウス号がブルルッと鼻を鳴らしていた。

厩舎の横合いに、少しばかり広い土のスペースがある。その隅の一角に、うっすらと掘り返したような跡が残っている。時間が経って分かりにくかったけど、よく見れば土が少しだけ盛り上がっていた。

プラムが眠っているのはここだろう。

私はその前に立って、ぼんやりと地面を眺めた。

「プラム」

口に出して名を呼んでみる。

前世では犬も寿命が長かった。けれどユピテルでは、九歳まで生きれば長生きの部類。……よく頑張って、生きたと思う。

イカレポンチだった私と同じ年に生まれて、一緒に育った。

私がわがままいっぱいに振る舞っても、プラムはお兄ちゃんみたいな態度で受け入れてくれた。

同い年だったはずなのに、すぐお兄ちゃんになって、お父さんみたいになって、おじいちゃんになって。

「プラム、死んじゃったの？　もう会えないの？　早すぎるよ……」

前世でも犬を飼っていた。だからよく分かっている。

彼らの時間は短い。人間の何倍もの速さで年を取っていく。いくら嘆いても差は埋まらない。

涙があふれる。頬を伝いあごを伝って、ぱたりと足元の土に落ちた。

一度涙をこぼすと、もう止まらなかった。

ここなら誰もいない。思い切り泣いて悲しんでもいいはずだ。

悲しみが湧き出るままに、泣きじゃくった。

プラムとの思い出が蘇る。私がまだイカレポンチだった頃、全力で転げ回って遊んだこと。

私が転んで泣き出したら、涙を舐めてくれたこと。

そして七歳のあの年、手負いのブドウリスから助けてくれたこと……。

「プラム。虹の橋で待っていてね。いつか私も寿命で死んだら、迎えに行くから」

ユピテルの死生観は古い時代の面影を色濃く残していて、死後の世界の概念は薄い。前世のように天国や地獄、または転生といった考え方はない。ましてや犬の冥福を祈る作法なんてなかった。

だから私は、前世で犬を亡くした時と同じように、犬や猫やその他の人間とともに生きた動物たちが行くという虹の橋を願った。

そこでは皆、生前の若さを取り戻して、毎日楽しく遊んでいるんだって。

そして縁の深い人間が死んだ時、一緒に虹の橋を渡って次の世界へ行くんだって。

プラムも若い姿で元気に走り回りながら、私を気長に待ってくれるといいな……。

そう思って、私はたくさん泣いた。

冬の夜の静けさが、涙も泣き声も包み込んでくれるようだった。

泣いて泣いて、目が痛くなるくらい泣いて、ようやく心が少し軽くなった。

目元をごしごし擦る。これは明日、腫れてしまいそうだ。

冷やせばマシになると思い、氷の呪文を唱えかけて。

がたん、と、後ろの方で何かが倒れる音がした。

振り返ると、夜の闇の向こうに誰かがいる。小さい人影。

「ラス⁉」

驚いてそちらに行くと、ラスが困ったように厩舎の前に立っていた。足元には板切れが落ちている。立てかけていたこれが倒れて、音がしたらしい。

「ゼニス姉さま……」

「どうしたの、ラス。こんな夜中に」

「お手洗いに目が覚めて。そうしたら、姉さまが家を出るのが見えて」

あらら、タイミングが悪かったなぁ。

ラスはしばらく迷った後、金色の瞳をお月様みたいに光らせて言った。

「姉さま、大丈夫ですか？　泣いていたから、声をかけていいのかわからなくて」

「あぁ、みっともないところを見られちゃったね。もう平気だから、心配しないで」

「でも、すごく悲しそうでした。プラムのことですか？」

「……うん」

こんなに泣きはらした顔で、取り繕えるものではない。

「プラムとは同い年で仲良しだったから、悲しくなっちゃってね。けど、いっぱい泣いたら落ち着いたよ」

「じゃあ、僕もお祈りをさせて下さい。シャダイのやり方しかできないけど、僕も去年、プラムと遊んでもらったから」

私は言葉に詰まった。

一人で目一杯泣けば、それでいいと思っていた。でも、プラムのことを――あるいは私のことを――気にかけて、寄り添ってくれる気持ちが……とても、嬉しい。

「ありがとう。きっとプラムも喜ぶと思う。あの子、アレクを弟扱いしてたから、アレクと仲良しのラスも弟みたいに見てたと思うよ」

プラムが眠っている場所まで戻ると、ラスは膝をついて祈り始めた。濃い色の金の巻き毛が額に落ちかかる。

「天上の主にして全能なる神よ、ここに眠る魂に永遠の安息を与え、絶えぬ光でお照らし下さい。暗闇に迷わぬように、あなたの御手でお導き下さい……」

一神教らしい祈りの言葉に、真心がこもっているのが分かる。

私も彼の横に跪いて、歌うような鎮魂の祈りが、冬の夜空に散っていくのを聞いていた。

――さようなら、プラム。遠い未来にまた、虹の橋で会えますように。

二つの仕事

故郷で年末年始を過ごし、私たちは首都に戻ってきた。今回はアレクも一緒だ。

アレクは初めての旅に大興奮で、ずっとはしゃいでいた。

元気なのはいいことだけど、あまりにはしゃぐので不安の裏返しかなと思ったりもした。この子はまだ六歳。気を配ってあげないと。

フェリクスのお屋敷に到着したら、執務室に呼ばれる。アレクをティベリウスさんとオクタヴィー師匠に紹介した。

「はじめまして。アレク・フェリクス・エラルです。これからよろしくお願いします」

アレクは事前に練習した挨拶を、ちゃんと言えたよ。

ティベリウスさんが微笑む。

「ようこそ、アレク。歓迎するよ。慣れるまで大変かもしれないが、何か困り事があったら、俺にでもゼニスでも、遠慮なく言うといい」

「はい！」

アレクはにっこり笑って、元気よく返事をした。物怖《ものお》じしない子だ。

なお師匠は「はいどうも」みたいな極めてテキトーな態度であった。まだ子供苦手なのかい。仕方のない人である。

一通り終わって、執務室を退出しようとしたらリウスさんに呼び止められた。

「ゼニス、それからティトも。少し話があるから残ってくれ」

「はい、何でしょう」

アレクはフェリクスの使用人に任せて、私たちは再び部屋の主に向き直る。

「結婚することになった。式は六月の後半に予定している」

「へ？」

前置きなしに告げられて、私は目を丸くした。

「結婚？　誰がするんですか」

「俺だよ」

ティベリウスさんは苦笑した。オクタヴィー師匠は隣ですごい変な顔してる。あれは噴き出すのをこらえている顔だ。

いやだって、急すぎる！　年末まで特に何もなかったじゃないか。

リウスさんは今年で二十七歳だったか。ユピテル人としてはかなり晩婚だ。

ユピテル人の結婚適齢期は、成人の十七歳から二十代前半くらい。女性はもう少し早くて、十五歳くらいで結婚する人もいる。

「ティベリウス様、おめでとうございます」

ティトがそつなく言ったので、慌てて私も真似をした。リウスさんは鷹揚《おうよう》にうなずく。

「お相手はどちらの方ですか？」

「新進気鋭の騎士階級《エクイタス》の家のお嬢さんだよ。名はリウィア、年は二十一歳だ」

「騎士階級！」

騎士階級は平民と貴族の間に位置する身分である。大貴族フェリクスの次期当主のお相手としては、かなり身分的に下になるだろう。

ちなみに、騎士といっても中世ヨーロッパみたいな騎馬の鎧の戦士ではない。どちらかというと経済界の大物って感じだ。

なんで騎士と呼ぶのかというと、ユピテルの昔の軍隊制度に由来する。

ユピテルは今でこそ志願軍人制度になっているが、国の黎明期《れいめい》においては全て市民兵だった。職業軍人は存在せず、有事にその都度市民から徴兵する形だ。

市民兵は武装もその他の必要物資も全部自腹。中でも馬は高価な上に乗馬は高度なスキルなので、相応以上に裕福な家でなければ騎馬兵は出せなかった。

それで騎兵、つまり騎士を出せる家はかなり裕福な家となり、その名残で成功した商人などが騎士階級と呼ばれる。

平民と騎士階級は身分としてかなり流動的。たとえ今は平民であっても、商売で成功して一定以上の資産を獲得すれば騎士階級になれる。反対に財産を失って平民落ちもよくある話だ。

騎士階級の中でも政治的な野心のある人は、元老院入りを狙って行動するケースもある。

ただの平民だった人が商売で成功して大金持ちになり、騎士階級になり、元老院議員となることで貴族社会の一員となる。そんな成り上がりの物語が、ユピテルではしばしば聞かれる。

ユピテルは周辺諸国を併合するのと同時に身分制度を流動化して、常に新しい血を取り込みながら発展してきた。この柔軟さこそが、ユピテル共和国の繁栄を支えていると言われている。

では今回、大貴族フェリクスと婚姻関係を結ぼうとする家は、どんな商家なのか。

「運送ギルドに強い影響力を持つ家なのよ」

師匠が言い、リウスさんが続ける。

「冷蔵と冷凍の力は去年、しっかり見せてもらったからね。それらを使った運輸に手を付けようと考えた次第だ」

それは……以前、私が氷の商売をプレゼンした時に伝えた輸送革命のことか。

大貴族と騎士階級の身分差婚も、それだけこの事業に賭ける意気込みが垣間見える。

けど、こんなに早い時期に実現に向かって動くなんて。予想外だった。

「俺は氷の可能性を信じて疑っていないが、他の元老院議員たちはまだ納得しないだろう。そこでリウィアの――婚約者の家と組んで、試験的に生鮮食品の運輸を開始するつもりだ」

「手始めにメスティアの港町から首都へ魚介類を運ぼうと考えているわ。首都は一大消費地ですもの。裕福な貴族や市民は、新鮮な魚介類食べたさに海辺に別荘を持っている人もいるくらいだし」

ユピテルは半島の国だが、首都は海に接していない。一番近いメスティアの港町は、徒歩で一日程度の距離だ。すぐに傷んでしまうお魚や貝類は、たった一日でも鮮度が問題になる。

ユピテル人は魚介類が大好き。市場に行けば、隣の港町から樽に水を入れて生きたまま運ばれてきたお魚が、石造りの水槽を泳いでいたりする。

とはいえ、そのやり方では量が運べない。遠方から運んでくるのも無理だ。

「このために、ゼニスに白魔粘土の増産を頼んでいた」

リウスさんは言う。

「手始めこそ隣の港町だが、既にユピテル全土の名産品を集める目算は立てている。六月の俺の結婚式に合わせて、試験的に各地の運輸網を動かす予定だ」

「そうでしたか……！」

去年の秋、氷の商売の課題として魔法使いの育成強化・白魔粘土の増産を示されていた。

今年、この早い段階での試験稼働を見越してのことだったんだ。ティベリウスさんは相変わらず手際のいい人だ。

「夏の試験運輸稼働までに、さらに多くの白魔粘土を用意してほしい。あれは魔力量が必要だから、短期間に大量に用意するのは難しいのだろう？」

「はい。今は私ともう数人で製作しています。あまり捗《はかど》っていませんね……」

私は思い切り頑張れば、一日に樽四つ分くらいの量を作れる。他の魔法使いは、一つ分がやっとというところ。

複数人で魔力を注ぐのもやってみたが、違う人の魔力が混じるとうまく出来なかった。

魔力回路のおかげで魔力が底上げされた学生は多いが、それでもまだ力不足だ。当面は私も頑張るしかないだろう。

「白魔粘土は、去年から何とかして増産を目指してきたけど、まだまだね。魔法使いの雇用を増やしたくても、そもそも人材がいないもの。倒れない程度に頑張ってもらうしかないわね」

と、師匠。師匠も魔力量をクリアしてるんだから、ちょっとは手伝ってほしいものだ⁉

「もう一つ」

ティベリウスさんが人差し指を立てた。

私はぎくりとして彼を見る。

そうだ。秋のあの時は教えてもらえなかったけど、課題はもう一つあったんだ。

私の視線を受けて、リウスさんは笑った。実に不敵で、楽しそうな表情だった。

「俺の結婚式で、氷の魔法をアピールしたい」

そう言って、立てた指を私に突きつける。

「ほかでもないきみの――ゼニスの魔法を、だ。内容は任せるが、少なくとも一品、氷を使った料理を用意してくれ」

「それは……」

彼の意図を察して、私は内心で唸った。

――なるほど。運送ギルドに影響力を持つ騎士階級の家と婚姻関係を結んだ上で、結婚式でも氷を売り込むのか。

フェリクス次期当主の結婚式ともなれば、元老院やその他各界の重鎮が招かれるだろう。しかも結婚相手は騎士階級の娘。身分差婚として話題になるに違いない。

そこでしっかりと、氷の可能性を見せつける。

とても効果的な、一石二鳥の作戦だ！

リウスさんは私の様子を見て、満足そうにうなずいた。

「予算に糸目はつけない。他の料理との兼ね合いはあるが、料理人や設備も好きに使ってくれ。ゼニスの斬新な発想に期待しているよ」

「は、はい」

なんか、いきなり責任重大になってしまった！

軽く胃の痛みを覚えながら師匠を見たら、力強くうなずかれた。

ううむ、こうなったらやるしかない。前世の知識も引き出して、あっと驚くようなものを作る。

……作る……。大丈夫かな……。

決意したのも束の間、すぐに迷いと不安に襲われてしまった。血圧が急に上下しすぎだ。

「ゼニス、百面相しないで。面白くて笑っちゃうから」

師匠ひどい！　さっきのうなずきは何だったのさ。

それともあれか、緊張をほぐそうとして冗談を言ってくれたのか。……いや、師匠のことだから素で言っただけに違いない。ばかやろー。


こうして新年の訪れとともに、二つの仕事をやることになった。

一つは白魔粘土の増産。今夏という明確な期限が切られたからには、今まで以上に取り組む必要がある。場合によっては魔法学院の授業のペースを落として、学生たちに協力を頼まないといけないかもしれない。

二つ目は氷の料理。あまりにもざっくりとした指示だったけど、それだけ私の力を信じてくれているのだと思っておこう。迷いは大きいが、引き受けた以上は全力でやり遂げなければ。

胃が痛いのはどうにもならん。胃薬になるというニガヨモギの粉末を買ってみようかな？ などと弱気になったけれども、いつまでもクヨクヨはしていられない。

新年、気持ちを新たに頑張りたいね！

◇

今は一月。六月のティベリウスさんの結婚式まで、あと五ヶ月ほど。

執務室を出てきた私は、中庭に続く回廊を歩きながら早速考え始めた。

白魔粘土の製作は人手を増やさないことには、どうにもならない。人材確保やマネジメントに関しては、オクタヴィー師匠の仕事だ。私は製作を地道に頑張ることにする。

氷の料理はどうしたものか。

実はぱっと思いついたものがある。アイスクリームだ。

氷と塩の寒剤の実験を昔、前世で小学生だった頃にやった。夏休みの自由研究でアイスを作ったのだ。その後もお菓子作りは趣味だったので、レシピは覚えている。

ただ、ユピテル人は派手で華美なものが好きなんだよね。

普段の宴席の料理も凝っているというか、なんかすごいのが多い。

私が見かけた中で一番印象に残ってるのは、伊勢海老みたいなでっかいエビにキャビアを詰めたもの。これだけでも贅沢だが、それをいくつも大きなガラスの器に盛り付けて、貝殻つきの蒸し牡蠣を周りにぐるっと並べていた。そしてさらにその外側を、ウツボの姿焼きみたいのが取り囲んでいた。ウツボにはきれいな色のソースがかかっていた。

なんかもう、海の幸てんこ盛りって感じ。浦島太郎が海底宮殿で食べていそうなごちそうだ。

ユピテル人は鳥や獣の肉も食べるが、魚介類も大好きなのである。

こんな料理が並ぶ中、シンプルなアイス一つではインパクトに欠けるだろう。

うーむ。何かしらの工夫が必要だ。

ティトと二人で考えても埒が明かなかったので、他の人の意見も参考にすることにした。

とりあえず、マルクスに聞いてみる。彼を探すとお屋敷の廊下で見つけたので、話をした。

「氷を使った料理？　かき氷以外で？　うーん、思いつかねえなー」

マルクスは腕組みして考えてくれたが、すぐにアイディアは出てこないようだ。まあ、当たり前か。

まだ時間に余裕はある。今すぐ何かを始めなくてもいいだろう。

ついでなので、最近の氷の商売について教えてもらう。

去年の秋の後半から、いくつかの公衆浴場《テルマエ》内に出店を始めた。季節にかかわらず熱気あふれる公衆浴場ならば、通年で冷たいものが売れるのではないかと考えたからだ。

「冬で寒いから、店の売上はさすがに落ちてるよ。けど、公衆浴場の方は好調だぜ。魔法使いの兄さん姉さんもだいぶ慣れて余裕が出たんで、ちょっと前からかき氷も出してる。粉雪の魔法じゃなくて、でかい氷を出して削ってるぞ」

「そっか、その方が白魔粘土の樽で保存しやすいよね」

「そうそう。氷は余裕のある時に魔法で出してもらって、注文が入ったら削ってるよ」

白魔粘土の高い保冷性能のおかげで、そんなことも可能になったのか。

マルクスは言われた通りの仕事だけじゃなく、自分で考えて工夫しているみたい。すごいな。

「でも、困ったことがあってさー」

彼は首を振った。

「最近、俺らのパクリが出るんだよ」

「ぱくり？」

「魔法使いを雇って氷を出して、飲み物を冷やしてるのがいる。もちろんうちの方がキンキンに冷えてるし、あいつらはかき氷なんて作れない。けど、お客はあんまり区別がつかないみたいで。他の店のを持ってきて『このワイン冷えてないじゃないか！』って文句言ってくる奴とかいる」

後追いが出てきたか。

別に特許制度があるわけじゃなし、魔法使いがいれば真似自体はできるだろう。魔法使いは人材不足だが、全くいないわけじゃないから。

とはいえ、質の悪い仕事でこちらの評判まで下げられるのは困る。今年は冷蔵冷凍運輸の試験稼働があるから、大事な時期なのに。

「そいつら皆、追い出せないわけ？」

と、ティト。案外過激なことをおっしゃる。

「無理だよ。公衆浴場の店は、許可制だ。ちゃんと許可取ってる奴らを追い出せるわけがない」

マルクスが首を振っている。

新しいことを始めたら、後追いと劣化コピーが出回るのはどこでも一緒なんだねぇ。

となると、必要なのはブランド化か。他の同業者と差別化して、それがひと目でわかるような取り組み。

「シンボルマークを作ってみよう」

私は言った。マルクスとティトがこちらを見る。

「フェリクスの後押しのあるお店だと一発で分かるように、お店の看板や食器にそのマークをつけるの」

私は前世の某コーヒーショップを思い浮かべた。緑色の線で描かれた、星と人魚のマークの珈琲店だ。あのマークを見れば誰もがそのお店を連想する。呪文みたいに長くて複雑な商品名の、あそこね。

ああいうのを作りたい。白魔粘土と魔法使いたちの教育のおかげで、私たちの氷の商売は他よりずっと品質がいい。商品の価値は既に確立されている。あとは明確な差別化と知名度があれば、成功すると思う。

そういった趣旨を説明したら、二人とも目を輝かせた。

「いいな、それ！　マークをつけたのだけがうちの商品だから、偽物はすぐ分かる」

「最近のお嬢様は冴《さ》えていますね。さっそく取り掛かりましょう」

マルクスは絵を描くのが得意だ。中庭まで行って、土の部分に棒で案を描いてみようとなった。

パピルス紙は多少のお値段がするから、試し書きに使うにはもったいないのだ。

「マーク、マークねえ。どんなのがいいかねー」

棒を持ったマルクスが、地面に丸や四角を描いていく。

「氷を使った商売だから、氷をアピールするのがいいんじゃない？」

と、ティト。マルクスはうなずいて、丸の中に『氷』と書いた。ユピテル文字なので、アルファベットみたいなやつだ。

そのままでは味気ないからと、氷の文字を装飾してみる。カリグラフィーのようになった。

「なかなかいいわね。あんた、こういうのホント上手よね」

「わお、毒舌ティトに褒められた！　明日は槍が降るぞ！」

余計なことを言ったマルクスは、ティトにしばかれた。

私は装飾文字を見ながら考える。マークに盛り込むべきポイントは、氷の他にはフェリクスのお墨付きという点か。

フェリクス家門は、伝説上は幸運の女神の末裔《まつえい》ということになっている。

「フェリクスの幸運のシンボルも入れよう」

私が言うと、マルクスとティトはじゃれ合いをやめてこちらを見た。息がぴったりでなんだか可笑しい。

「幸運のシンボル。いくつかありますね」

「有名なのだと、車輪とか？」

くるくると目まぐるしく回る車輪は、幸運の他に運命も象徴している。

マルクスは丸と四角の中にそれぞれ、車輪の絵を描いた。

それから少し考え、ぽんと手を打つ。

「おっ、そうだ！　幸運のシンボルといえば、これが外せないだろ！」

そう言って車輪の隣に描いたのは……なにこれ？

「ちんこ！　ペニス！　幸運と子孫繁栄、ついでに邪気払いのシンボル‼」

おい。

「ああ、悪くないですね。形も分かりやすくて」

え、ちょっと、ティト？

真面目なティトまで普通に肯定したので、私は焦った。

いや待てよ、そうだった、ユピテルじゃコレはごく一般的な幸運と魔除けのお守りだった！

なんならその辺の小さい神殿とかで、木彫りのコレがお守りとして売ってるレベル。首から下げたり根付にしたりする。

「あっ、姉ちゃん！　ティベリウスさんと話、終わったのか？」

私が一人でわたわたしていると、アレクとラスが中庭にやって来た。

私はさりげなさを装って動き、二人から地面の絵を隠す。

「うん、終わったよ。アレクは自分の部屋、見せてもらった？　荷物置いてきた？」

「姉ちゃんの部屋の隣だった。ラスの部屋の隣が良かったのに」

アレクは口では不満を言うが、どこかほっとした様子である。

「その子がゼニスお嬢様の弟かぁ？　俺はマルクス、よろしくな！」

手に持った棒をくるくる回して、マルクスが挨拶している。

「屋台の兄ちゃんだ！　よろしくね！」

「俺のこと知ってんの？」

「うん、姉ちゃんの手紙に書いてあった」

言いながら、アレクはトコトコとマルクスの方に歩み寄る。あっ、やばい。

「うわ、なにこの絵。ちんこだ！　ちんちん!!」

おのれ、この小学生男子め。連呼やめろや！

「マルクスが描いたの？　すげー、上手！」

「おうよ、絵は得意だぜ」

「俺のちんちんの絵も描いて！」

そう言ってアレクが上着をめくろうとしたので、私は必死に阻止した。

「バカアレク、やめなさい！　こんなところで丸出ししたら、風邪ひくでしょ！」

叱る方向性がそれでいいのかと思ったが、ユピテル人の常識としてコレに忌避感がない以上、他に言いようもない。

アレクを押さえつけながらラスを見ると、彼は顔を赤らめて頬に両手を当てていた。エルシャダイの常識の方が真っ当だった。よかった。ラスまで丸出しすると言い出したら、私はもうどうしていいか分からないところだった！

その後おちんちんフェスティバルと化した中庭を鎮めるのに、かなりの労力を使ってしまった。

疲れた……。

ユピテル人のアレな常識のおかげでえらい目にあってしまった。

ただでさえ故郷から数日かけて旅をしてきた疲れがあるというのに、なんでこうなった。

今日はもう気力が尽きたので、続きはまた明日にする。

初めてフェリクスのお屋敷に入ったアレクのために一通りの案内をして、その後は早めに休むことにした。


夜、寝台で眠っていると物音で目が覚めた。

廊下を歩く足音、次いでドアの開く音。

「……姉ちゃん、起きてる？」

見ればアレクが、実家から持ってきたお気に入りのタオルを握りしめて、ドアのところに立っている。

「どうしたの？　眠れない？」

「…………」

起き上がって、彼を部屋に入れてやった。アレクはうつむいたまま、何も言わない。

暗い中、アレクの子供らしいふっくらした頬に涙のあとを見つけた。

「今日は私と一緒に寝ようか。初めての場所で、落ち着かないでしょ」

「うん」

この何日かの旅の間、この子はずっと元気すぎるくらい元気だった。たぶん、お父さんやお母さんと離れた不安をごまかすために、そんな態度になっていたのだと思う。

この子はまだ六歳だ。今日だけと言わず、しばらくは一緒に寝た方がいいかもしれない。

寄り添って横になる。子供二人なら、この寝台もそんなに狭く感じない。

冬の冷えた夜気に弟の体温がとても暖かかった。


翌朝、目が覚めたアレクは照れくさそうに「ラスには内緒にして」と言ってきた。

うん、いいよ、内緒ねって言ったら、にこーっと笑って自分の部屋に戻って行ったよ。うむ、かわいいな。

朝ごはんを食べて身支度を終えたら、昨日の続きに取り掛かる。

マルクスは最近、公衆浴場の出店の担当をしているそうで、仕事は浴場が混み始める午後からになる。それまで付き合ってもらうことにした。

「車輪のモチーフはいいと思うんだよね。氷を使った運送が始まるから、馬車、車輪でぴったりでしょ？」

私が言うと、マルクスとティトはうなずいている。

同じフェリクスの事業としてやる以上、冷たい飲み物と冷蔵運輸で統一感を持たせるのはいい手だ。運送の方でもマークを使うよう、ティベリウスさんに提案してみよう。

「幸運のシンボルは、何があったでしょうか。男根はだめとして、あとは麦の穂、ふくろう」

「幸運の女神の持ち物は、羽の生えた靴に底が抜けた水瓶だったか？」

ティトとマルクスが口々に言った。マルクスの言う靴と水瓶は、幸運が逃げやすいのを表すものだ。

せっかくのシンボルマークだから、縁起のいいものにしたい。底抜けの水瓶はちょっと使えないな。靴も微妙。

もう一つの要素、氷。前世であれば雪の結晶の六角形がよく使われていたけど、ユピテルでは馴染みがない。

雪の結晶はきれいだから、私も好きだ。でもマークは、ユピテルの人たちがひと目で見て分かるものでなければならない。残念だけど却下。

「二人は氷というと、どんなイメージを持ってる？」

ティトとマルクスに聞いてみる。

「冷たい、透明、溶けたら水になる」

と、ティト。相変わらず散文的である。

「透明で、きらきらしてる。砕くと水晶みたいに尖ってる」

こちらはマルクスだ。

「水晶みたいに？」

「おう。かき氷を作るのに、大きい氷を削るだろ。中途半端な大きさのが余っちまったら、ハンマーで砕いて樽に入れるんだ。その時のかけらが、鉱物商の店先に並んでる水晶みたいで、すげえきれいなんだよ」

マルクスは絵心があるだけあって、感性も鋭いみたい。

「じゃあ、水晶みたいな氷をこの車輪に組み込んで絵にできないかな」

「やってみる」

マルクスは棒を持って、一生懸命に地面に絵を描き始めた。何個も車輪を描き、水晶柱を思わせる結晶の形を描いては消して、だんだんと洗練させていく。

やがて車輪の輻《スポーク》――車輪の中央と外周部とを繋ぐ、放射状の軸棒――を水晶の形にしたデザイン画が出来上がった。

絵の中になじませるように、『フェリクスの氷』と文字も入れてある。

「いいね、これ！　氷っぽいし、車輪のデザインも生きてる」

「……見事です」

私とティトで褒めたら、マルクスは得意げに鼻をこすった。

私はもう一度地面の絵を眺めて言った。

「紙に清書して、ティベリウスさんに見せよう。飲み物販売の方は許可出ると思うよ！　運送事業の方でもこれを使うか、全く同じでなくても似た感じのマークを使えないか、提案してみる」

「へへっ、俺の絵が世に広まるなんてなあ。一年前は想像もしてなかったぜ。ゼニスお嬢様とティベリウス様、フェリクス家門には返しきれないほどの恩がある……」

マルクスは嬉しそうに紙を手に取って、ペンで描き始めた。そう時間もかからず清書したものが出来た。

「おっと、そろそろ昼か。俺、行かなきゃ。ゼニスお嬢様、よろしく頼むよ」

「うん、任せて」

足取りも軽く走っていくマルクスを見送る。

さて、このマーク、しっかりティベリウスさんから許可をもらって来ないとね。


午後になって、ティベリウスさんに時間を取ってもらった。

フェリクスの実質上の当主である彼は、午前中は忙しい。毎日、被保護民《クリエンテス》たちの訪問を受けて困りごとの解決策を示したり、手助けをしたりしている。

なお、クリエンテスに対して保護を与える者はパトローネスと呼ぶ。パトローネスとクリエンテスは、ユピテルの伝統的な相互扶助関係である。

毎朝、クリエンテスたちは玄関近くのアクアリウム——貯水槽のある空間——に並んで、順に執務室に入っていくのだ。特に問題を抱えていなくても、挨拶を欠かさない人は多い。

大貴族であるフェリクスのクリエンテスは、比較的上層民が多い。下級の貴族や騎士階級、平民でもそれなりに裕福な人など。

これが下級貴族や騎士階級が抱えるクリエンテスになると貧しい平民が増えて、困りごとも日々の食べ物のことだったり、暮らしていくためのお金の無心だったりするそうな。

さて、そんなわけで午後である。

昼食後に時間の余裕が出来たティベリウスさんに、私はマルクス作のシンボルマークを見せた。

「マルクスにこんな才能があったとは。意外な拾い物だったか」

と、そんなことを言う。

「飲み物の販売は、ぜひこれを使ってくれ。職人を手配して、看板の作成と食器へ焼印をさせよう」

「ありがとうございます！」

やったね！　マルクスの絵が採用されたのも嬉しいし、これで偽物問題はだいぶ解決すると思う。

偽物がマークも真似てくる可能性はあるが、その時は真正面から抗議なりして戦ってやればいい。正当性はこちらにあるもの。

「ただ、運送事業にこれを使うかは保留にさせてくれ。もう少し事業内容を詰めてから、より効果的な案があればそちらを使いたいからね」

「はい、分かりました」

冷蔵運輸なんてまったく初めての試みだし、まだ始まってすらいない。当然と言えば当然だ。

「飲み物の方だけでも採用されて、マルクスが喜びます。彼、氷の商売でフェリクスに拾ってもらって感謝してました」

「はは、そうかい」

「去年の屋台買上げとマルクスの雇入れの契約も、大貴族と平民の間のものとしては、かなりマルクスに有利でしたよね」

ふと思い出したので言ってみた。リウスさんは温和な見た目に反してシビアな人だと思っていたのだが、案外優しいのかな？　と。

すると彼はいつもの笑みを浮かべて言った。

「ああ、あれはね。氷を使った画期的な商売、しかもその先に運輸革命などという大事業が控えていただろう。下手にマルクスを野放しにして、機密が漏れては困る。だから裏切らないよう、恩を売って抱き込んだんだよ」

リウスさんは「裏切らないよう」のところに微妙な含みを持たせた。

えええ……。もしかして、マルクスをフェリクスのお屋敷の使用人部屋に住まわせたり、お母さんの同居を許可したりもそういう意図があったの……？

例えば、他の大貴族とか力のある商敵、政敵がマルクスを脅したり買収して秘密を聞き出そうとしても、お母さんがこのお屋敷にいれば彼はそうそう裏切れない。人質だ。

そういうこと？　私の考えすぎ？

ああでも、運輸革命のプレゼンの時、マルクスも同席していた。うわぁ……。

ビビリながらティベリウスさんを見たら、苦笑された。中《あた》らずといえども遠からずっぽい。

うん。この件は深く追及しないでおこう。

マルクスは純粋にフェリクスに恩を感じているし、病気だったお母さんを引き取って暮らして、実際助かってる。それでいいじゃないか。

「と、とにかく、シンボルマークの許可をありがとうございました。引き続き、白魔粘土の製作と結婚式の料理をがんばります！」

「ああ、そうしてくれ」

相変わらず穏やかなリウスさんの声を背に感じながら、私はそそくさと執務室を出たのであった。

◇

シンボルマークの決定から数日が経過した。

看板はまだ出来上がってこないけど、大小の焼き印が来たので見せてもらった。なかなかいい具合である。

木製の食器や樽にはこれを使って、陶器や銅の食器はマークを入れて作り直すんだって。

早速、マークをつけた木製のカップを手に取って、マルクスが喜んでいたよ。今回の功労者だもんね。

アレクは夜、寝る前になるとこっそり私の部屋にやって来る。

ラスにもティトにも内緒だ。もっとも、ティトにはバレてる感じだけど。

一緒に寝台に入って、寝る前におしゃべりするのが日課になっている。

おじいちゃん先生の授業が始まって、ラスと一緒に勉強していると話してくれた。

「ラスは頭がいいんだ。俺が読めない難しい文も、すらすら読んじゃう」

アレクはちょっと悔しそうだった。

「ラスは前から勉強を始めているからね。アレクは始めるのが遅かったから、これから追いつくといいよ」

「ほんとに追いつける？　俺、勉強苦手だよ。じっと椅子に座ってるの、つまんない」

今まで田舎で駆け回っていた生活から、急に勉強の時間が増えたものね。

「気持ちは分かるよ。私も故郷の村で、走り回ってるの好きだったもん。でも、ちょっとずつ勉強にも慣れていこう。色んなことを学ぶのも、楽しいよ」

「そうかなぁ」

アレクが口を尖らせるので、つまんでやった。アヒルみたいな顔になってる。

「そうそう。で、勉強の時間が終わったら、ラスと私とティトで遊ぼう。なにしようか？」

「じゃあ、追いかけっこ！　クルミ投げもやりたい。マルクスも来てくれる？」

「仕事の時間以外なら、来てくれると思うよ。誘ってみよう」

「うん！」

寝る前にこうやって話す時間を取るのも、なかなかいいと思う。

やがてアレクが規則的な寝息を立て始めたのを聞きながら、私もぐっすりと眠った。

その翌日のことである。

約束通り、おじいちゃん先生の授業を終えたアレクたちと一緒に、中庭でクルミ投げをした。お昼前だったので、マルクスもいる。

クルミ投げはユピテルの子供たちの定番の遊び。ピラミッド形に積んだクルミめがけて手持ちのクルミを投げつけ、山を崩して点数を競うのである。

私がクルミを投げようとしたところで、フェリクスの使用人に声をかけられた。

「ゼニス様、お客様がいらしています」

「え、私に？　誰だろう」

「ゼニス様の同僚で、シリウス様と名乗る少年ですが。金髪で青い目のお方です。こちらにお通ししてよろしいですか？」

シリウス？　なんでわざわざここまで来たんだろ。

「はい、確かにそいつ、じゃなかったその人は魔法学院の同僚なので、通して下さい」

「かしこまりました」

やって来たシリウスは、とても不機嫌な顔をしていた。

「ゼニス、里帰りから戻ったのに、どうして学院に来ないんだ」

いきなりの詰問口調である。子供たちがいるんだから、やめてほしい。

「魔力回路の授業は、まだ先だもん。別に用事がないから行かなかっただけ」

「用事ならあるだろう。僕の研究室を片付けたのに、なんで見に来てくれない」

おっと、そういやそうだった。正直忘れてた。首都に戻ってきたその日に結婚式の話を聞いて、すぐシンボルマークを作ったりして忙しかったから。

そう言おうと口を開きかけたら。

「帰ってきたら、すぐ来てくれる約束だったのに！　僕はずっと待ってたんだぞ！」

怒ってる、というか拗ねてる？

九歳女児に拗ねて文句を言う十五歳男子の図。いやまあ、九歳の中身は四十代だからいいっちゃいいんだけどさ。

シリウスを知っているティトはともかく、アレクやラス、マルクスもいるのによくやるなあ。周囲がまるで見えていない。こいつのプライドは高いのか低いのか分からんな。

とはいえ、けろっと忘れていた私も悪かった。

「ごめん、そうだったね。明日にでも行くから――」

「明日じゃだめだ！　今すぐ来い」

ぐいっと腕を掴まれた。視界の端でマルクスとティトが動くのが見えたので、何でもないと首を振って見せる。

だが、意外な人物が割って入ってきた。

「やめなさい！　ゼニス姉さまを困らせる人は、僕が許しません！」

ラスだった。

「なんだお前は。チビに用はない、ひっこんでろ」

シリウスのセリフがチンピラみたいである。

「ひっこみません！　手を離しなさいっ！」

「うるさいぞ、邪魔するな！」

「姉さまは僕が守るんです！」

ラス……！　いつの間にか強くなっちゃって！

病弱だった頃の彼を思うと、しみじみと感慨深かった。小さくて弱々しいと思っていたのに、いつの間にか成長していたんだなあ。

ヨハネさんにも見せてあげたかった。あの人、今日はたまたま不在なんだ。後で教えなきゃ。

「アレク、手伝って下さい！」

「うん、そいつ、悪いやつだな！　リスみたいに退治してやる！」

アレクが走ってきて、シリウスに後ろから体当たりをした。体格差はあれど、運動神経ゼロのシリウスは思いっきりよろめいて私の手を離す。

その手をラスが取って引っ張り、ティトの所まで来て離した。

「アレク、助太刀します！」

「よし、二人で悪いリス退治だ！　ブドウのマルクスの、リス退治！」

いつぞやの桃太郎ご当地アレンジバージョンを持ち出して、二人でシリウスに体当りしたり、キックしたりしている。

シリウスはトロくさいせいで、翻弄されっぱなしだ。

助太刀とか妙な言葉を使うなぁと思ったら、桃太郎の影響だったか。

隣ではマルクスが、「え、俺のリス退治？」と首をかしげている。いやいや、マルクス違いね。

「というか、ゼニスお嬢様。止めなくていいんですか？」

ティトが呆れたように言った。

「なんか、割と平和な感じだからほっといてもよくない？」

「駄目でしょう。シリウスが転んでケガでもしたら、またうるさいですよ」

「あぁ、それもそうだね。――はいみんな、そこまで！　休憩して、おやつにしよう」

ちょうどシリウスが、正面からアレクの頭突きを受けて尻もちをついたところだった。

「ぜ、ゼニス。助けてくれ！」

「はいはい。さあラスとアレク、この悪いリスは反省したみたいだから、許してあげてね」

私が言うと、シリウスはホッとした顔をして。

「ちぇ、仕方ない。もう姉ちゃんをいじめるんじゃないぞ！」

と、アレクが言い、

「ゼニス姉さまは優しすぎます！　もっとしっかり、こらしめないと駄目です！」

ラスは息巻いた。

うんうん、ラスが逞しくなって私は感慨ひとしおだよ。

興奮しているラスをなだめているうちに、ティトがシリウスに手を貸して起き上がらせていた。

「ゼニスお嬢様よぉ、モテモテじゃん」

マルクスがニヤニヤしてる。

これはあれかな？　私のために争わないで、という乙女憧れのシチュエーション。

でも一人は実の弟で、もう一人は弟同然の子で、そして最後の一人はクソコミュ障だよ。トドメに私自身が四十代おばさま。モテてる実感ないわ。

「お茶とおやつの準備してきますね」

ティトが厨房の方へ行き、マルクスは「やべ、そろそろ時間だ。じゃあな」と走っていった。

「……なんで僕がこんな目にあわないといけないんだ……」

シリウスがしょげまくっている。髪はぼさぼさ、服も乱れてとても残念な雰囲気だ。

彼としては、約束を破った私に文句を言いに来たという感覚なのだろうが。

「人の手を強引に引っ張ったり、または痛くなくても叩いたりすると、悪いリス認定されてこうなるよ。以後気をつけてね」

「ハイ……」

素直でよろしい。

しばらく後、ティトがお茶セットを持ってきてくれたので、みんなでおやつタイムにする。

お互い自己紹介をした。ラスがにらむ度にシリウスがびくっとするのが、なんか笑えた。

シリウスの片付けの成果を確かめるのは、明日ということで話がついた。

片付け術

次の日。

久しぶりに魔法学院へとやって来た。シリウスの片付けの成果を見届けるためだ。

まずは自分の研究室に行って、閉め切っていた空気の入れ替えと簡単な掃除をする。ティトが一緒にやってくれたので、手早く終わった。

それから二人でシリウスの部屋に向かう。

ノックをしたら、ノータイムでドアが開いた。待ち構えていたらしい、ちょっと引くわ。

「やっと来たか、ゼニス。遅いぞ」

「昨日、約束した時間通りでしょ」

部屋の中は物がずいぶんと減っていた。がらんとしている。いや、減ったのではなくて箱に入れられていた。

去年の年末に私が用意した、『日常的に使うもの』『使う頻度は低いけど必要なもの』『不要なもの』『判断がつかなくて保留にするもの』と札が付けられた大きな箱である。

不要なものの箱はほとんどカラだった。明らかにゴミみたいなものがちょっと入ってるだけだ。

保留の箱は陶器の器だの、変なブロンズ像だの、貝殻とか石ころとか、よく分からないものが半分くらい入っている。

日常の箱は文具とか紙束とか、まあ妥当な感じ。

頻度は低いけど必要なものの箱は、みっちりだった。たぶん全体の七割はここに入ってる。

そして驚いたことに、巻物が全部冊子化されていた。

もともと彼の持ち物は、書物の巻物が一番多かった。天井に届くくらい積まれていた膨大な数の巻物が、B5サイズ程度の大きさの冊子になって、箱にきっちりと収められている。

「どうだ、すごいだろう。巻物を全部切り分けて、冊子にしたんだ」

シリウスが胸を張っている。

確かにすごい。紙を切り分けてとじる手間を考えると、気が遠くなりそうなくらいすごい。よくもまあ、やったものだ……！

「どうしたの、これ」

どうリアクションしていいか分からず、やや呆然としながら言った。ティトもチベットスナギツネの顔で黙ったままだ。

「お前が考えた冊子、便利だったからな。巻物のままより、スペース圧縮にもなった。それにせっかくだから、分類ごとに並べ直したんだ。使いやすくなったぞ。唯一の難点は、紙の折り曲げ耐性がやや低い点だな。補強をした上で丁寧に扱わなければならん」

なんかそんなことを言っている。

「あ、うん、ソウダネ……」

少しばかり漁ってみると、書物はほとんどが魔法に関するもの。魔法文字や呪文体系、精霊や魔獣の図鑑などに分けて並んでいるようだ。

これを年末年始で全部やったのか。小さな図書室を作るようなものじゃないか。

なんか、ちょっとついていけない。後ろでティトも呆れている。

努力して成果を出して、私に知らせてくれているんだから、褒めるべきだと思う。

でも、どこをどう褒めるといいのかよく分からん。

困りながらシリウスを見ると、「褒めて、褒めて」と顔に書いてあった。その分かりやすい表情が、かつての愛犬たちをほうふつとさせる。白犬のプラムも前世の飼い犬も、よくそういう顔をしていたよ。思わずため息が出た。

「これ、シリウスが一人で全部やったの?」

「当然だ。僕に手伝ってくれる知り合いなどいないからな」

それは自慢するとこじゃないだろ。

「うん、すごいよ。よくこの期間で最後までやり遂げたね」

「そうだろう、そうだろう」

「研究室、すっきりしたじゃない」

「ああ。前のままで構わないと思っていたが、部屋が広いと使いやすくて良い」

部屋の中は棚の中身に至るまで空っぽだ。文字通り全部、箱に入れたらしい。

まったく、極端なやつだよ。

「こうなると、ここまでにしておくのはもったいないね」

がらんとした室内を見渡しながら、私は言った。シリウスが首をかしげる。

「どういう意味だ？」

「せっかく冊子をたくさん作ったから、本棚を作らない？　箱に入れたままだと、使いにくいでしょ」

「そうだな。取り出して、またしまうのが面倒だ」

そして、また元のように散らかし放題になるのが目に見える。

せっかくここまで片付いた状態になったのだ。収納システムを改善して、少ない手間でこの状態を維持できるようにしたい。

まず、巻物を置く棚を見た。これは背板がないせいで、冊子を置くのは不向きだ。

シリウスは全部の冊子を同じ大きさに作ったので、それに合わせて本棚を作れば、規則正しく収納できるだろう。

そういったことを伝えたのだが、どうもピンとこないらしい。

「本棚は後ろ部分に板をつけて、冊子が落ちないようにするの。で、棚ごとに見出しをつけて分類をひと目で分かるようにする」

日常品の箱から紙とペンを取り出し、図解しながら、身振り手振りも交ぜて説明した。私に絵心はないけど、そのくらいなら描ける。

要は部屋の中に小さな図書室や本屋さんを作るイメージだ。

するとシリウスも理解したようで、うなずき始めた。

「うん、いいな。巻物は引っ張り出すと元の位置に戻すのが面倒で、いつも散らかっていた。本棚なら出し入れが楽そうだ」

「だよね。ただ、そういう本棚は売ってないと思う。特注で作らないとだけど、お金ある？」

「ない……」

ですよねー！

彼は魔法学院所属の研究者だけど、この前の魔法文字辞書以前は特に実績もなかったみたいだし。人付き合いが悪すぎて、追い出される寸前だったし。

「学院長、伯父さんに借金とかは……？」

「たぶん、無理だ。生活費も時々借りていて、返せていないから」

思ったより深刻だった。

「じゃあ残念だけど、今回はあきらめ……」

「嫌だ！　本棚、欲しい！　せっかく冊子にしたんだ、本棚に並べたい。もう僕の頭の中では、本棚ときれいに並べた冊子が完成してるんだ！」

シリウスはがばっと私の両肩を掴んできて、すぐに慌てて離した。

悪いリスとして懲らしめられた経験が生きている。ティトがにらんでくれたせいもあるかもしれない。

「ゼニス、頼む！　お金を貸してくれ。本棚、どうしても欲しい！」

「私も貸せるほどのお金は持ってないよ」

「そこをなんとか！」

そう言われても、無い袖は振れない。

――いや、待てよ。私は彼の強く輝く金色の魔力色を思い浮かべた。

「シリウス、魔力量は多いよね？」

「なんだ、急に。ああ多いぞ。今まで僕より多い人間を見たことがないくらいだ」

そりゃあすごい。おあつらえ向きだ。

「いい仕事があるの。やってくれるよね？」

「やる！」

二つ返事で頷いたシリウスに、私はにんまりと笑みを返したのだった。

やったね、白魔粘土の作り手をゲットしたよ！


シリウスの言葉に嘘はなく、彼の魔力量はとても多かった。試しに魔力石に魔力を流してもらったら、眩しいくらいに輝いている。これは、私より一段上だ。

「で、白魔粘土とやらを作れば、お金をくれるのか」

「うん。この壺一つにつき、これくらいでどうかな？」

提示した金額をシリウスは喜んで受け入れた。壺一つはだいたい、樽一つ分の断熱材、保冷剤の量になる。

念のために言うけど、買い叩いてないよ。妥当な額だよ！

それで一度、試しに作ってみようということになった。

魔法学院の備品庫に保管してあった、魔力石を砕いたものとでんぷんのりを取ってきて、シリウスの研究室で広げた。

作り方を説明する。

「でんぷんのりに魔力石を混ぜて、それに魔力を注ぐ。それから水の魔法を一回。次に間を空けず、熱風の魔法を一回。それで完成」

「熱風というと、インクを乾かすあれか？」

「系統は同じだけど、もっと出力が高いやつ。お風呂上がりの髪を乾かす魔法だよ」

「そんな無駄なことに魔法を使っているのか？　これだから女は」

まったく、こいつは懲りないな。

「自分が理解できないからって、すぐ悪口言うのやめなさい。シリウスだって他人から理解してもらえなくて、嫌な思いをたくさんしてきたでしょ」

「……むう。分かった。取り消す」

シリウスは口を尖らせたが、残念ながらアレクみたいな可愛さはない。やめとけ。

気を取り直して、高出力の熱風魔法——ドライヤーの魔法の呪文を教えた。インクを乾かす魔法が使えるなら、特に問題はないはずだ。

「じゃあ始めるぞ」

水盆に広げた魔力石:inでんぷんのりに、シリウスが腕まくりした両手をつける。軽く目を閉じて集中を始めた。

すぐに手元が輝き始めた。真冬の太陽を思わせる、僅かに金を帯びた白い光。かなり強い光だった。

「どうだ、見たか。冊子を作る合間に魔力循環の練習もしたんだ。だいぶ上達したぞ」

「うん、すごいよ。強くてきれいな光。冬のお日様みたい」

「…………」

本心から褒めたのに、シリウスはむすっと黙り込んだ。微妙に頬が赤い。

なんだ、今ので照れたのか。変なところシャイだな。

『清らかなる水の精霊よ、その恵みを我が手に注ぎ給《たま》え』

魔力の輝きが十分に行き渡った後、シリウスは呪文を唱えた。

オクタヴィー師匠の歌うような詠唱とはまた違う、書物を朗読するような響き。

彼の手から水が湧き出て、水盆の中に満ちる。

『自由なる風の精霊よ、火の精霊とともに踊り、その交わりの熱き風を我が手より放ち給え』

次いで熱風の魔法。あくまで淡々と、あまり抑揚をつけずに唱えられた呪文の最後の発音が終わると、ぶわっと熱い空気が巻き起こった。

魔力をたっぷり注いでいるせいか、本来の効果よりも出力が高い。隣に立っている私の髪まで風に揺れて、たなびいた。

水盆に溜まっていた水が一気に蒸発する。と同時に、淡い金の煌《きら》めきが水蒸気と一緒にきらきらと宙に散った。その光の欠片がゆるやかに霧散し消えた後——水盆の中には、ぷるぷるとした弾力性のある白魔粘土が生まれていた。

「ほほう、これが白魔粘土か。こんな方法で出来上がるとは、驚きだな」

シリウスは指先でちょいちょいと白魔粘土をつついている。それほど疲労した様子はない。

これを作るには一定以上の魔力量が要る。去年雇った五人の魔法使いのうち、成功したのは一人だけだった。魔力回路を使うようになった学生でさえ、二人だけ。

彼らは平均よりもそれなりに多い魔力量の持ち主だが、それでも一日に一樽分を作るのが精一杯。作った後はぐったりしている。

私は思い切り頑張れば、樽四つ分いける。でも四つ分作ると頭痛が起きて、その日はそれ以上魔法を使うのが難しくなる。

さて、シリウスはどうだろう。

「うん、初めてなのに上出来だね。じゃあ次は、限界に挑戦してみようか」

「え？」

きょとんとするシリウスに、私は鬼コーチの気分で命令を下した。

結論から言うと、シリウスは樽八つ分の白魔粘土を作り上げた。

ただし七つ分の時点でかなりふらふらになっており、それでも無理してもう一回チャレンジしたところ、八つ分の完成と同時にぶっ倒れてしまった。

こんなところでも加減が下手くそというか、なんというか。

倒れた彼を抱き起こそうにも、私の力では難しい。

十五歳のシリウスの体格は、もう大人並みだ。痩せ型だけど背が高いので、とても動かせなかった。

誰か男性を呼んで医務室まで運んでもらおうと思ったが、あいにく今は冬休み。学院内に人があまりいない。

ティトと二人で運べないか試したけど、途中で転びそうだったのでやめた。

仕方ないので私の部屋からクッションと毛布を取ってきた。毛布で全身をくるんで、クッションを枕代わりにしてみる。

私は書き物机の椅子に座って、ティトは立ったままでいる。

「足が疲れてきました。このバカの上に座っていいですか」

とティトが言うので、

「やめてあげて」

と答えておいた。私、やさしい。

ティトは私に失礼な態度を取りまくるシリウスを嫌っているんだよねぇ。

それにしても、樽七つ分の時点で止めてやればよかったな。

私もつい、鬼コーチのノリで「やれ、シリウス！　お前の魔力はそんなもんか⁉　諦めたらそこで試合終了だぞ！」とか煽ってしまった。反省している。

シリウスの一日の作成量は、余裕を見れば樽六つ分。ぎりぎりまで頑張って七つ分てとこか。

私の倍近くある。素直にすごいと思う。

彼は魔法文字に傾倒しているけれど、今後の成長によっては大魔法使いと呼ばれる立場になるかもしれない。それこそ、この学院を作ったシリウスのひいおじいさんのように。

これでここまでのクソコミュ障じゃなければなあ。天は二物を与えずってか。

でもまぁ、コミュ障でも社会への対処法を最低限だけ学んで、後はできる人に任せればいいのだ。

私もコミュ障気味だから、任せられるのは困るけど。

気が利いて理解のある使用人を雇ったり、奴隷を買ったりすれば何とかなると思う。

いずれ学院長である伯父さんと相談して、意見を聞いてみよう。


小一時間ほどして、シリウスは意識を取り戻した。

ティトと私が上から覗き込んでいたのを見て、めちゃくちゃびっくりしていた。「うおぁ!?」って言ってた。

起き上がってまだふらついていたので、家まで送っていったよ。彼の住居は、魔法学院にほど近いアパートの四階だった。

ユピテルのアパートは下の階ほどお金持ちで、上に行くほど貧乏人が暮らす。

一階部分はお店になっているケースが多い。

二階には戸建てを持てない程度の、そこそこ裕福な層が暮らしている。三〜四階は中流層、それ以上は貧乏人。

多くの建物は一階ないし二階部分は石造りで、それより上は木造。火事が起きた時、木造はあっという間に燃えてしまうので、貧乏人ほど被害が大きくなる嫌な構造だ。

フェリクスに雇われる前のマルクスは最上階に住んでいて、それはもうひどい環境だった。

屋根裏部屋のような場所に、間仕切りだけの雑居状態。屋根と壁の間に隙間が空いていて、風が吹き込むわ鳩は出入り自由でフンとかしまくるわ、あんなとこにいたらお母さんが病気になるのも当然だと思う。実際、お屋敷の使用人部屋に引っ越したら体調が上向いたもの。

シリウスの自宅、アパートの四階は中流層の住居で、住環境は悪くはない。

部屋の中までは見なかったけど、やっぱり研究室みたいにゴチャゴチャなんだろうか。そこまでは知らんぞ。

「すまんな。世話になった」

と、シリウスにしては真っ当に言う。

「ううん、私も止めてあげなくてごめんね。体調が戻ったら、また白魔粘土作りをお願い」

「一晩ぐっすり寝れば魔力は戻る。明日からまたやるぞ。本棚のためだ、お金を稼がないと」

「無理しちゃ駄目だよ」

「それは今日、倒れて思い知った。今後は余裕を持って取り組む」

シリウスは渋い顔である。悪いリスの件といい、痛い目を見ないと実感できないタイプなのかもしれない。

明日も私の方で白魔粘土の材料を用意して、彼の研究室に持っていくことにした。

話がついたので、私とティトはお屋敷に帰る。

あとはオクタヴィー師匠に話を通して、支払う代金の用意をしよう。

シリウスは頑張ってくれそうだし、私も一日二〜三樽分くらいなら負担なく作れる。

魔法学院の学生で、魔力量が多い人にバイトを頼むのもいいな。今の時点で二人は魔力量の問題をクリアしている。もう少し魔力回路の訓練を積めば、何人か増えるかもしれない。

よし。白魔粘土の方は見通しが立ってきた。

あとは、ティベリウスさんの結婚式で出す氷の料理を考えよう。

北の地の思い出話

白魔粘土作りに魔力回路の授業。いつもの日課をこなしながら結婚式の氷の料理を模索しているけれど、いい案が出てこない。

もう一月は終わってしまって、二月に入った。

温暖なユピテルでは、二月は春の始まりに当たる。陽が長くなって草木が芽吹くのを実感しながら、私は少しばかり焦っていた。

日々増えていく白魔粘土は、次々とどこかに送られていく。

ティベリウスさんに聞いてみると、南の大陸や東のエルシャダイ王国まで、ユピテル全土に運んでいるとのこと。冷蔵冷凍運輸に適した品物を見定めて、試験的に運送する準備だと言っていた。

冷たい飲み物やかき氷販売だけなら白魔粘土の必要量もたかが知れているが、こうなるといくらあっても足りないみたい。

二月も半ばになったある日、魔法学院の廊下を歩いていると学院長に出会った。シリウスの伯父さんだ。

「ゼニスさん。シリウスが色々とお世話になっているようで、ありがとうございます」

お父さんよりもずっと年上の人に丁寧に言われて、私は落ち着かない気分になった。

とはいえ、中身四十代の私としては同年代か。それにしても上司に当たるわけだし、やっぱり落ち着かないや。

「いえいえ。シリウスはちょっと……いや、かなり……問題のある人ですけど、魔法に関する才能は確かですから。白魔粘土の製作は、こちらも助かっています」

「その件も、シリウスにとってありがたい話です。あの子は収入が乏しくて、苦労しておりましたから。わたくしから借金した生活費も、返す目処が立ったと報告しに来ましたよ」

おや、そうか。てっきり本棚目当てだと思ってたが、ちゃんと借金返す気はあったのか。

「あの子はまだ十五歳、せめて成人の十七歳まではうちに置いてやりたかったのですが、妻が嫌がりましてなあ。妻とシリウスは折り合いが悪く、ケンカばかりしていたのです」

「ははぁ……」

シリウスと折り合いのいい人は稀だと思う。伯父さんは血の繋がりがあるからまだしも、義理の関係の伯母さんは嫌になっちゃったのかな。だいたい、親戚の子を預かって育てるの自体が大変だろうに。

私がそんなことをぼんやり考えていたら、学院長は廊下の窓を見ながら言った。

「ユピテルはすっかり春ですな。わたくしの祖父と父の故郷、北のブリタニカでは二月はまだまだ冬です。ブリタニカはノルド地方でも北に位置します。積雪も多く、冬になると全てが雪と氷に閉ざされる。たまに訪れる者にとっては物珍しくとも、冬と雪は現地の人々にとって厄介ごとの象徴のようです」

「学院長のおじいさまは、この魔法学院の創設者でしたね」

「ええ、フェイリム・アルヴァルディです。祖父がユピテルにやって来たのは、壮年期になってからですので、父も少年時代は北国で過ごしました。よく昔話を聞きましたし、わたくしも二度ほどあちらを訪ねたことがありますよ」

ブリタニカはユピテルから見て遠い北西にある島の地名である。ユピテルの領土ではない。北西山脈の向こう側で、様々な部族に分かれて割拠しているノルド民族の暮らす土地の一部だ。

「ブリタニカはどんな土地ですか？　やはり、ユピテルとはだいぶ違いますか？」

ちょっと興味が湧いてきたので、聞いてみた。

「違いますなぁ。まず人が違う。あちらの人々は金髪や明るい色の髪、青い目や緑の目が多くて、肌は青白く、背が高い」

私は学院長を見た。そういやこの人も、身長はけっこう高めだ。目は茶色だけど、かなり明るい色合い。髪は……、髪は、残り少なくてよく分かんない……。

「わたくしは母がユピテル人ですから。あちらの特徴はそんなにありませんよ。むしろブリタニカの血は、シリウスに色濃く出ましたな。あの子の母はわたくしの妹。父はノルドの民です」

シリウスはユピテルのクオーターだったのか。ご両親は何をやっている人なんだろうか。

学院長はちょっと苦笑して続ける。

「かの地は一年を通して寒い日が多く、特に冬は何もかもが凍りつきます。それに夏は陽が長い分、冬は極端に昼が短くなります」

ふむ、高緯度地帯の特徴だな。この世界はやっぱり惑星で、太陽を中心に自転と公転をしているのだろうか。

「雪が降ると大人たちはうんざりとしますが、子供たちははしゃいで雪遊びをします。雪合戦をしたり、そり遊びをしたり。雪だるまを作ったり、雪のトンネルを掘ったりなど」

……お？　今、何か記憶に引っかかった。

「雪だるまは単純な形のものが主流ですが、たまに凝ったものを作る子もおります。石や枝で顔の表情を作ったり、個性が出ますな」

そうだ、雪だるま。前世で東京とかに珍しく大雪が降ると、おもしろ雪だるまがＳＮＳにいっぱいアップされていた。リアルな造形で本物の人間そっくりだったり、アイディア勝負で奇抜なものだったり、アニメやゲームのキャラのもあった。

それに北海道の雪まつりでは、大雪像があったね。そこまで大きくなくても、一般市民作の雪像もいろいろあった。氷像もあったっけ。

雪だるま、雪像に氷像、こういう楽しい造形を氷の料理に取り入れられないかな⁉

「家の軒先の大きなつららを折って、剣に見立てて打ち合ったりもしたそうです。その後はおやつ代わりに食べたり舐めたりしたそうですよ」

ほほう、天然のアイスキャンディーか。寒そうだけど、おいしそう。

そうだ、アイスキャンディー。果汁なんかで着色して色んな色を並べたら、きっときれいなのでは。

私が浮かび上がってきたアイディアを脳内で吟味していると、学院長ははっとしたように言った。

「おっと、長々と立ち話をすみません。お忙しいのに引き止めてしまいましたかな」

「いえいえ！　面白いお話が聞けて楽しかったです。またブリタニカのお話、聞かせて下さい」

「はい、今度はお茶でも飲みながらお話ししましょう」

学院長はそう言って、また丁寧にお辞儀をしてくれたのだった。


いい話が聞けた、ありがとう学院長！

雪や氷、アイスクリームは形作りが簡単にできるのも良い点だ。色だって果汁やスパイス・ハーブ類でつけられる。

アイスの美味しさは折り紙付き。あとは見た目を工夫すれば、見てよし食べてよしの華やかなデザートになると思う。

さあ、どんなアイスを作っちゃおうかな？

アイスクリーム試作

今日はわくわく、アイス作りの日！

とりあえず試作してみて、細かい造形や色付けなどは後から調整するつもりである。

材料はシンプルに、ミルクと卵と蜂蜜のみ。

生クリームというものはなかった。お砂糖も東方からの輸入品で黒砂糖が少々あるだけで、数量の確保が見通せなかったため蜂蜜を使うことにした。

あと、バニラエッセンスはもちろんバニラビーンズもない。この辺は入手できるスパイスを後々工夫してみようと思っている。

ついでに言うと、ミルクは牛乳ではなく山羊ミルクだ。

ユピテルでは牛は主に農耕用や儀式用の家畜で、ミルクといえば山羊なのである。次に羊が来るが、一番メジャーな山羊で問題はない。

さて、いよいよアイス作りタイムの始まりだ。

午前中のうちから厨房を借りて、私、ティト、マルクス、アレク、ラスが集まった。他にはフェリクスの料理人が何人かついてくれている。

「新しい氷のお菓子だって？　かき氷以外にも商品が増えるのか？」

マルクスが興味津々に言う。

「かき氷より高級路線だから、売り場は調節しないといけないけど。いずれ一般販売も考えてるよ」

「かき氷も最初よりコストダウンしただろ。それも工夫次第でいけるんじゃねえの？」

「さあ、それはやってみないとね」

そんなことを言い合う。

アレクとラスは初めて入った厨房を探検するのに忙しい。その辺の食器や料理の材料をひっくり返されないかと、料理人たちがおろおろと見守っていた。

まず、手鍋に山羊ミルクを注ぐ。

かまどは既に調整済みだったので、すぐに火にかけられた。料理人さんありがとう。

ミルクをかき混ぜながら蜂蜜を溶かした。

次に鍋はティトに任せて、私はボウルと卵を取り出す。ここで魔法の呪文を一つ。

『公正なる死の精霊よ、此《こ》れに宿る、人の目に映らぬほど微細なる生命たちを、全て死に至らしめ給え』

殺菌消毒の魔法だ。

アイスクリームは何時間か凍らせるとはいえ、生卵を使う。そのまま食べるのはサルモネラ菌とか食中毒が心配だったので、前に作った魔法を使っておいた。

卵を加熱するレシピもあるから、その時は魔法を省略すればいいだろう。

余談だが対象を『生命』にしたから、ウイルスに効くかどうかは疑問が残る。あれは厳密には生命ではないらしいので。そのうち検証してみたい。

卵を割って卵白と卵黄を分ける。まずは卵白を泡立ててメレンゲ作りだ。

泡だて器はもともとはなかったのだが、金物職人に頼んで作ってもらった。

頑張ってガシャガシャと泡立てたのだが、砂糖を入れていないせいできれいなメレンゲにならない。

そうなるかもと予想してたけど、思ったよりも砂糖がないのがつらい。生クリームもないせいで、あんまりコシが出ないぞ。

まあいい、今回は試作だ。

できるだけ混ぜ混ぜしてメレンゲらしきものを作った。さらに卵黄と蜂蜜を溶かしたミルクを入れて、今度はヘラで混ぜる。

出来上がったものを、冷凍庫もどきに入れる。

冷凍庫もどきは、箱の内側を白魔粘土で覆ってドライアイスを詰めたものだ。しっかり密閉されるように作ってもらった。

これで三時間くらい冷やしつつ、途中で何度かかき混ぜればアイスが完成する。……はず。

「意外に簡単ですね。新しいお菓子というから、もっと複雑だと思っていました」

と、ティト。私はうなずいた。

「うん。基本の作り方はこんなとこだよ」

今回は卵白をメレンゲにして使ったが、卵黄だけを使うレシピもある。

アイスの基本レシピは案外数が多くて、アレンジを入れるとバリエーション豊かだ。

「姉ちゃんが料理できるなんて、知らなかった」

厨房の探検を終えて、アレクが言う。

出来るよ？　前世はブラック労働のせいで時間なくてほぼ外食だったけど、たまに自炊もしていたもの。

学生の頃は、アイスを含めてお菓子作りを時々やっていた。ただ、私の手作り品はなぜかあんまり評判が良くなかったが。なんでかな。

「出来上がるのが楽しみです」

ラスがにっこり笑う。私も笑みを返した。

「今から冷やせば、お昼ごはんのデザートに間に合うと思う。楽しみにしてて」

「わーい！」

「はーい！」


そうしてお昼時になり、冷凍庫からアイスのボウルを取り出した。木べらでかき混ぜてみる。

う、うーん？

これは、アイスというかシャーベットだな……。

なめらかさがあまりなくて、シャリシャリしてる。ミルクシャーベットだ。

みんな、おいしいおいしいと食べてくれたけど、思ってたのと違う。

やはり砂糖と生クリームがないのが痛い。アイスクリーム独特の、空気を含んでふんわりとした食感には程遠い。

……これではいかんのだ！

アイスはもっと、ふわっとトロリとして口に含んだら淡雪のごとくほどけるくらいじゃないと!!

この世界に生まれ変わってこの方、ユピテルの食生活に馴染んで不満を感じていなかった。

でも、理想とかけ離れているとはいえ前世のお菓子に似たものを食べて、私の日本人としての魂に火がついた。

深夜のコンビニで疲れた心と身体を癒すには、こんなシャーベットじゃ駄目だ。

ユピテルにコンビニはない、それならば公衆浴場でどうだ！

一日の疲れを癒やす温浴、湯浴み。そして温まった体で一口頬張る、至高のアイスクリーム。

もっと、濃厚クリーム感を！

もっと、とろけるような口溶けを!!

「ゼニス姉さま、『アイス』は冷たくってとってもおいしいですね！　僕、こんなお菓子は初めて食べました」

ラスがにっこり笑っている。その笑顔は本心のもので、心から美味しいと思ってくれているのが伝わってくる。

だが。

「ありがとう、ラス。でもね、アイスのポテンシャルはこんなもんじゃないのよ。試作とはいえこんなものしか作れなくて、私は私に絶望した。でも見ていなさい。私は必ず、ハー◯ンダッツもびっくりの理想のアイスクリームを作ってみせるから！」

「は、はい……？」

ラスがドン引きしているのは分かっていたが、私はもはや自分を止められなかった。

光り輝く究極のアイスクリームを幻視しながら、再び厨房へ向かった。

厨房に立って、私は腕組みした。

生クリームは絶対に欲しい。

砂糖は黒砂糖で構わないから使ってみよう。本当は上白糖が良かったけど、存在していない。今からサトウキビやらビートやらを探してきて栽培するわけにはいかないからな。

生クリームの作り方は、よく分からない。

しかしあれは、極めて濃い乳脂肪分だろう。ミルクに含まれる脂肪分を取り出せばいい。バターと同じ原理だ。

バターの作り方であれば分かる。小学校の修学旅行で牧場を訪れた時、一人一本の牛乳入り瓶を渡されて振りまくった。するとそのうちバターが分離してくるのだ。

この時の牛乳は市販されている成分調整牛乳ではなく、牛から搾ったそのままの生乳とのことであった。

好都合だ。ユピテルのミルクは全部生乳だもの。

瓶を振るというのは、つまり遠心分離機にかけて分離させるようなもの。手で振るだけでは労力がかかりすぎる。

ユピテルでは機械なんぞがない分、なんでも人力でやる。

ちなみにバターを作る際は、革袋にミルクを入れて木に吊るし、ひたすら棒でバシバシ叩くのだと聞いた。ばしんばしん叩かれた革袋は揺れまくる。その揺れが脂肪分の分離を促して、バターが出来るという寸法である。

なんか、ボクシングのサンドバッグのようだ。完全に人力での分離作業。瓶を振るのと原理は同じだね。

バター作りはなかなか大変な作業のようで、根気強く叩き続けるのが大事だと奴隷の人が言っていた。だからバターは高級品で、薬品として使うのだと。

生クリームも同じようなやり方で、人力・力技で解決出来るのかもしれない。

でも、遠心分離機はちょっと心当たりがある。

簡単な遠心分離機として、野菜の水切り器が流用できないだろうか。

水切り器は、ザルの中に洗ってカットした野菜を入れ、容器にセットしてハンドルを回すと、中のザルがぐるぐる回って遠心力で水滴が飛ぶという、キッチンの便利グッズだ。

別名をサラダスピナーという。ミニサイズからバケツサイズまであった。

遠心力は回転速度と回転半径が大きいほど強く働くはず。であれば、大きめのを作ればけっこうイケるのでは？

よし、方向性が決まった。
一、砂糖（黒砂糖）の入手。
二、生クリームの入手。
三、二のために遠心分離機を作る。
以上である！

「よっしゃあ！　やってやるぜ!!」

思わず叫んだら、隣でティトがびくっとしていた。

後で聞いたところによると、私のイカレポンチ病が再発したかと思って気が気じゃなかったんだそうだ。

うん。ごめんなさい。反省はしているけど、アイスに関してはこのまま突っ走る次第である。

◇

さて、そうして行動指針は決まった。

ユピテルでは黒砂糖は希少品。めったにお目にかかれない。東の国境の向こう、アルシャク朝のさらに東の土地から少量が輸入されてくるのみだ。

扱いは調味料ではなく、薬品だった。腎臓や膀胱《ぼうこう》の痛みを和らげる効能というが、真偽のほどは分からない。

薬品の店は表通りから一本裏に入った場所にあった。

店内ではさまざまな薬草やハーブ類にまじって、黒砂糖が売られていた。

黒砂糖はなかなか高価だったが、自腹を切るわけじゃないから思い切って買うことにする。

手持ちの現金で支払いが無理な額だったため、帳簿に書いてツケてもらった。写しをティベリウスさんかオクタヴィー師匠に提出しよう。

一見さんの九歳の子供がやって来て、高価な黒砂糖を買い占めた上にツケにしても、お店の人はすぐにOKしてくれた。大貴族フェリクスの威光の賜物だね！

なお、こっそり胃痛対策にニガヨモギを買ったのは内緒である。

ユピテルの甘味は基本、砂糖ではなく蜂蜜。「世界中のミツバチはユピテルのために働いている」なんて格言があるくらいだ。デザートだけでなく料理の味付けも、蜂蜜は多く使われている。大量消費だ。

ユピテル料理は魚介類も肉野菜類も凝ったものが多い。

とはいえ、それはあくまで貴族や大商人の宴席用。

一般市民の食卓はごく質素で、貴族だって普段は割と簡単な料理で済ませている。

黒砂糖をゲットした私は、日を改めて金物細工の職人を訪ねた。

前に泡だて器を作ってもらった工房と同じ場所。マルクス考案のシンボルマークの焼印もここで作った。フェリクスの贔屓の取引先だ。

簡易遠心分離機こと、野菜水切り器の説明をして再現してもらう。

最初はなかなか伝わらなくて、図解と身振り手振りを入れて必死に説明した。

私はコミュ障のせいで説明が下手なのだ。でも伝わるように工夫して、分かってもらえるまで繰り返せばいいのである。

「こう、バケツの中に穴のあいた入れ物を入れて、中のものがぐるぐる回るようにしたいんです！」

実際にバケツの中に入ってその場で回ってみたりした。付添いで付いてきてくれたティトの視線が痛かった。

そうして懸命に説明を続けることしばし、職人さんがため息をついた。

「お嬢さんの言いたいことは、何となく分かってきましたよ。ただ、それを作って何に使うんだい？」

「山羊ミルクを回転させて、クリームを取り出したいです。脂肪分、脂《あぶら》です」

「ははぁ……？」

職人さんはごつい指で顎をこする。

「脂ねえ？　――おーい、ちょっと来てくれ」

「あいよ、なんだね」

奥から出てきたのは中年の女性。職人さんの奥さんだった。

「フェリクスのお嬢さんが、山羊乳から脂を取り出したいんだと。お前、山羊乳をよく搾るだろう。なんか分からんか？」

「脂ですか。そりゃ、搾ったミルクを放っておけば、勝手に上の方に浮かんできますよ」

「え？」

え？

「ゼニスお嬢様、山羊ミルクの脂が欲しかったんですか？」

ティトが言う。

「え？　うん、そうだよ。ミルクから生クリーム、脂を取り出すには遠心分離機が必要だと思って
……」

「そんな難しいことしなくても、ほっときゃ浮かんできますすさね。それをスプーンですくえばいい
んですよ」

な、なんだと……？

「脂が欲しいなんて、あたし聞いていませんよ。職人に作ってほしいものがあるからついてきてと、
今日もそれだけ言ってたでしょう」

ティトがジト目で見てくる。

「……私、説明してなかった？」

「ええ、何も」

なんということだ。一人で脳内完結して突っ走っていたらしい。これじゃシリウスに偉そうにお
説教できる立場じゃないよ。

おかみさんが付け加えるように言う。

「夏より冬の方がよく浮かんできますよ」

「あ、はい」

冷やせばいいってことかな？

そんな簡単な方法で良かったのか……。

呆然とする私に、職人さんが声をかけてくる。

「お嬢さん、さっき説明してくれたものはどうしますかね？」

「あ〜……」

どうしよう。

せっかくバケツの中に入って回ってみせるまでしたんだから、作ってもらおうかな。出来上がったら、野菜の水切りに使ってもらえばいいよ……。しょんぼり。

「作ってください。他の使い道もあるので」

「ほいさ。じゃあ作り上げたら、フェリクスのお屋敷に使いを出しまさあ」

「よろしくお願いします」

もう一度詳しく説明して製作物の擦り合せをし、私とティトはお屋敷に帰った。


私の思い込みで無駄足を踏んでしまった。こんなことなら、最初からティトやお屋敷の料理人たちに相談すればよかったんだ。

へこみながら、お屋敷の山羊小屋からしぼりたてミルクをもらってきた。山羊はどこでも飼われている。

私の実家にも山羊いたよ。それなのになんで、自然に脂肪が分離するのに気づかなかったんだろうねぇ。はあ。

さて、気を取り直そう。私はミルクを持って厨房へ行った。

ミルクは一度沸騰させて殺菌をする。それから粗熱を取って、冷蔵庫もどきに入れた。

冷凍庫もどきと同じ作りで、箱の内側に白魔粘土を張り巡らせている。ただし中身はドライアイスではなく、普通の氷だ。氷をみっちりではなくて、適度に散らす感じで配置してある。凍るほどではない低温を保っているよ。

一日経過した翌日、ミルクの壺を見てみると脂肪分が浮いていた。ただ、思ったより量が少ない。スプーンで何度かすくったらなくなってしまった。

もう少し時間を置いた方がいいのだろうか？　よく分からなかったので、再度冷蔵庫もどきに入れておいた。

すくい取った脂肪分は、生クリームというには水っぽい気もする。でも確かにクリーム状だ。早速使ってみよう。

試作品に黒砂糖をたくさん使うのはもったいないので、少量だけ作ることにした。

泡だて器でガシャガシャやると、やっぱり柔らかい。が、それなりにホイップになった。

卵白も砂糖を入れるとちゃんとしたメレンゲになる。黒砂糖なので色が茶色っぽくなってしまうが、これは仕方ない。

この前と同じように卵黄と山羊ミルクを混ぜたアイス液に、それらを合わせようとして。

ふと思う。

卵黄だけ使うレシピや、布で濾《こ》す作り方もあったから、それも試してみよう。

他にもミルクを使わず卵白メレンゲと生クリームだけのレシピもあった、あった。思い出してきたぞ。

思い出せる限りやってみよう。ただ今日はクリームの量が少ないので、少しずつ。

そうして小分けに色々と作り、冷凍庫もどきで凍らせた。途中でかき混ぜるのも忘れない。

やがてすっかり凍ったアイスクリームをお皿に盛り付け、午後のおやつに出してみた。

何種類かをちょこんと各自のお皿にのっけたよ。見た目も可愛いアイスプレートである。

「わ、アイスがいっぱいある！」

「どれもおいしそうです」

アレクとラスが大喜びしてる。

「少しずつ材料や作り方を変えたの。どれが好きか教えてね」

「うん！」

やはり生クリームと砂糖のパワーは偉大だ。この前のシャーベットよりよっぽどなめらかに、アイスクリームらしくなっている。

しかし私の求める究極にして至高にはまだまだ届かない。今回はあくまで基本に忠実に作っただけ。アレンジはあえて何もしていない。これからである。

「俺、これが好き」

「僕はこれです」

アレクが指さしたのは、卵白は使わず卵黄だけのアイスだった。一番定番のやつ。

ラスはメレンゲと生クリームだけの、ふんわり軽いやつだ。

「あたしはこの前のシャリシャリしたやつも好きでした」

ティトはそんなことを言った。各人各様だね。

「姉ちゃん、アイスこれしかないの？　もっと食べたい」

小分けにして作ったのをさらにみんなで分けたので、各味一口ぶんくらいしかなかった。

アレクはさっさと平らげてしまって、不満そうだ。

「お、ラス、残してるじゃん。ちょうだい」

「だめです！　残してません、今から食べるんです」

ラスが慌ててお皿を引き寄せている。

うんうん、兄弟間の生存競争だねぇ。私も前世は三姉妹だった。美味しいものやかわいいお土産などは、ボヤボヤしているとあっという間に奪われるのだ。そういう時の姉たちは山賊みたいな迫力だったのを覚えている。

とはいえ、一応注意はしておこう。

「こら、アレク！　人のを取っちゃ駄目。また明日も作るから、今日は終わりね」

「ちぇー」

しばらくアイス作りに邁進《まいしん》するつもりなので、そのうち飽きちゃうかもね。まあ、そうなったら他の人に食べてもらえばいいや。

基本のミルクアイスはもう何種類か作ってみて、その後は果物やスパイスと合わせてみよう。

今度は独りよがりにならないで、料理人さんたちにも意見を聞いてみようっと。


アイスクリーム作りは、フェリクスの料理人たちを巻き込んで進行中だ。

毎日、厨房は大忙し。

山羊ミルクの脂は三日目くらいまで浮かび上がってくるので、都度すくって使っている。

ミルクと生クリームと卵の基本レシピは、思い出せるだけ作ってみた。

濃厚な口溶けは、卵黄のみ・布で丁寧に裏ごしのレシピでかなり再現できた。究極と至高にはまだ届かないけど、けっこう満足。

それらに各種の果物やスパイス、ハーブ類を加えてみる。

私はユピテルの食材に詳しくないので、料理人たちに指導をお願いした。

料理人たちはさすがに精通していて、色々教えてくれた。ユピテルは美食の国だけあって、スパイスやハーブだけでも膨大にある。

そして、隠し味として蜂蜜を入れるのがユピテル料理のコツなんだそうだ。醤油や塩に合わせてみりんや砂糖を使う日本料理に通じるものがある。

今は厨房で、ユピテル流の味付け体験と称して色んなものをつまみ食いしている。役得である。

「ゼニス様、こちらを召し上がってみて下さい」

料理人の一人がクラッカーみたいな小さいパンにチーズを乗せて差し出してくれた。

ぱくっと食べると、ほんのりニンニクの風味がきいていておいしい。クラッカーもパリパリだ。

「おいしい！」

「まだ終わりではありませんよ。次はこのワインを」

ユピテルでは子供の飲酒もさほど制限されていないので、大目に見てもらおう。

きりりと冷えたワインを一口だけ含んだ。

するとワインの風味でニンニクの香りが流されていって、後にはチーズのクリーミーさとほのかな甘味が残った。蜂蜜の甘さだ。

「どうです。こういった味のハーモニーこそが、我々フェリクスの料理人の得意とするところなのです」

「ゼニス様の白魔粘土のおかげで、ワインを冷やすのも簡単になりました。ちょうど良いタイミングで料理と一緒に出せて、助かっております」

「アイスクリームも、斬新で興味深い。どういう味で作りましょうか」

料理人たちは誇らしげだ。

ううむ、こりゃあ古代レベルだからって軽く見てられないな。

味付けに関しては私が下手に手を出すより、料理人たちに教えを請うた方が良さそうだ。

では私は、ディスプレイとデコレーションの案を練ってみよう。

学院長から聞いた北国の話をヒントに、アイスクリームとアイスキャンディーで一枚の絵を描くような、楽しい風景を作りたい。

アイスをいろんな形に作るのは、金型を用意してアイス液を入れて凍らせればいいと思う。

氷像として他のものを作るのもいいな。

頭の中で描いた光景に翼を生やして飛ばすように、イメージを膨らませていった。

リフレッシュ休暇?

私は最近、街歩きをよくやっている。

三月ももう半ばが過ぎて、季節はすっかり春。冬の肌寒さは遠ざかって、毎日どんどん陽が長くなっている。

そんな気持ちのいい気候の中、週ごとに立つ市場とか、フェリクス以外の飲食店だとかに出かけていくのだ。

理由は、アイスクリーム・ディスプレイのアイディアを仕入れるため。

アイス類でアートをやろうと決めたものの、具体的な案がまだ出てこないのである。

だから街に出て色んなものを見て、インスピレーションが降りてくるのを待っているのだが、これがなかなか難しい。

でも、なんだかんだ言って散歩は楽しいので、まあいいか！ と思ってしまう自分がいる。六月の結婚式までまだ時間はあるしね。

今も人でごった返す市場に来ている。首都はどこへ行っても人が多いけれど、市場が立っている日の回廊広場《フォルム》は特にそうだ。

ティトと、護衛の奴隷の人とはぐれないようにするのも一苦労。広いはずの広場は露店が立ち並んで、迷路のようになっている。

今日訪れた市場は、特に種類を限定しない雑多な市。食品市や衣類市など種類に特化したものもあるのだが、こうしたごちゃまぜの市の方が多い。

市場では普段は手に入らないような遠方からの搬入品も多くて、見ているだけで楽しかった。

例えば、すぐそこの露店では小麦とナツメヤシを売っている。その隣は麻布と麻製のチュニカ。さらにその横は、パピルス紙が積まれている。

それらの隙間を埋めるように、石造りのヘンテコな像もある。エキゾチックな女神像とか、動物を象《かたど》ったものとかだ。

たぶんここらは、南部大陸から来た品々なのだと思う。パピルス紙は南部大陸の『太陽の国』が生産国。かの国の川辺に茂る葦《あし》が、パピルスの原料になる。

太陽の国はユピテルの友好国で、今は女王が即位している。内紛はあるようだけど、今のところは大きな戦争までは至っていない。

さらに市場を進むと、今度は樽に詰められたワインが並んでいた。樽に付けられた木札を見れば、ノルド産だと分かる。

樽はノルドの発明品で、今ではユピテルでも流通している。それでもワインを樽に詰めるのはノルドならではといえる。ユピテルのワインは、うちの故郷も含めて瓶《かめ》に入れることが多いからね。

ノルドのお酒はワインの他にエールもある。これは前世で言うところのビールだ。ワイン樽の横にエール樽もあった。味見したかったけど、店主が別の人と商談中で待たされそうだったので諦めた。この人混みの中で長く待つのは大変である。

他にも東方産の鉱物類——石灰や雲母などや、山羊革のコートとテントなどもある。

刈り取った羊毛が山と積まれている店もある。羊毛は梳《す》いて、紡いで糸にして、さらに織物にする。羊毛の加工は各家庭の主婦や奴隷の仕事だ。うちのお母さんもよく羊毛梳きをやっていた。

首都のような都会であれば、織物工房で大量に加工するみたいだね。

もう少し進むと果物店の一角に出た。

果物も実にバリエーション豊富。定番はザクロにイチジク、野生のベリー。変わったところではさくらんぼもあった。季節によっては桃もあると聞いてびっくりしたよ。

「はぁ。本当に色んなものがあるよねぇ」

さくらんぼを買ってつまみ食いしながら言うと、ティトもうなずいた。

「故郷の田舎にいた頃は、想像もしていませんでした。世界がこんなに広いなんて」

「そうだよねぇ」

さくらんぼは生のままで食べるにはちと酸っぱい。色も濃いめの赤だ。前世のあの甘さは品種改良のたまものなのだろう。

それでも小さい果実に細い茎がついているのは、確かにさくらんぼだった。

そうしてあちこち見て回って、いい時間になったので帰ることにする。

楽しかったけれど、今日も具体的なアイディアは出なかった。

こう、もう少しで何かが掴めそうな気がするんだけどな。


お屋敷に帰ると、リビングの長椅子でオクタヴィー師匠が寝そべってくつろいでいた。

「おかえり、ゼニス。そろそろいいアイディアが浮かんだかしら？」

「ただいまです。アイディアはまだですよ」

私がしょんぼりして言うと、師匠はくすくすと笑った。

「行き詰まっているみたいね。らしくないじゃない」

「そんなこと言ったって、今年は年明けからずっと頭脳フル回転ですもん。私は叩けばアイディアが出てくる箱じゃないんですよ」

「箱って」

師匠は私のセリフがツボにはまったらしく、けらけらと笑い始めた。失礼な。

確かに年初に結婚式で出す料理の仕事をもらってから、働き通しだった気がする。

アイス作りのアイディア出しから始まって、試作も頑張った。白魔粘土の製作もほとんど毎日だし、魔力回路の授業も休まずに続けた。

最近の私がぱっとしないのは、疲れているせいもあるのかも。

師匠はちょっと肩をすくめて言った。

「まあ、そうね。まだ子供のゼニスを働かせすぎている感じはするわ。それなら一度、リフレッシュする？」

「リフレッシュ？」

首をかしげた私に、師匠は手招きした。彼女の向かいまで行って長椅子に座る。

「旅行よ。南部大陸のソルティアに、フェリクスの別荘と農場があるの。ゼニスはまだ、南部大陸に行ったことがないでしょう。船に乗って『我らの海』を越えるの」

「船旅！　いいですね！」

私は思わず笑顔になってうなずいた。

我らの海とは、南北を大陸に囲まれた内海。この海に接する陸地のほとんどが今やユピテルの領土になった。そのためユピテル人は、内海を指して『我らの海』と呼ぶのだ。

師匠が続ける。

「別荘も農場もあちこちにあるけど、少し足を伸ばすならソルティアがいいと思うわ。あそこはユピテルより南にあるぶん、暖かい気候でね。小麦の他にザクロやイチジクがよく育つの。ゼニスは最近、市場によく出かけているでしょう。市場の品物がどこから来るのか、見てみるのもいいんじゃない？」

師匠……！　そんな、私を気遣ってくれていたなんて！

私はちょっと感動して彼女を見た。すると師匠はため息をついた。

「ソルティアの農場は父様から任されているのだけど、最近、収支が悪いのよね。面倒で先延ばしにしていたけれど、いい加減一度現地に行って、管理人を監督してやらないといけないわ。春は航海にちょうどいい風が吹くから、今を逃すとまた先になってしまうし。はぁ、やだやだ」

「…………」

そんな理由だったのかーい。

私の感動を返してほしい。

しかし師匠の事情はどうあれ、船旅はわくわくする。この世界の船ってどんなのだろう？

かくして、私たちの南部大陸旅行、もしくは視察が決定したのだった。

南部大陸・ソルティア属州への出発は、四月の初めと決まった。

三月と四月は北から南への風が吹く季節。それに乗って我らの海を南下するのだ。

移動を含めて滞在は一ヶ月ほどの予定。

五月になると今度は反対に、南風が始まるのだそうだ。帰りはその風に吹かれて、南部大陸からユピテル半島へと北上する。

旅のメンバーはオクタヴィー師匠、私、ティト、それにマルクスだ。

一度、四人でお屋敷のリビングに集まって簡単な打ち合わせをした。

マルクスは南部大陸に連れて行ってもらえると聞いて、たいそう喜んでいた。

「俺、今まで旅行なんて考えたこともなかったよ！　貧乏暮らしだったからさあ」

浮かれるマルクスにティトが釘を刺す。

「旅行じゃないわよ。視察よ。あんた、本当に馬鹿ね」

師匠もうなずいた。

「マルクス、お前を連れて行くのは勉強のため。お前は今後もフェリクスの氷の商売に携わるのだから、ソルティアの農作物がどのようなものか、農場の経営とはどんなものか、しっかり学んでおきなさい。いいわね？」

「はい」

マルクスは浮かれた表情を引っ込めて、真面目にうなずいた。

「ありがたいことです。精進して、お役に立てるよう頑張ります」

「そうして頂戴。……あぁ、そうだ。兄様から言付けがあったわ。マルクスが考えた例のシンボルマーク、運送事業の方でも使うと決定したから」

「本当ですか！　光栄です」

真面目な顔がまたちょっとにやけてきている。まあ気持ちは分かる。

あの車輪のマークはいい出来だったものね。採用されて私も嬉しい。

ついでに、オクタヴィー師匠は私やラス、アレクは『きみ』と言うんだけど、平民や奴隷の人たちは『お前』と言う。なんかもう、女王様キャラである。似合っているからいいけど。

あとは一ヶ月も首都を不在にしてしまうので、魔力回路の授業は自習用の資料を作って図書室に置いておくことにした。各自で見て勉強してもらうつもりである。

本当は前世のプリントのように、全員に配れれば良かったのだけど。パピルス紙は多少のお値段がする上に、十数人分を手書きで書くのはきつかったのでこうなった。

コピーがないのが悲しい。ガリ版刷りを頑張って思い出して用意しておけば良かった。今回は間に合わないので、また次回だ。

三月末、旅への準備を進めているある日のこと。

夕食が終わった後、お屋敷のリビングでラスとアレクに旅の件を話した。

残念だけど、この子たちはお留守番だ。

そう告げたらアレクが文句を言い出した。すごく不満そうだった。

「姉ちゃんばっかり、ずーるーいー！　俺も行く！　船に乗るー！」

「だーめ。今回は遊びじゃなくて仕事なの。子供は連れていけません」

と、私が言うと、アレクは頬をぷくぷくに膨らませた。頬袋に餌を詰め込んだリスのようだ。

「姉ちゃんだって子供じゃん！　なんで姉ちゃんはよくて、俺とラスはだめなの！」

さんざんに騒いでなだめるのに苦労した。

実際仕事だし、まだ六歳のこの子らは長旅に耐えられる体力がないと思う。

ラスはずっと困った顔でアレクの様子を見ている。そこで私は言った。

「ラスを見なさい。ちゃんと聞き分けているじゃない。アレクばっかりワガママ言わないの！」

ところがラスはこう言ったのである。

「……本当は、僕もお船に乗ってみたいです」

……うっ。

もじもじと下を見ながら言われたセリフに、私は罪悪感を感じる。

「でも、アレクが僕の代わりにいっぱい言ってくれたから。ちょっと、すっきりしました」

……ううう。

そういえばラスは、普段はいい子すぎるくらいいい子。属国の王子で半ば人質の留学生という立場を、彼なりに理解しているのだろう。

「ほら見ろ！　ラスだって行きたいんだもん！」

アレクはますます調子に乗って言ってくる、が。

「そろそろ、やめなさい」

静かな声が割って入った。ラスの保護者役でシャダイ教司祭のヨハネさんだった。

「アレク。過ぎた欲求は身を滅ぼします。あなたの姉が駄目だと言っている以上は、従う他にない。わきまえなさい」

穏やかだけど有無を言わせない迫力があった。

アレクはぐっと黙って、次に目に涙を浮かべた。でも泣かないで、目元をごしごしこすって終わらせる。

「分かったよぉ……」

不承不承と顔に書いてある表情で、アレクはやっと引っ込んだ。

おぉ、えらい。去年なら大泣きしただろうに、子供の成長は早いものだ。

アレクもラスもなんだか気の毒になってきた。遊びたい盛りだものね。

そこで私は言ってみた。

「じゃあ結婚式が終わって落ち着いたら、近場に旅行に行こうか。バイオスの温泉とか、どう？」

バイオスは首都から三、四日の距離にある温泉地だ。ユピテル半島は火山があって、温泉文化が根付いている。保養地として人気の場所だよ。

「温泉！　行きたい！」

さっきまでの泣き顔はどこへやら、アレクは目を輝かせた。ラスもぱっと明るい表情になる。

「行きたいです。いいんですか？」

「うん。バイオスにもフェリクスの別荘があったから、ティベリウスさんに頼んでみよう。ラスもアレクもアイスの試食をして、結婚式の準備を手伝ってくれたものね。許可出ると思うよ」

「やったあ！」

前にティベリウスさんが、結婚式が終わったらご褒美をくれると言っていた。温泉旅行をおねだりしてみよう。駄目とは言われないはずだ。もっとも、ちゃんと結果を出すのが先だけれども。

そんなわけで、ちびっこ二人にお土産を買ってくる約束をして、留守番を任せたのだった。

船の旅

そうして四月。いよいよ出発の日がやって来る。

私たちは首都を出発して、すぐ隣の港町メスティアへと向かった。ここから船に乗ってキジディニア島とテュフォン島を経由し、南部大陸のソルティアまで行く予定である。

メスティアは首都ユピテルの海運の玄関口として、発展してきた港町だ。

主食である小麦は、南部大陸やテュフォン島が主産地。運び入れる手段は船になる。

海運で運ばれてきた小麦は、メスティアで川船に積み替えられる。そして首都まで続くティィリス川をさかのぼって届けられるのだ。

そのためメスティアは、食料供給の面から見ても重要な町。最近は首都の人口増に港の機能が追いついていないため、大規模な再開発の話も出ているそうな。

私たちは街道を通り、馬車に乗ってメスティアに入った。首都とメスティアは徒歩で一日の距離。朝に出発して夕方に到着した。

この町は倉庫と商業の町。首都ユピテルより人口はずっと少ないけれど、通りの両脇に店が立ち並んで活気がある。

倉庫もかなりの数がある。荷揚げした小麦をきちんと保管して、食料需要に備えているのだ。

その他にも、季節労働者である小麦の運送人を泊める宿泊施設などもたくさんあった。

ふと、ふわりと潮の香りがした。目を上げれば、遠目に海が光っているのが見える。

もう夕暮れに差し掛かっているせいで、淡いオレンジ色の空を映した不思議な色だった。

今日はこの町で一泊して、明日、お天気が良ければ船に乗る予定である。

泊まる先はフェリクスの別邸。さすがお金持ちはどこにでも別荘を持っているなあ。

そうして着いた先は、首都のお屋敷に比べればシンプルな建物だった。それでも馬車を止めて、私たち全員を受け入れても余裕の広さだ。

私とオクタヴィー師匠は専用の部屋を割り振ってもらった。

「明日はとうとう船に乗れるね」

入浴と食事を済ませ、寝る前に私が言うと、ティトはうなずきながらも不安そうな様子だ。

「あたしはちょっと心配です。だって、小さい船で海を渡るんでしょう。難破しないかどうか」

「あーうん。絶対ないとは言えないねぇ」

前世の二十一世紀とは違う、ここは古代世界だ。いくら我らの海が穏やかな性質で、しかも四月はいい風が吹くといっても、安全が保証されているわけではない。

「やっぱり留守番にしとく？」

冗談めかして言うと、ティトは私をにらんできた。

「まさか。あたしはゼニスお嬢様にお供しますよ。たとえ地の果てまででも！」

「そんな、おおげさな」

「おおげさじゃないですから」

なんてことを話しながら、その日は終わっていった。


翌朝、起き上がって窓の外を見ると実にいい天気だった。

これなら間違いなく出航できるだろう。

皆で建物を出る。オクタヴィー師匠、私、ティト、マルクスの他に、奴隷や使用人が何人かついてきていた。

船では自前で食事を用意する必要があるので、料理人が調理器具まで持ってきている。

港に行く前に、まずは航海の安全をお祈りするために神殿に寄った。

神殿は港――ほぼ自然のままの入江――を一望できる、岬の上に立っていた。空の青と海の青が不思議に溶け合うようで、とてもきれいな風景だった。

船乗りたちに信仰されているのは、主に三人の神様たち。

炎の神ウルカーヌス、美の女神ウェヌス、知恵と商売の女神ミネルヴァである。

ウルカーヌスは灯台に灯る炎のように、船を導いてくれる伝説を持つ。

ウェヌスは父親である天空神の血と海の泡が混じって生まれた、海にゆかりの深い女神。

ミネルヴァは商人たちを広く保護する女神だ。

お参りを済ませて、通りを抜けて海に近づくにつれて潮の香りが強くなる。気持ちのいい風が吹いている。

そうして建物の間を抜けると、ぱっと視界が開けた。

「わあ、海だ！」

思わず歓声を上げた。神殿から見た風景もきれいだったけど、間近で見るとまた違う。

港ではシンプルな埠頭《ふとう》に、何隻もの船が停まっている。シンプルではあるが、きちんとコンクリート造りなのがユピテルらしい。

船はやっぱり、全体的に想像より小さかった。前世の豪華客船はもちろん論外で、ちょっとした小型船という程度だ。全て木造というのが、いかにも古代の雰囲気である。

「私たちが乗る船は、これよ」

師匠が示した船は、その中では大きめの一隻だった。

何人かの船員が出迎えてくれる。

船の全長は三十メートル程度、幅は七、八メートルといったところだろう。全体的にコロンとした印象の形で、中心に大きなマストが立っている。帆は今はたたまれて、巻き上げられている。

船の前方の形は丸く、船首飾りの神像が取り付けられている。あれは、さっきお参りをした炎と鍛冶の神ウルカーヌスだ。筋骨たくましい男神の上半身が、船の舳先《へさき》を飾っている。

後部は少し反り上がっていて、大きな舵が取り付けられていた。

木造の船体はタールが塗られているようで、てらてらと光っていた。

奴隷の人が大きな板を持ってきて、岸壁から船に渡してくれた。

オクタヴィー師匠を先頭に、私たちは船に乗る。ギイ、ギイと足元で船が揺れて、海の上に立っているんだと実感した。

私たちが全員乗り込んだのを確認して、年かさの男性が口を開いた。

「フェリクスの皆様方、我が船にようこそ。わしは航海長です。皆様を安全にソルティアまでお届けするよう、全力を尽くす所存です」

その後、船員たちが次々に名乗った。副長と掌帆長《しょうはんちょう》、船室長、それから特に役職のない水夫たちだ。

「皆様方のお世話は、船室長が対応します。何かあれば彼にお申し付けを」

まだ若い、二十代と思われる青年が礼をした。

それから船室に案内された。さすがに狭くて、私と師匠、それにティトの女性陣は同じ部屋。男性の使用人とマルクスは船室長と同室になっていた。

「あぁ、やだやだ。狭っ苦しいこと。これだから船は嫌いなのよ」

師匠がさっそく文句を垂れている。大貴族のお嬢様である彼女は、贅沢に慣れきっているからね。それこそ、前世の豪華客船みたいのじゃない限り満足しないだろう。

私は言った。

「いいお天気ですし、外に出ましょう。風景を眺めながらのんびりしたいです」

「そうね。そうしましょうか」

甲板に出ると、他の人たちもいた。やっぱり狭苦しい船室は落ち着かないようだ。

「そろそろ出発するぞ！　錨《いかり》を上げろ！」

航海長が声を張り上げる。

帆はたたまれたままだ。エンジンもないのにどうやって進むのかと思っていたら、船体から何本もの櫂《オール》がにゅっと突き出された。

櫂は岸壁を押して離れ、リズミカルに海水を漕ぎ始める。足元の船倉に意識を向けると、えーい、えーい、おー、と男たちの掛け声が聞こえた。

漕ぐのか！　人力エンジンだ。

船があまり大きくないせいもあって、意外なほどにスムーズに進んでいく。波の跡を残しながら、だんだんと港が離れる。

そうして沖合のある地点までやって来たら、今度は掌帆長が声を上げた。

「帆を下ろせ！　ちょうどいい風が吹いてやがるぞ！」

号令に従って、水夫の一人が帆桁《ほげた》に繋がる綱を操作した。するとマストの頂上にある滑車が回って、巻き上げられていた帆がするすると下りてくる。帆には何本もの綱が繋がっていて、滑車の動きと連動していた。

帆はやや横長の長方形だ。大きくていかにも頑丈そうな布で、縁と縦横に補強がほどこしてある。

いつの間にか船首の小さい帆も広げられていた。

港は既に遠ざかって、小さくなっている。私たちを乗せた船は北からの風を満帆に受けて、進んでいった。

この船が予定している航路は、以下のようになる。

まずはメスティアを出港後、ユピテル半島のすぐ西にあるキジディニア島の沿岸を航行して、島の港へ一度補給に立ち寄る。

その後は南下してテュフォン島に沿って進む。テュフォン島は島としてはかなり大きい。港町も複数あるため、ここでもう一度補給。

それから我らの海をさらに南下すると、南部大陸のソルティアだ。

ソルティアは北に突き出した半島に築かれた都市。テュフォン島からそう距離が離れていない。このように島の沿岸を主に進むため、メスティアからソルティアまでの航路は安全性が高いと言われている。

全体の日程は、風が順調であれば三日程度とのこと。二泊三日の小旅行だね。

さて今は二日目である。

昨日メスティアを出てから補給をこなして、夜通し航行を続けてきた。

夜中、狭い二段ベッドでオクタヴィー師匠が眠れないとぼやいていたのはご愛嬌だ。

で、ここまでは順調だったのだが、キジディニア島を少し離れた辺りで風が弱まってしまった。

他の人たちは甲板で思い思いに過ごしている。おや、ティトとマルクスは隣り合って海を指さしたりして、何かおしゃべりしているね。

「困った状況ですか？」

航海長に聞いてみる。

「困ったというほどではないですよ。天気はいいし、位置を見失ったわけでもない。ただちょいと、到着が遅れるかもしれませんな」

空は今日も真っ青で、いいお天気だ。ユピテルは春から秋までは青空が多くて、雨はあまり降らない。雨はむしろ冬にまとまって降る。

けれどそれも陸上のこと。海の上であれば雨風もあり、海が荒れることも少なくないそう。

「遅れるですって？　冗談じゃないわ」

私たちの会話を聞いた師匠が口を挟んできた。

「あんな狭っ苦しい船室で、何日も過ごすなんて悪夢よ。櫂を出して漕げばいいじゃない。漕手の奴隷は乗っているでしょう？」

「オクタヴィー様、無理ですよ。この船はガレー船じゃありません。港の中やちょっとした進路変更程度なら漕いでいけますが、帆に受ける風の代わりにはなりやしません」

航海長が眉尻を下げている。

水夫たちがちらちらとこちらを見ている。隠しているけど、呆れた雰囲気だ。

うむ、ちょっといたたまれない。船のことを何も分かっていない素人でごめんなさい。

ガレー船は軍船として使われる種類の船だ。帆はもちろんあるが、漕手の人力エンジンで機動力アップを重視している。たくさんの漕手奴隷が乗って、最大で櫂が五段にもなる巨大なガレー船もあるそうだ。

対してこの船は商船。商品を積んで航路を行く目的なので、風任せになる。商品を積むために、重量の問題で漕手の奴隷はそんなに乗せられない。

昨日のうちに船倉を見せてもらったけど、狭かった。いくらか荷物が積んである上に、下っ端の水夫や奴隷たちが寝泊まりしている。

漕手奴隷はそこまで酷い扱いは受けていないようで、出番がない時は暇そうにしていた。

正直ほっとしたよ。前世の映画で見たような、足に鉄枷をつけてボロボロになるまでこき使われている人がいたら、とても船旅どころじゃないもの。

風の件は、どうしたらいいかな。

私は別に船室に不満はないが、旅は順調な方がいい。あまり遅れるとラスとアレクが心配だし、魔法学院の仕事も気になる。さすがに六月の結婚式に遅れるようなことはないだろうが……。

「魔法で風を吹かせたらどうでしょうか」

私が言うと、オクタヴィー師匠は呆れた表情になった。

「ゼニス。きみの魔力がいくら高いと言っても、船を動かすほどではないでしょ。無理はやめなさい」

師匠こそ、ついさっき無理を言っていたくせに！

と、ツッコみたい気持ちを呑み込んで私は答えた。

「やってみないと分からないですよ。少しでも助けになればいいかなって」

「あっそう。じゃあ好きにしなさい」

師匠はさっさとさじを投げた。

ある意味でお許しが出たので、私はさっそく試してみることにする。

まずは船首に立たせてもらった。反り返って少し高い位置にある船首に立つと、改めて周り一面の海原が目に飛び込んでくる。背後以外、ほとんど全方位が海。見渡す限りの青い海！

ユピテルは温暖な国だから、海の色も青が深くてとてもきれいだ。空の青と混じり合って、水平線の境目が曖昧になるような感覚さえある。

前世の日本でこんなにきれいな色は、沖縄くらいだったかも。

さあ、風を吹かせよう。

でも、と私は思う。

オクタヴィー師匠の言う通り、魔法の力で強い風を吹かせ続けるのは難しい。最近の私は魔力回路の扱いが上達して、さらに魔力が上がっていたとしてもだ。

単純に風の魔法を使うだけでは駄目だ。もっと工夫しないと。

今まで聞いた話をよく思い出してみる。

我らの海では、春の三月と四月に北から南へ風が吹く。

「航海長さん！　三月と四月に吹く北の風は、毎年必ず吹くんですか？」

船首から振り返って、私は聞いた。

「ああ、そうですよ。三月と四月は北風の季節。冷たい風が陸から海に向かって吹くんだ」

「冷たい風？」

「春の北風は冷たい。船乗りの間では常識ですよ。冷たくて乾いている」

「へぇ……？」

そういう詳しい話は初めて聞いた。やっぱり本職の船乗りの人たちは違うね。

冷たい風。北からだから、ユピテル半島や北の大陸の方から吹いてくるのだろう。

風は基本的に、高気圧から低気圧に向かって吹く。気圧の差が生まれるのは、寒暖の差のせいが一つ。地球規模で温暖な地域と寒冷な地域があるせいで、大きな空気の対流が常にある。

さらに加えて、陸地と海の温度差がある。昼間は陸地の方が温まりやすく、海の温度は上昇しにくい。夜になると反対に、陸地が冷えて海は暖かいまま。その温度差が気圧差を生み、風になる。

中学校で習った地理や理科の話だ。

この世界は地球ではないけれど、地球によく似ている。だからおおむね間違ってないと思う。で、そういった基本的なところに上乗せして、地方ごとの特色が出る。いわゆる季節風だね。

この春の北風の場合はどうだろう？

航海長は『冷たくて乾いた風』と言った。その風はどこの温度差から来ているのだろう？

まず、ユピテル半島は違うと思う。四月はもちろん、三月でもあの国はかなり暖かい。海風に吹かれている今よりも確実に温暖だと感じるもの。

寒そうな場所といえば、半島の北西にある大きな山脈だろうか。あそこは万年雪をかぶっている山がいくつもあるほどの高山地帯だ。

未だ雪が残る高山から吹き下ろす風なのかもしれない。

山から下りてくる風は、フェーン現象だっけ？　山を駆け上った風が水分を雲に変えて雨を降らし、結果的に暖かい風となって下る場合が多いはず。

でも、例外は常にあるだろう。陸地から離れた海まで吹いてくる風だ。この世界特有のもののような気もする。

色々考えてみたけれど、全ては推測に過ぎない。

どうせダメ元。推測上等、やってみようじゃないか。

考えたことをまとめて、出来る限り魔法語の呪文に落とし込んでみる。

私は船首の近くに立って前を向き、両手を広げた。気分はタイ◯ニックだ。

それからしっかりと魔力回路を起動させて、何度も魔力を身体に循環させた。

魔力は体を巡るたび、心臓や下腹部の要点を通るたびに増幅して、熱を帯びる。

『――凍える風の精霊よ、北の高き山より下る風よ、温もる海へと吹き流れて、冷と暖とを混ぜ合わせ、等しき均衡を保ち給え！』

北西山脈から吹き下ろす冷たい風が、暖かな海に流れ込むイメージ。気温差と気圧差、それらが混じり合ってやがて等しくなるイメージを思い浮かべながら、呪文を唱えた。

ごっそりと魔力を持っていかれる感覚がある。

だけど、最初は何も起きなかった。

通常の風の魔法であれば、詠唱が終わった直後に効果が出るのに。

失敗だろうか。

私が内心でがっかりしていると、ふと、寒さを感じた。

広げた両手がスースーする。髪が冷たい風にはためく。

……風が吹いてきている！

「北風が吹いたぞ！」

後ろの甲板で水夫たちが叫んでいる。

「強い風だ！　しっかり帆を張れ！　方角を確認して、舵を怠るな！」

掌帆長の声がする。

今や北風は私の髪や服を強くひるがえして、びゅうびゅうと音を立てて吹き始めた。

そして船の帆は風をしっかりと受けて、また前に進み始めた！

「魔法使いのお嬢さん、あんたの仕業ですかい？　こりゃあすごい！」

「本当に風を吹かせるなんて。それもこんな、強風を」

くるりと振り向けば、皆が興奮した様子でいる。

「まただいそれたことをやったわね、この子は」

オクタヴィー師匠が歩み寄ってきて、頭を撫でてくれた。彼女の長い髪も風にあおられて、ばらばらに乱れてしまっている。お洒落な師匠は普段なら嫌がるのに、今は気にしていないようだ。手ぐしで髪をかき上げて、愉快そうに笑っている。

ちょっと誇らしくなった。

「えへへ！　これ、ただの風じゃないんですよ。季節風の再現なんです！」

私は得意満面でさっきの推測を話してみせたが、誰もが首をかしげるばかり。

うーん、気圧差だの何だのは理解してもらえないか。残念だ。

推測はある程度は当たっていたのだろう。そうして本来の自然現象を手助けする形で、魔法の効果が強力に発動した。

何もないところに風を起こすよりも、今吹いている風の仕組みにのっとって魔法を組めば、大きな効果が得られる。うむうむ、また発見をしてしまったね。

「なんだかよう分からんが、これで遅れは取り戻せそうです。魔法はすごいですなあ」

と、航海長が言った。

冷たい北風はその後もしばらく吹いた。強風が収まった後はいつも通りの風になり、私たちはきちんと航路を消化していった。

なお、調子に乗った私はもう一度同じ魔法を使おうとして、魔力不足でぶっ倒れる羽目になった。この魔法——春北風の魔法とでも名付けよう——は、魔力消費が多すぎるのも問題だね。

ソルティア到着

さらに翌日。今日はとうとう、ソルティアに到着する予定だ。

前日の魔力不足から回復した私は、朝から甲板に出て進路方向を眺めていた。

左手にあったテュフォン島は遠ざかって、水平線の向こうに消えようとしている。

そしてだんだんと、南部大陸とソルティアが見えてきた。

午後になる頃にはソルティアの町がはっきりと確認できた。

ソルティアはユピテルに滅ぼされる前は、海運と商売で莫大《ばくだい》な富を築いた商人たちの国だった。今は一大農業地帯としてユピテルの穀倉になっている。小麦をユピテルへ運ぶために海運の重要性は変わっていない。

「かつてのソルティアは、町の海岸線に巨大な城壁が連なっていたそうですよ。海の門に海の城壁ですさね」

航海長が教えてくれた。

「今はもう、門も城壁も取り払われて残っていないが。それでもソルティアはいい港ですよ。ほら、北に突き出した岬に町があるでしょう。しかも岬はくびれた形をしている。ああいう土地は周りが入江になっていて、天然の良港なんです」

確かに、近づきつつあるソルティアの町は湾曲した岬の先端にある。昔、海の覇者として名を馳《は》せていた都市国家ソルティアとしては、砦を築いて守りやすい位置でもあったのだと思う。

ソルティアはユピテルと違う民族が造った都市国家だった。彼らは海の民として、航海技術や港の建設に精通していたとのことである。

やがて私たちの船は、岬の入り江に入った。

現在は城壁の影も形もなく、何隻もの商船が出入りしているだけだ。

「今回の航海も無事に終えられた。ウェヌス神とミネルヴァ神、ウルカーヌス神のご加護に感謝を」

航海長が言って、ワインの壺《アンフォラ》を取り出した。盃に一杯分、なみなみと注いで、中身を海に流す。

「こうやって港に入った時に、神に感謝して、簡単な儀式をする習わしなんですよ」

「そうなんですね」

三人の神様には、出発時もお祈りをしたね。それに船首像はウルカーヌス神。筋肉ムキムキマンの炎と鍛治の神様だ。

船は櫂を出して漕ぎ、さらに港を進んでいく。

とうとう港に接岸した。どん、と岸壁にぶつかった衝撃がある。錨が下ろされて、もやい綱が渡される。

奴隷の人に板を渡してもらって、船を降りた。

「やったわ！　足元がぐらぐらしないで、しっかりしてる。陸地バンザイ！」

ティトがほっとした顔で呟いている。

「ほんとよね。もう船はこりごり……だけど、帰りも乗るのよねぇ」

オクタヴィー師匠はうんざりした様子だ。

「私は楽しかったですよ！　ぐるっと周り中がきれいな海で、青空と境目がなくなって、すごい風景でした」

私が言うと、マルクスもうなずいてくれた。

「俺、生まれて初めて船に乗ったよ。新鮮だった。遠くでイルカが跳ねたりして」

「え、イルカいたの。見たかった」

私はイルカがけっこう好きなのだ。流線形でかわいいじゃないか。

「ゼニスお嬢様が魔法の使い過ぎで倒れてる時にな」

「えー！　起こしてよ。イルカと一緒に泳ぐの、夢なんだよ」

「さすがに無茶だろ」

いいや、前世の沖縄でそういうアクティビティーがあったのだ。旅サイトの動画で見た。ブラック社畜だったせいで時間が取れず、イルカとの触れ合いは実現しなかった。死ぬと分かっていたら、もっと旅行に行ったのに。悔しい。

あ、でも、今はこの世界で旅を楽しんでいるんだった。じゃあいいか！

私は気持ちを切り替えて、ソルティアの町を目指して歩いて行った。


ソルティアの町はユピテルに戦争で負けた際、一度徹底的に破壊されている。その上で再度建設された町並みは、ユピテル式。だからメスティアの港町とよく似ていた。

ソルティアの町にはさすがにフェリクスの別邸はない。別荘は農場に併設されていて、町にはないのだ。だけど付き合いのある貴族の別荘があったので、そこに泊めてもらった。

別荘はなかなか立派な建物で、浴室もちゃんとある。船旅の間はお風呂に入られなかったので、ありがたく堪能した。

夕食も豪華で、正式な宴席に近い感じ。

オードブルは牡蠣とムール貝のソース添え。クミンのスパイシーな香りがきいたソースが、貝の味を引き立てていた。

第一メインディッシュは海菊貝とタコ、それに小鳥のロースト。ソースはアスパラガスを使ったものだ。アスパラの爽やかな味が、シーフードにも小鳥にも合っている。

第二メインはマグロのオイル焼き、アピキウスソース添え。アピキウスは人の名前で、美食家として有名な資産家である。彼はいろんな料理のレシピを考え出して発表した。

今回の『アピキウスソース』は、酢と蜂蜜、オリーブオイル、胡椒、ハーブ類、それに固茹で卵を刻んだもの。これらを混ぜ合わせてソースにすると、複雑な味が楽しめる。意外にもお魚と合うんだよね。卵と酢を使うので、マヨネーズにちょっとだけ似ているかもしれない。

そのようなわけで、シーフード中心のおもてなしを受けた。

船では調理器具と食材が限られていて、ごちそうは望めなかった。

しっかりお風呂に入ってごちそうでお腹いっぱいになって、オクタヴィー師匠も私も大満足である。

食後に確認したら、ティトやマルクスたちもそれなりに良い食事だったとのこと。良かった。

「これだけのおもてなしを受けて、お礼はどうするんですか?」

客室でくつろいでいた時に、師匠に聞いてみた。

「基本は借りね。ここの主が首都に来た時には、同等かもう一段階上のグレードでもてなすわ」

「へぇ。それでいいんですか?」

「いいのよ。お互い様だもの。私たちはソルティアに行く用事があった。ここの主人はユピテルに行く用事が出来た時、フェリクスを利用できる。ギブアンドテイクでしょ」

なるほど、そういうものか。

貴族は体面を重んじる。借りを作っておきながら踏み倒したとなれば、メンツが潰れてしまう。

そうならないようしっかり借りを返すつもりなのだろう。

さて。お腹がいっぱいになったら、眠くなった。船旅の疲れが出たらしい。

私たちは数日ぶりに、陸地のベッドでぐっすりと眠ったのだった。


翌朝目覚めると、空は薄曇りだった。

南部大陸にあるソルティアは、北の大陸のユピテルよりも一回り気温が高い。まだ四月だというのに、もう夏の気配が感じられる。

今日は農場まで移動するから、カンカン照りではなくてラッキー。日焼けしてすごいことになっちゃうよね。この国に日焼け止めクリームはないので、ストールをかぶっておこうかな。

ソルティアにフェリクスの農場はいくつかあるが、まずは手近な場所へ行くことにした。

馬車で半日程度の場所に、農場はある。

お世話になった別荘のご主人が馬車を貸してくれた。至れり尽くせりである。

私たちは別荘のご主人にお礼を言って、出発した。

ソルティアの町から延びている街道は、道幅も広くて整っている。たぶん近隣の農場から農作物をソルティアまで運んで、そこから船でユピテルに持っていくためだと思う。

周囲の風景は広々としていた。海と反対方面では、地平線も見える。

なだらかな丘と平原の中に時折、河川や小ぶりな湖が点在している。農園はそれらの水を利用しているようだ。水辺の周囲や所々に低木が茂っていた。

ユピテル本土は灌漑《かんがい》があまり発達していなくて、自然に降る雨や冬の間に降った雨を溜めておいた貯水池の水を使って農業をする。

けれどここらでは、小規模ながらも湖や川から用水路を引いて水を利用しているようだった。

私たちは左手に海を見ながら、東へと進んでいく。所々にユピテル式の農園が見える。

やがて馬車は一つの農園の前までやって来て、止まった。

「出迎えの人がいませんね？」

私が言うと、オクタヴィー師匠は肩をすくめた。

「視察だもの、抜き打ちよ。何月何日に行くと前もって知らせたら、見られて困るものを全部隠されちゃうでしょ」

「なるほど……」

私たちが馬車を降りて農園に入ると、奴隷の身なりをした男性が飛んできた。

「お、お貴族様……フェリクスの、お嬢様⁉」

「そうよ。お前たちの主人よ。管理人はどこ？」

オクタヴィー師匠は威厳のある態度で言った。

管理人は農園の管理者。奴隷や解放奴隷が務めるケースが多い。

管理人の采配する範囲は広くて、農場の売上は管理人で決まるとさえ言われる。

この農場では、解放奴隷の三十代の男性が務めていると聞いている。

「あ、あそこ……です」

奴隷の男性は困った様子で、農場の家屋の辺りを指で指した。見れば何人もの人が集まっていて、何やら騒ぎになっているようだ。

少し立派な身なりをした男性が一人、それに彼の前に膝をついている少年が一人。さらに彼らを取り巻く奴隷たちが五、六人ほどいた。

何をやっているのだろう？　私は目を凝らしてみた。

身なりのよい男性は管理人と思われた。血色の良い顔で手に革のムチを持っていて、これみよがしに少年の前で振っている。

少年は私と同じくらいの年頃に見えた。九歳か十歳そこそこだろう。粗末な身なりをしているので、彼も恐らく奴隷。濃い褐色の肌に癖のある黒髪をしている。南部大陸人の特徴だ。

バシンとムチを地面に打ち付けながら、管理人が言う。

「ハミルカルよ、てめえ、何度言っても分からんようだな」

少年が子供らしい高い声で答えた。

「分かってないのはお前だろ！　アビおばさんは、この前の農作業で足を痛めたんだ。腫れてひどい有様なのに、休まず働けってどういうことだよ！」

「ハミル坊、もうおよしよ」

中年の女性がおろおろと言った。足に布を巻いている。この人がアビだろう。

「あたしのことはもういいから。管理人さん、もう許してやって下さいな。言われた通り、働きます」

言いながら、アビの表情は苦しそうだった。遠目にも動きがぎこちないのが分かる。下手をしたら骨折しているのかもしれない。

少年は立ち上がって管理人をにらみ上げた。

「良くない！　管理人はいつもそうだ。本当の怪我や病気も仮病だと決めつけて、働き詰めにさせる。セムじいちゃんが死んだのも、無理が祟ったせいだ！」

「口答えするな！」

ハミルカルが言うのと同時に、ムチが空を切った。ヒュ――と音がして、次に激しく打ち据える音。ハミルカルの二の腕の辺りが真っ赤になって、血が滲んでいる。

「やめて！」

私は思わず走り出した。ティトの制止の声が聞こえたが、足を止められなかった。

ムチの二撃目を繰り出そうとした管理人と少年の間に、飛び込むように割って入る。

「あぁ？　なんだ、あんたは？」

管理人はじろりと私をにらんだ。私の服装は貴族の子供のもの。彼は警戒したらしく、とりあえずムチを引っ込めた。私は声を張り上げる。

「いくら奴隷でも子供をムチ打つなんて、どういうつもり!?　しかも話を聞く範囲じゃ、怪我をした人に無理をさせようとしているよね。何様のつもり！」

管理人はせせら笑った。

「子供と言いますがね、こいつはもう九歳だ。幼児じゃない。半人前とは言え、仕事をやっている奴隷。つまり家畜ですよ！」

家畜！　あまりにひどいものの言いように、私は頭に血が上るのを感じた。

「なにそれ、ひどい、ひどすぎる！　奴隷だって人間でしょう。そんな言い方は許さない！」

「許すも、許さないも。豚や羊みたいにキーキー鳴く獣は、鳴き声を発する家畜。奴隷は言葉を喋る家畜。こればっかりは事実でしょうよ」

平然と言われたセリフに、私は言葉を失った。

改めて周囲の奴隷たちを見回してみても、誰もショックを受けた様子はない。つまり、日頃からそう言われてそういう扱いをされているんだ。

そして目に入った奴隷たちは、誰もがやせ細っていた。ボロボロで汚れたチュニカを着て、骨の浮く手足に落ちくぼんだ目をしている。

ユピテル本土の奴隷たちはこんな有様ではない。彼らは最低限の衣食住が保証されている。なのに彼らの様子はどうしたことか。

「ゼニス。あまり現地のやり方に口を挟むものではないわ。きみは優しすぎるのよ」

オクタヴィー師匠が追いついてきて、言った。

管理人がぎょっとした顔をする。

「これはこれは、フェリクスのお嬢様。どうしたんですか、こんな場所までやって来るとは」

「視察。この農場の収支が悪いから、確認しにきたの」

「そ、それは急なことで……」

先程までのムチを振りかざしていた態度はどこへやら、管理人は急に汗をかきながら縮こまった。

「農場の帳簿を見るわ。マルクスと、あとはそこのお前とお前。ついてきて頂戴」

「はい」

師匠はマルクスと使用人を何人か指名して、母屋へ入っていった。

残ったのは私とティト、護衛役の奴隷の人、それから農場の人々である。

「アビ。足を見せて」

私は奴隷の女性に話しかけた。彼女はびくっとする。

年上の人だからさん付けで呼びたいけど、立場上そうもいかない。呼び捨てにさせてもらおう。

「お嬢さんは、お医者なので？」

すっかり意気消沈した管理人が言った。ムカつくのでこいつには返事をしない。

「でも、あ、あたしは……」

アビはどうしていいか分からない、という顔をしている。

するとハミルカル少年が立ち上がって、彼女に肩を貸した。

「そこの入り口にベンチがあるから、座って見てやって下さい。お願いします」

母屋の隣の建物のところに、ベンチが見える。

「怪我人とハミルカル以外の奴隷どもは、仕事に戻れ！」

管理人がムチを振り回して奴隷たちを追い払っている。止めてやろうかと思ったが、ハミルカルが首を振っているのに気づいてやめた。

アビは少年の肩を借りながらも、何とか歩いている。

ベンチに座ってもらって足を見ると、足首の辺りがかなり腫れ上がっていた。いかにも痛そうで、私は眉を寄せた。

「この怪我はどうしたの？」

私が聞くと、アビが答える。

「小麦の収穫の仕事をしている時に転んでしまって。くじいたんです」

「怪我をしたのは何日前？」

「ええと……」

「三日前です」

指を折って数え始めたアビに代わって、ハミルカルが素早く答えた。

骨折と打撲の見分け方は何だったか。前世の自動車免許の救急講習の時、講師が「これはおまけですが」と教えてくれたのを思い出す。

患部は青黒く腫れ上がっているけど、変形はしていないように見える。

「ぶつけた時に、骨から変な音がしたとかそういうことはなかった？」

「そこまでは、なかったです」

「ごめん。ちょっと触るね」

そっと足を触ると、アビは顔をしかめた。が、泣き叫ぶのをやせ我慢しているとか、極端な雰囲気ではない。

「たぶん、骨は折れてないと思う」

素人判断で申し訳ないが――と言いかけて、私は口をつぐんだ。奴隷たちは恐らく、怪我をしても病気になっても医者にかかるのは出来ない。なら、せめて私がしっかりしないと。ハッタリでもいいから安心させてあげたい。

「安静にしていれば、だんだん良くなるよ。一週間もすればだいたい腫れが引いて、もう一週間で良くなると思う。目安だけどね」

「そうですか……！」

アビがぱっと明るい表情になった。

捻挫は怪我をしてから二、三日が一番痛い。きっと苦しい思いをしていたんだと思う。それが良くなる見通しが立って、安心したのだろう。

「ならあと二週間、アビおばさんは休んでないと駄目だよな？」

どこか慎重そうな様子でハミルカルが言った。

「そうだね。二週間は農作業みたいな足を使う仕事をやっては駄目」

私が答えると、彼はホッとしたような笑みを浮かべた。だが、管理人は不満を唱える。

「二週間も！　お嬢さん、それは甘すぎです。春のこの時季は収穫で大忙しだ。人手はいくらあっても足りない。売上に直結しますよ？　それにそんなに休ませたら、奴隷に怠け癖がついてしまう！」

ハミルカルが言い返した。

「馬鹿言うなよ！　アビおばさんは働き者だ。あんたのお気に入りのシュファが怠けるから、おばさんはあいつの分まで働いて、それで疲れて転んじまったんだ！」

「小僧、いちいちうるさいぞ！　俺はフェリクスのお嬢さんと話しているんだ。口を出すな！」

管理人はムチをちらつかせた。私がすぐそばにいるので、さすがに振り上げるのはしない。

管理人と奴隷たちの関係は相当にこじれているようだ。

オクタヴィー師匠はこの農場の売上が落ちていると言っていた。怪我人にムチを打って働かせるなんて、どう考えても間違っている。無理をさせても作業ははかどらないのに。

「シュファっていうのは、管理人の愛人なんです。美人だけど嫌な女で、皆から嫌われてる！」

ハミルカルが必死に私に訴えてくる。

「お嬢さん、この管理人を今すぐにクビにして下さい！　こいつが管理人をやっていると、悪いことばっかりだ。いつもコソコソと動いて、隠し事してる！」

ハミルカルは私をまっすぐに見て言ってくる。管理人を見ると、再び汗をかいていた。

なんか、ちょっと変な感じだ。

今、私が見たのは管理人が奴隷たちを不当に虐げていた場面。それなのに『コソコソと動いて』『隠し事をしている』？

「……とにかく、アビは二週間は安静にしていて。家の中で座ってできる仕事があれば、それをやるように」

「はい。羊の毛を梳いたり紡ぐ仕事なら、座ってできます」

「うん、じゃあそれをやって」

この農場の権利者はオクタヴィー師匠だけど、このくらいは私が決めてしまってもいいだろう。

実際立ち歩くのも困難な人に、農作業が出来るはずもない。

「じゃあ、母屋と帳簿の様子を見に行こうか。ハミルカルも来て」

私が言うと、管理人はびくりと肩を震わせた。

「なんでこの小僧を。こいつは字も読めなければ計算も出来ない、帳簿のことなんぞ何にも知りませんよ！」

「別にいいじゃない。アビは一人で歩ける？」

「ええ、家の中くらいでしたら。さっそく羊の毛の仕事を始めます」

彼女が働き者なのは本当のようだ。

それで私たちは、オクタヴィー師匠を追って母屋に行った。


母屋は、ユピテル本土の農園と同じような造りをしている。

入り口に天窓と貯水槽のあるアクアリウムがあって、その奥は列柱に囲まれた中庭。そして、中庭に面した各部屋。中庭とアクアリウムの間に執務室がないだけで、首都ユピテルのフェリクスのお屋敷にも似た感じだね。

執務室の代わりというわけではないが、アクアリウムの隣に書庫がある。壁際の棚にたくさんの巻物が入れられており、今は師匠やマルクス、使用人の人たちが巻物を広げて読んでいた。あれらが帳簿だろう。

「あら、ゼニス。騒ぎは収まった？」

師匠が言うので、私はうなずいた。

「はい。女性の奴隷が足に怪我をしていたので、治るまで家の中の仕事を頼みました。構いませんか？」

「いいわよ。怪我をしていたら働けないでしょう」

普通そうなるよね。一体この管理人は何を考えているんだ。

改めて怒りを込めてにらむと、彼は目をそらした。弱い者いじめはするが、強い者なら子供でも言いなりってか。ムカつく。

「帳簿はどうですか？」

「んー。取り立てて問題はないみたいだけど」

オクタヴィー師匠は眉を寄せている。面倒くさがるかと思ったら、意外にちゃんと書類チェックをしているようだ。

「もちろん、問題などありませんとも！」

と、管理人。

「ここ何年かは夏の干ばつが厳しくて、小麦が不作気味だったのです。だから売上が落ちましたが、やむを得ないことで」

「確かに、ソルティアの小麦はやや不作が続いていたわね」

「そうでしょう、そうでしょう」

そんなやり取りに、マルクスが口を挟んだ。

「オクタヴィー様。ここの小麦の種もみの在庫なんですけど、推移がちょっとおかしいです」

彼は巻物を机に広げて、指で指した。

「ここで種もみをこれだけ買ってるでしょ。この農場の畑の必要量より二割以上多いです。なのに余剰分の記録がない」

管理人はしどろもどろになりながらも主張した。

「そ、それは、種もみは二割くらいは質の悪いのがまじっていて、使い物にならないからです。倉庫に置いている時に、虫がわいたりネズミにかじられたりもします。仕方ないんです！」

「それを見越して余剰分が最初から入っているはずです。帳簿上の数字は実際に買った数字だけではなく、必要量と使用量も併記するべきでしょう」

と、別の使用人が言った。彼は農業に詳しい人だ。

マルクスも続ける。

「帳簿をさかのぼってみたら、小麦だけじゃなく大麦も種もみの購入量が多すぎる。ていうか、種もみは全部買うものなんです？　自分とこのを取っておいたりしないわけ？」

さっきと同じ使用人が答えてくれた。

「ケースバイケースですね。種商から買った方が、品質は安定している場合が多い。でも、全部買うのは高くつきますよ」

どうにもきな臭い。

皆から疑いの目を向けられて、管理人は開き直ったように言った。

「全て必要経費です！　農場の経営は天気や奴隷の働きぶりや、いろんなことに影響を受ける。帳簿の表面だけ見て、私が悪いと言わないで下さい！」

「じゃあ、帳簿の裏を見てやろうじゃないか」

ハミルカルが言った。

「何だと、貴様……！」

とっさにムチに手をかけた管理人を、護衛の奴隷が取り押さえる。

オクタヴィー師匠がハミルカルを見た。

「お前は何か知っているの？」

「はい、フェリクスのお嬢様。俺、そいつがこっそり違う帳簿を持っているのを見たことがあります。この部屋じゃなくて、別の場所に隠してあるんです」


裏帳簿は管理人の愛人の部屋にあった。

シュファという名の若い彼女は、奴隷の身であるにもかかわらず優雅に昼寝をしていた。

麻の上等なチュニカとスカートを着て、だらしなく寝台に寝そべっている。

部屋も全体的に妙に成金趣味で、ヘンテコな牡牛の像とか金ピカの女神像とかがごろごろと置いてあった。

私たちが部屋に入ると、女は寝ぼけ眼できょとんとしていた。

「管理人様、その人たちはだあれ？」

無邪気でいっそ幼い雰囲気である。

「主人の顔を知らない上に昼間から寝ているなんて、さすがに無礼ね。ムチを打つならこういう相手にしなさい」

オクタヴィー師匠の口調が怖い。これは本気である。私は慌てて言った。

「あの、ムチとかそういうのは後にしましょう。ハミルカル、裏帳簿はどこ？」

「ここだよ」

ハミルカルはシュファが寝そべっているシーツを無理やりはぎ取った。床に投げ出された彼女が憤っている。

「何よ、このクソガキ！　この前もムチで打ってやったのに、懲りないわね！」

先程までの無邪気な様子はどこへやら、急にガラが悪くなった。

ハミルカルはそんな彼女をまるっきり無視して、シーツの下の羊毛の塊に手を入れている。

ユピテルのベッドマットは、羊毛を敷き詰めた上にシーツを敷いたものが一般的。でもそれはそこそこのお金持ちの話で、奴隷の寝台にしては不釣り合いに豪華といえるだろう。

「あった。これです」

やがてハミルカルは、一巻の巻物を取り出した。

「お、お前、どうしてそれがそこにあると知ってるんだ……」

管理人が呻いている。

ハミルカルは鼻で笑った。

「シュファ、羊毛干しくらい人に押し付けないで自分でやれよ。管理人様が困ってるぞ」

「はぁ⁉　あたしに指図しないでよ！」

事態を理解していないシュファを尻目に、オクタヴィー師匠が巻物を開いた。

「……これは、これは」

マルクスや他の使用人たちが覗き込んで、先程疑問が出ていた表の帳簿と照らし合わせている。

「ざっと見る限りで真っ黒ですね。オクタヴィー様、どうします？」

マルクスが問うと、オクタヴィー師匠は腕を組んだ。

「もちろん処罰よ。正確な横領額は後で出すとして、概算でどのくらいになりそう？」

「金貨千五百枚はくだらないかと」

ウワ――――！　超大金だ！

金額を聞いた私の脳内にでかいソロバンが現れて玉を弾いた。

一般的に、庶民の年収は金貨百枚足らず。それが千五百だって！　めちゃくちゃな金額だよ！

ふと横を見ると、ティトが指を折りながら一生懸命に数を数えている。うん、気持ちは分かるけど千五百は指じゃ足りないよ？

師匠は頭痛をこらえる表情になった。

「やってくれたわね……。とにかく、まずは回収できるものは回収。それからその泥棒に罰を。お前、解放奴隷で良かったわね。奴隷の身分のままなら、この場で八つ裂きにしているわよ」

オクタヴィー師匠の据わった目を見て、管理人は震え上がった。

「お、お嬢様、なにとぞお慈悲を……」

「まさか、冗談でしょ。この男を納屋に鎖で繋いでおいて。この女は奴隷部屋の一番日当たりの悪い部屋へ移しなさい」

「はい」

護衛役でついてきた奴隷の人たちが、管理人と愛人を引き立てていく。

彼らは口々に助けてと叫んでいたが、もちろん誰も耳を貸さない。

やっと声が聞こえなくなって、皆で深いため息をついたのだった。


その後は母屋の書庫で書類を見ながら、今後のことを話し合った。

ハミルカルや他の奴隷たちにも話を聞いたところ、管理人と愛人は何年か前から横領を始めて、ここ一、二年は派手になっていたらしい。

正直に言えば、オクタヴィー師匠の監督不行き届きもあると思う。面倒くさがって視察を先延ばしにしていたせいで、発覚が遅れたのだ。

彼女も分かっているようで、終始渋い顔をしていた。

「不幸中の幸いは、あの泥棒たちは横領したお金の大部分を金の像やらに換えて、手元に置いておいたことかしら」

師匠がうんざりした口調で言う。

「売り払えるものは売り払って、取り返さなきゃ。全く腹立たしい」

「あの人たちへの罰はどうなりますか？」

私は聞いてみた。

「まず、女の方はうちの奴隷だから、ムチ打ちの上で男がやるようなきつい労働に従事させるってとこね。従犯なわけだし、期間はまぁ、本人の反省度合いと相談かしら。管理人の男は解放奴隷だけど、あいつ、元はこの農場の奴隷だったのよ」

「え?」

意外なあまり、私は声を上げた。

「だってあの人、この農場の奴隷たちに辛く当たってましたよ。元は仲間だったの?」

部屋の隅に控えていたハミルカルに聞いてみると、彼は首を横に振った。

「俺がここに来た時は、もうあいつは管理人でした。だから直接は知らないけど、アビおばさんやセムじいちゃんがそんな話をしていたのは聞いたことがあります」

ハミルカルは私と同じ九歳だ。何歳で奴隷になって農場に来たのか分からないが、時期的にそうなるか。

「あの管理人は父様のお気に入りの奴隷だったのよ」

オクタヴィー師匠が言う。

「若い頃は目端がきいて、働き者だったみたい。他の奴隷たちの取りまとめをしながらよく働いたから、ご褒美に奴隷から解放して、管理人にしてやった。恩を仇で返されたわ」

「そうだったんですか……」

あの管理人をかばうわけではないが、ちょっとだけ気持ちは分かるかもしれない。

若い頃に頑張って認められて、奴隷から解放された。きっと当初は、真面目に仕事に取り組むつもりだっただろう。

でも誰の目も届かない状態で、だんだん堕落した。

前世でも一人経理の横領や不正は多かった。外部のチェックが入るのはとても大事だと思う。

その点は理解できるけど、奴隷たちを虐げていたのはどうしてだろう。元々自分だって奴隷だったのに。

そんな疑問を残しながらも、話し合いは進められていく。

「解放奴隷が元の主人の財産に損害を与えたのだから、通常の自由市民がするような裁判をする必要はないわ。金額が金額だけに、死刑でもいいくらい」

「死刑はちょっと待って下さい」

師匠の言葉に、思わず私は口を出した。あの管理人は嫌いだが、裁判もなしにいきなり死刑はどうなんだ。

「死刑以外だとどんな方法がありますか？」

「そうねえ。泥棒だから指を切り落とす、損害分を罰金にして払えない場合は奴隷に落とす。さらに奴隷に落とした上で国外追放。こんなところかしら」

どれも相応に過酷である。でも、ユピテルの常識に照らし合わせれば妥当なのだろう。

「横領をした奴隷を買いたがる人は、まずいないでしょうね。だから二束三文で国外に売るのがいいところだと思うわ」

オクタヴィー師匠が結論を出した。

「南方の南部大陸の原住民に売るとしましょう。ソルティアの町まで連れて行って、奴隷商人と渡りをつけなきゃ」

「…………」

あっさりと決まってしまった処遇に、私は何も言えない。

奴隷たちを虐げていたのは許せないし、農場の財産を横領したのは明確な犯罪だ。だけど監督不行き届きもあったのに、人生が取り返しのつかないレベルで罰を受けることになる。こういう時、前世の人権に基づく考え方がどれほど尊いものだったのか分かる。

オクタヴィー師匠は悪人じゃない。むしろいい人だ。でも、自分の財産に損害を与えた奴隷や解放奴隷に容赦はしない。独断で罰を決めてしまった。

独断と言ったが、ユピテル法に照らしても同じような結果になると思う。窃盗や横領は厳罰で、しかも解放奴隷の身分だと弁護してくれる人も少ないだろう。

今後は、数日をかけて裏帳簿を確認。元管理人を尋問して手元にある財産は回収。一通り終わったらソルティアの町の奴隷商人に彼を売り払う。それで決まった。

私はモヤモヤとした気持ちを抱えながら、それらの仕事の手伝いをすることになった。


それから一週間ほどが経過した。

裏帳簿の確認はしっかり取れて、横領金額の算定も出来た。

愛人の女性は農作業の中でも最も過酷な仕事に駆り出されて、すっかりやつれてしまっている。

全ての作業はおおむね完了し、あとは元管理人を奴隷商人に売り払うだけとなった。

最後の夜、納屋に鎖で繋がれたままの彼の様子を、私はこっそり見に行った。

彼はうなだれて、鎖でつながれた納屋の柱の根元にうずくまっていた。

血色の良かった顔はすっかり青ざめて、ここしばらくはろくに食事を与えられなかったために肉付きも落ちている。

納屋の入口で入るべきかしばらく悩んでいると、彼が顔を上げた。人の気配に気づいたようだ。

一瞬恐怖に引きつってから、私だと気づいてほっとした様子になる。尋問は手荒く行われたので、怖かったのだろう。

「どうしました、フェリクスの小さいお嬢さん」

元管理人はかすれた声で言った。

私は納屋に入って、彼から少し距離を取った所に立った。

「あなたに一つ、聞きたいことがあって」

「もう洗いざらいしゃべりましたよ。何も出やしません」

力ない答えが返ってくる。

「そうじゃなくて。あなたはこの農場の奴隷だったって聞いたの」

「えぇ、そうですよ。オクタヴィーお嬢様のお父上に引き立ててもらって、解放奴隷になったのです。もっとも、もうすぐ奴隷に逆戻りですが」

「元は仲間だった奴隷の人たちを、どうしてあんなにムチで打ったの？」

怪我をしたアビやハミルカルばかりではない。元管理人は暴力的なやり方で農場を支配していた。

彼は意外そうに私を見た。それから、皮肉に笑った。

「そんなことですか。当たり前でしょう。奴隷というのは怠け者で、目を離すとすぐにサボる。私も昔は、よくムチで打たれたものです。だから私はしっかり働いて、打たれる側から打つ側へ上りつめた」

「ムチで打たれた時、嫌だったのでしょう？」

「そりゃあもう。痛いし、みじめだし、いいことなど一つもない。打たれることがなくなって、どれほど嬉しかったことか」

「じゃあどうして、昔の仲間に同じ思いをさせたの」

「…………」

元管理人は押し黙った。

私は続ける。

「元々は同じ奴隷で彼らをよく知っているなら、他の方法を取れば良かったのに。ムチで打たなくても働くように工夫して――」

「無理ですよ!!」

彼は叫んだ。喉が弱っているせいで、血を吐くような声だった。

「あの怠け者どもが、ムチ以外で働くものか！　昔の管理人は、必死に働いた私の手柄を全部横取りした。怠け者ばかりの中で唯一の働き者だった私に、あいつは、笑いながらムチを振るった！　あいつみたいに、痛みと恐怖で追い立てるしかないんだ！　私がそうされてきたように、あいつらもみじめに痛めつけられればいい！」

元管理人は目をギラギラさせながらまくし立てる。

「それこそが、怠け者にふさわしい！　なのに反抗ばかりしやがって。何が怪我だ、病気だ！　私だって怪我をした時、誰も顧みてくれなかった。病気の時だって容赦なく働かされた。子供の時から、どんなに苦しくてもだ！　貴族のお嬢さん、あんたには分かるまい」

胸が痛くなるような叫びだった。私は拳を握り締める。

「そうだね。私はずっと恵まれてきたから。あなたの気持ちは、全部は分からない。……でも」

私は納屋の入り口を見た。青い月光が差し込む中、何人かの人影がこちらをうかがっている。

「……ハンノや」

元管理人の名前を呼んだのはアビだった。足の怪我はだいぶ良くなって、歩く姿も違和感が少ない。彼女の他にも年配の奴隷が何人か、納屋に入ってきた。

「何だ、お前ら。また奴隷に戻る私を馬鹿にしに来たのか」

元管理人が身構える。アビと他の人々は首を振った。

「違うよ。お別れを言いに来たんだよ。新しい土地に行っても、どうか元気でやっておくれ」

そう言ってアビが差し出したのは干しイチジクだった。今回の件で農場がゴタゴタしてしまったので、奴隷たちに景気づけとして配られたものだった。

「せめてこれを食べて、体力をつけて……」

「………」

元管理人は、信じられないものを見る目で人々とイチジクを見つめている。

「……なんで」

やっと開いた口は、それだけ言ってまた閉じられた。

「なんでって。長い付き合いだもの。餞別《せんべつ》くらいあっても、いいじゃないか」

元管理人は、それからしばらく彼らを見やって、やがて言った。

「そんなもの、……いらん。お前らが自分で食え。俺が飯を減らしたせいで、お前らは痩せたからな。食って、せいぜい残りの収穫の仕事をしっかりとやれ」

「なんとまあ、意地っ張りだこと！」

アビは呆れたように言う。無理にでもイチジクを押し付けようとしたが、元管理人は頑として受け取らなかった。

結局、アビたちは餞別を渡すのを諦めて、納屋を出ていった。私も彼らに続く。

最後に振り返ると、元管理人は両手で顔を覆うようにして、座り込んでいた。


あくる日、元管理人はソルティアの町へ連れられて行った。

昨晩のやり取りが、彼の心にどんな変化をもたらしたかまでは分からない。

それでも連れて行かれる彼は胸を張って歩いていた。その姿は横暴な管理人というよりも、野心にあふれる有能な男性のそれに見えた。

「ゼニスお嬢様は優しい人ですね」

農場の入り口で遠ざかっていく元管理人の背中を見ながら、ハミルカルが言った。

「え、なに？　急に」

私が素で返せば、彼は言う。

「昨日の夜、奴隷のみんながあいつにお別れを言うのを、許して下さったでしょう。本当はあいつと話すなんて、駄目なのに。アビおばさんから話を聞いて、付き添いまでやってくれた」

彼は昨日、納屋の入り口で一部始終を見ていた。

「付き添いというか、見張りというかだけど」

「あはは、それもそうか」

私の答えに笑った後、真面目な顔になって続けた。

「俺、あの管理人は大嫌いでしたよ。いつも俺や他の人にムチを振るって、自分はふんぞり返っていたから。昔、奴隷だった話は聞いてたけど、よく分かってなかったです。でも……昨日の、アビおばさんたちの様子を見て。なんだろ……、あいつも本当に同じ奴隷だったんだなって思ったというか」

「うん」

私が相槌を打つと、ハミルカルは考えながら言った。

「うまく言えないけど……あいつが『自分も苦しかった』って言ったから、アビおばさんたちもお別れを言う気になったんです。それまでは迷ってたから。そして、そのきっかけをつくってくれたのが、ゼニスお嬢様ですよね。あいつの話を聞いて、言葉を引き出した」

何と返せばいいか分からず、私は黙ってしまった。少し考えた後に言ってみる。

「別に私のせいじゃないよ。アビも他の人も、本当はあの管理人を仲間だと思っていたんじゃないかな。立場が変わって、上手くいかなくなってしまったけど」

「ふふっ。ゼニスお嬢様は、本当に優しいや」

ハミルカルは朗らかに笑った。

この子は奴隷と思えないほど賢くて、しっかりとしている。他人を思いやる心を持っていて、表情も明るくひねくれたところがない。

この子が学問を身につけて成長すれば、良い管理人になるのではないか。ふとそんなことを思った。

◇

農場に到着するなり事件に巻き込まれてしまったが、その後は落ち着いて物事を進めている。

帳簿の改めての確認と、何が無駄で何が必要な投資かといった話は、フェリクスの使用人とマルクスが中心になって行っていた。たまに私やハミルカルも話を聞かせてもらっている。

「ここの農場は、フェリクスがソルティアに持っている中で一番小さいのよ。町の南の方、もっと離れた場所にある農場はここの何倍もあるわ」

ある日の午後、母屋の前でオクタヴィー師匠からそう聞かされて、私はぽかんとした。

この農場だって、実家の畑と小作人たちの畑を合わせた分よりもずっと広い。それなのにさらに何倍も？　それ、東京ドーム何個分？

「視察はそっちも行くんですか？」

「もちろん。まあ、収支が一番おかしかったのはここの農場だから、向こうはここまでの問題は起きていないと思うけど。ゼニスはどうする？　ついてくる？　それとも、ここに残って様子を見ておく？　新しい管理人候補を早急に、南の農場から連れてこないといけないわ。誰かはここに残っていないと。使用人の誰かか、ゼニスに残ってもらうつもりでいたの」

「それなら、私が残ります。この農場のこと、気になりますから」

「分かったわ。じゃあ、マルクスも残すから。ティトともう一人と、四人で留守番をよろしくね」

「はい！」

話がまとまった翌日、師匠たちは南へ旅立っていった。

留守番は私、ティト、マルクス、それに大人の使用人の人が一人、護衛役の奴隷の人が一人。

なんと、この場では私が一番偉くなってしまった。偉いの定義がよく分からんが、そういう扱いをされてしまった。責任重大である。

師匠たちを見送った後、私はこの農場で何をすべきか考えた。

暴力で支配されていた奴隷たち。『言葉をしゃべる家畜』と言われる彼ら。

横暴な管理人はいなくなったけど、根本的な問題はそこじゃない。

母屋に戻ると、マルクスと使用人が書類チェックをしている。私は聞いてみた。

「ねえ、マルクス。この農場は小麦をメインに作っているんだよね？」

「そうだぜ。小麦がほとんどで、あとは果樹――ザクロやイチジク、オリーブが少しだな」

「ブドウはないの？」

「ない。ここにはワイン醸造の設備がないから、ブドウは作ってねえよ」

「うーん……」

　私は腕組みした。

　ソルティアはユピテルの一大穀倉地帯である。どこの農場も小麦を主な作物としている。

　ザクロやイチジクは元々ソルティアなどの南部大陸の名産品だったが、ソルティアを征服した後にユピテル本土に果樹そのものが輸入されるようになった。最初は栽培の苦労があったらしいが、今では気候に適応して増えている。

「ゼニスお嬢様、何を考えているんです？」

　ティトに聞かれて、私は答えた。

「あのね。ここの奴隷の人たちは、本土の奴隷よりずっと待遇が悪いでしょ。やせ細るまでこき使われて、怪我や病気でもろくに休めない。だから何とかして改善できないかと思って」

「それは、あの管理人が奴隷たちを虐げていたからでは？」

「それもあるけど、それだけじゃないんだ。ね、マルクス？」

「ああ、そうだな。ソルティアの広い農場を耕すには、すげえ労力がいる。だからあの管理人じゃなくても、奴隷たちをこき使わないと経営が回らないのさ」

ほら、とマルクスは帳簿を見せてくれた。

「横領の損失を抜いても、収益がすごく高いわけじゃあない。限られた奴隷の人手を使って儲けを出して行くには、どうしたって無理がかかるんだろうな」

「………………」

小麦はユピテル人の主食で、常に大きな需要がある。ただし最近はソルティアやテュフォン島で大規模に栽培されているために、供給も安定している。ユピテル元老院が価格を高騰しすぎないようコントロールしているのもあって、商品としてそこまで収益性は高くない。

果樹は収益性が高いが手入れも大変だ。それに今から植えたところで、収穫できるまでに何年も時間がかかる。

「何かいい作物を作って収益を上げて、奴隷たちに還元できるといいんだけど……」

「ゼニスお嬢様が、そこまで気にしても仕方ないのでは？」

と、ティトが言う。

それは、そうかもしれない。でも私は、普段食べているパンの小麦が、奴隷たちの犠牲の上に成り立っていると知らなかった。正直恥ずかしい。

無知だった、それ自体が悪いとは思わない。けれど知った以上は、手をこまねいているなんて出来なかった。

私はうんうんうなりながら母屋の外へ出た。

今日もいいお天気で、だんだんと夏の気配と暑気が近づいてくるのを感じる。風は熱く吹き抜けるようで、わずかに湿り気を帯びている。

少し歩いて畑の方まで行った。

南部大陸は本当に広大で、ソルティア近辺は肥沃《ひよく》な土地が広がっている。

ぐるりと見渡せばほとんど三百六十度、地平線が見えた。

首都ユピテルも故郷の村も、半島にあって地平線は見えない。前世の日本も島国で、こんなに広々とした光景と縁はなかった。

だからこれほど広い大地の上で、ちっぽけな人間が生きていく大変さを思った。

奴隷たちは力を合わせて土地を耕しても、奪われるばかり。私のような貴族が奪ってばかり。

ユピテルという古代文明の国に、奴隷の人手は必要だと理解はしている。

……でも、だからって、このままに出来るか！

この小さい農場一つだけでも、何とかして少しでもマシな環境にしたい。

たくさんある農場のたった一つを変えて何になる、とも思う。

けれど、やらない善よりやる偽善。手の届く範囲から始めよう。

そう、今の私に出来るところから。

異国の商人

四月半ばの今、畑では秋まき小麦の収穫が半分以上終わっていて、奴隷たちが残りを刈り取っていた。前世で見た小麦よりも背が高くて、扱うのが大変そうだ。しかも全て人力なので、本当に気が遠くなる。

刈り取りが終わった小麦は、小束にして天日干しにされる。

ある程度乾燥したら、トリビュラムという脱穀機にかける。

『脱穀機』というけれどほぼ人力の道具で、大きな板の片面に小石がたくさん埋め込まれたものである。小石の面を下にして小麦の穂の上に乗せて、板の上に人が乗った状態で引っ張る。すると、地面とトリビュラムの間に挟まれた小麦が脱穀されていくのだ。

引っ張るのは人だったり、牛だったりする。脱穀自体は案外簡単だが、とにかく量が多い。人と牛は一日中働いて、くたびれ果てる。

農場での仕事は、脱穀した小麦を袋詰めするところまでだ。あとは商人がやって来て買い取ってくれる。

そうして一日を奴隷たちと一緒に過ごしていたら、皆が戸惑った顔をした。

「ねえ、ゼニスお嬢様。貴族のお嬢様が、どうしてずっと畑にいるんだい？」

ハミルカルが言った。彼はまだ九歳なのに、大人たちにまじって汗を流している。農場では、奴隷は五歳くらいから簡単な仕事を始める。九歳はもう立派な戦力なのだ。

今日もお天気は良くて、彼の褐色の肌は汗でびっしょりだ。お昼の高い気温の中、熱中症にならないか心配になる。

「みんなの仕事を知りたいからだよ。私、今までずっと、自分が食べるパンの小麦がどこから来るか知らなかったの。こうやって畑の仕事に触れて、きちんと覚えたい」

「そんなことを言うお貴族様は、初めてですよ」

アビも言った。彼女の足はもう治ったので、畑の仕事を再開したのだ。

私はすっかり収穫が進んだ畑を見ながら、続ける。

「何なら私も畑の仕事をやるけど。私、実家は農家だもの。多少は慣れてるよ」

「やめて下さい！」

ハミルカルが焦ったように叫ぶ。

「貴族のお嬢様にそんなことさせたってバレたら、俺たち、ムチで打たれちゃうよ！」

「大丈夫。オクタヴィー師匠はそんなこと……」

しないよ、と言いかけて口を閉じた。あの人のことだ、しないとは言い切れない。

「あぁ、うん、ごめん。迷惑になるから、やめとく」

私が言うと、周り中がほっとした顔になった。ついでにティトまで「やれやれ」と肩をすくめている。くそぉ。

農作業自体は実家でもやっていたから、そんなに違和感のある仕事じゃないのに。だが、実家もそれなりに大変な作業だったけど、やはり農場の過酷さとは比べられない。

「おーい、ゼニスお嬢様！　そろそろ昼飯にするってよ！」

母屋の方からマルクスがやって来て、叫んだ。

私やティトはお昼ごはんを食べられるが、奴隷の人たちは一日二食だ。彼らの方が体力を使う仕事をしているのに、罪悪感を覚える。

けれど、急に習慣を変えるわけにもいかない。奴隷たちも別に気にしていないようだ。

私は内心でしょんぼりしながら、母屋へ戻った。

母屋での食事は意外にも整っていて、けっこう豪華ですらある。今日の前菜はデーツの松の実詰め。栄養たっぷりの一品だった。

デーツはソルティアの名産品。この農場では作っていないが、ソルティアの町から近いせいで買い出しは楽なのだ。

農場は視察に訪れる主人の滞在を想定した造りになっている。寝室はいくつも立派なのが整えられていて、厨房もごちそうを作るだけの設備がある。

お風呂もある。近くの小さい湖から引いた水を沸かすのだ。

そうして食事を終えてしばらく。今度は母屋の外でガヤガヤと賑やかな気配がし始めた。

――何だろう？

パタパタと小走りで外に出てみる。すると、いきなり「ブモォー！」と変な生き物の鼻先にぶつかった！

「わあ！　何、なに⁉」

びっくりした私は尻もちをついた。逆光に見上げたその動物はけっこうな大きさで、蹄がある。

荷物を括りつけられて背負って、その背中には……大きなコブ？

ラクダだ！　ラクダがちょっと頭を下げていた所に、ぶつかったのだ！

「あらあら、ごめんよぉ。小さなお嬢さん、大丈夫かい？」

横合いから女性の声がした。振り仰げば、ターバンにマントの旅装姿の女性がいた。彼女はラクダの手綱を握っている。ハミルカルと同じような濃い色の肌に、焦げ茶の髪をした人だった。年齢は今ひとつ判然としないが、二十代くらいだろうか。

「ラクダは驚くと、胃液を吐いて威嚇《いかく》するから。吐きかけられないよう気ィつけな」

「うへぇ！」

ラクダが口をモゴモゴさせ始めた。私は慌てて這って逃げる。

十分に距離を取ってから、改めてラクダと女性を見る。

ラクダは十頭ほどもいた。ロバも数頭まじっている。先ほど声をかけてきた女性の他にも、男性が何人かと女性がいる。動物たちは皆、荷物を背負っていた。

ターバンの女性がニカッと白い歯を見せて言った。

「どーも、農場の皆さん。管理人はいるかい？　キイの隊商《キャラバン》が来たと伝えておくれ」

「キャラバン！」

私は思わず声を上げた。

様子を見ていたマルクスが言う。

「すまんな。管理人はクビになってもういないよ。今の農場の主人は、そこのゼニスお嬢様だ。そう、そこの尻もちついてる子な。用向きは彼女に言ってくれ。俺たちも一緒に聞くよ」

「へえ、クビ？　じゃあ、あいつはとうとう悪事がバレたってわけかい」

キイはカラカラと笑った。

「太陽の国の珍しい女神像を持ってきたんだけど、買ってもらえないかねぇ？」

キイが目配せすると、隊商の男性が包みを一つ取り出した。

布の包みを開けると、現れたのは……カバ？

斑目のきれいな石材で作られた、二本足で立ち上がったカバの像である。石材の所々に黄金の象《ぞう》嵌《がん》が施されていて、たいそう豪華だった。

「カバの女神様？」

私が聞くと、キイはうなずいた。

「そうそう、タウエレト女神。母なる河に棲むという、魔除けと出産の女神様だよ。めでたい一品さ。ひとつどうだい？」

「いや、カバ……」

言って、私は何となく気づいた。これ、元管理人が好きそうな造形じゃないか。金ピカで豪華で、ちょっと下品なくらいの。

「ちなみに、おいくら？」

マルクスが聞いた。キイはにやっと笑う。

「金貨九十枚」

「たっっっっっか!!」

私とティトは思わず叫んだ。見事にハモった声になってしまった。

金貨九十枚は一般的な平民の年収に匹敵する。一家四人が一年間、暮らしていける額だ。

「お買い得だよ？　太陽の国の質のいい花崗岩《かこうがん》に、混じりっけなしの黄金の象嵌だ。前の管理人なら、言い値で買ってくれたけどなあ？」

「いらないです。今のところ、身内に出産予定の人もいないので」

「おや、そう？　お嬢さんが自分用に買ってもいいんだよ。今のうちにご利益をお祈りしておけば、きっといい男子に恵まれるさ」

「いらないです！」

きっぱり言うと、キイはやっと諦めてくれた。

「ちぇ。そろそろ例の愛人に子が出来るかと思って、持ってきたのになー。ま、ソルティアの町で売りさばくか」

いやはや、商魂たくましい。

「で、今日は泊めてもらっていいかい？　今からソルティアの町に向かったら、夜中になっちまうからね。もちろんお代は払うよ」

私はちょっと迷った。キイは馴染みの商人のようだが、私とは初対面だ。信用していいものか？

「マルクス。母屋にいる奴隷の人を何人か呼んできて。隊商の人たちが、本当に馴染みか確かめないと」

「あいよ」

そうして呼ばれてきた奴隷たちは、確かにキイを馴染みだと証言した。

そういうことなら、いいか。こちらは護衛の人もいるし、奴隷も大勢いる。見張っていれば変なことにはならないだろう。

「お嬢さんは疑い深いねえ。まだ小さいのに良いことだ。ま、あたしらはただの善良な商人だけどね！」

キイはそんなことを言って笑っている。

こうして、太陽の国の商人が滞在客になった。

キャラバンの商人たちには、母屋の一角を貸すことにした。

使用人たちが使う部屋で、グレードとしてはちょうどいいだろう。

キイともう一人の女性が同部屋で、残りの男性はひとまとめで別部屋になった。

「お風呂も使う？」

部屋に案内した後に一応、聞いてみた。もちろん別料金を取るつもりだったが、キイは首を横に振った。

「いんや。母なる河で沐浴はするが、あたしら砂漠の民に湯浴みの習慣はないよ。ユピテル人じゃあるまいし、貴重な水をザバザバ使って、もったいないったらありゃしない」

正直言うと彼女らは汗臭い。エキゾチックな香料の匂いが混じって、何ともヘンテコな感じだ。だが、汗臭いのは奴隷たちも同じ。気にしても始まらない。

「さて、お嬢さん。女神像はいらなくても、何か欲しいものはないかい？　あたしらは太陽の国からソルティアまで、ずっと商いの旅をしてきた。珍しいものがいっぱいあるよ」

「んー……」

私はちょっと考える。欲しいものと言われても、すぐには思いつかない。

「おやまあ。欲のない子だ。珍しいね、子供はみんな欲しがりなのに」

「おもちゃとか、そういうものは足りてるから」

何せ前世と通算すれば、四十歳オーバーのおばさまだからなぁ。子供みたいな物欲はさすがにない。

私が欲しいもの。うーん、魔法のさらなる知識とか？　でも魔法は、南部大陸では全く発展していない。遺跡などは全て北で見つかっている。

……あ、そうだ！　私は思いついて聞いてみた。

「珍しい農作物はないかな。栽培が難しくなくて、高値で売れるの」

「へえ？　変わったことを聞くね。まぁ残念、そんなものはさすがに知らないよ。もしも本当にあれば、あたしは商人をやめて農民になるさ」

「むう……」

そう都合良くはいかないらしい。

「じゃあ、高値とか栽培とか条件はなしで、面白い作物の話が聞きたい」

長旅を重ねる商人たちのことだ。何かヒントが聞けるかもしれない。

「そうさね。じゃあ、話のお代に茶を飲ませておくれ。ついでに茶菓子もほしいねぇ。海岸線をずっと歩いてきたから、潮風と埃で喉が痛くって」

「あ、はい」

キイはにやにや笑っている。なかなか図太い人だわ。

キイと一緒に食堂まで行った。彼女の他にもキャラバンの女性と男性が一人ずつついてくる。

「ティト。お客さんがお茶とお茶菓子がほしいんだって。用意してくれる？」

「はい。すぐにお湯を沸かしますね」

厨房にいたティトがうなずいた。

しばらくして、ティトがお盆にお茶とお菓子を持ってくる。お茶は大麦を煎じたもの、お菓子は素朴な小麦の焼き菓子に蜂蜜をかけたものだ。どちらもユピテルではごく一般的な代物である。

「変わった作物の話をしてくれるんだって。ティトとマルクスも一緒に聞こう」

私たち三人も食卓の席についた。

「うんうん、ありがとう。甘味は旅の途中じゃ、めったに口にできないから。ありがたい」

キイはニコニコ笑ってお茶を飲み、お菓子をかじっている。

「さあて。それじゃあ、何から話そうか。うん、まずは定番の太陽の国の話から」

そう言って、彼女は語り始めた。

「あの国の名産は何と言っても小麦と大麦。いにしえのファラオの時代から、麦は人々の主食だった。ソルティアやテュフォン島も麦で有名だが、太陽の国はもっと大規模さ。毎年夏になると、母なるハピの河が氾濫《はんらん》する。そうして川の上流から、たっぷり栄養を含んだ土を運んでくる。その肥沃な土に麦を植えると、とても豊かに育つのさ」

「へぇー！　氾濫」

元日本人の私からすれば、川の氾濫は厄介者以外の何者でもない。でも太陽の国では農業に大きな影響を与える一大イベントのようだ。

ユピテル本土やソルティアはいわゆる二圃式《にほしき》農業で、畑を耕作地と休耕地に二等分して毎年交互に入れ替えながら耕す。一年間休ませた土地は、栄養を回復してまた作物を実らせてくれる。休耕地は家畜用の牧草地や放牧に使うのである。

それが太陽の国では、氾濫によって新しい土がやってくるとは。氾濫の時期は水浸しになって大変だろうが、土地を休ませなくても毎年、いい状態で農業が出来るのは大きなメリットだ。

キイは続ける。

「あとは、パピルスだね。パピルスになる葦は、母なる川のほとりにたくさん生えている。母なる川の女神はハピという名前で、子供である葦をたくさん養っているのさ」

「葦は、太陽の国の人たちが栽培しているの？」

私は聞いてみた。

「いいや？　葦は川や沼地に勝手にたくさん生えてくるからね。別にわざわざ人手をかけなくても、毎年山ほど茂っているよ。葦を茂らせるのは母なるハピの仕事。刈り取って、紙にするのは人間の仕事。そんなふうに言われているね」

「へぇ～」

私は考える。ソルティアは小さい湖や川が豊富だから、パピルスの種を持ってきて植えれば栽培できるのでは？　パピルス紙はユピテルで大量に使われていて、なくてはならない必需品。今は太陽の国の専売状態だけど、キイの言い分を聞く限りでは種や苗の輸出規制とかそういうのはなさそうだ。

私はいずれ、魔法学院でしっかりと研究をしたいと思っている。この前シリウスが冊子を作ったように、紙の使い道はもっと増えるだろう。

それならば、今のうちにパピルスの栽培ノウハウをゲットして、良い紙を作る体制を整えてはどうだろう。

良質な紙はいいお値段がつく。栽培と紙作りの手間暇がどのくらいかまだ分からないが、収益性を高めて奴隷たちに楽をしてもらえるかもしれない。

現状のパピルス紙は、繊維を縦横に組んで接着する作り方の都合上、冊子にするのに多少の問題がある。折り曲げにやや弱い点と、裏面に字が書きにくい点だ。

パピルスの品種改良で繊維がより長くしなやかなものを作れば、その辺りも解決するだろう。接着の糊《のり》も和紙を参考に工夫したりして、改善の余地は大いにありそうだ。

「他には……」

考え込んだ私に構わず、キイは話を続けている。いい機会だからもっと聞いておこう。

「アロエなんかが面白いねぇ。アロエは、こーんなトゲトゲの葉っぱをしているんだけど」

キイは人差し指を立てて突き出す動作をしてみせた。

「硬い皮をむくと、中は透明のドロっとしたのが入ってるんだ。これは薬にもなるし、お肌のお手入れにもいい。食べても栄養がある。元は砂漠の植物で、旅人たちが見つけると、喜んで食べたと言うよ。葉の中身や根本に、たっぷり水分が入っているからね」

「アロエは、ユピテルの店でもたまに見かけるよ」

と、マルクスが言った。隣でティトがうなずいている。

「オクタヴィー様がお肌のお手入れに使っているのを見たことがあるわ」

「え？　そうだったの？　知らなかった」

私が言うと、ティトは呆れた顔でため息をついた。

「ゼニスお嬢様は、もっとおしゃれやファッションに興味を持った方がいいですよ。あと何年かすれば、貴族の女性としてお化粧もするんですから」

「え……めんどくさ……」

とっさに言ってしまった。ティトの視線が痛い。

いやいや、私だっておしゃれとファッションは気にしているよ？　アクセサリーだって買うようになったし、チュニカの帯も可愛い色を選んでいる。髪形だって頑張ってる。

おしゃれして可愛くなれば、私だって嬉しいのだ。ラスが「ゼニス姉さま、かわいいです！」と褒めてくれるのも励みになるね。

ただ、お化粧はめんどくさいなぁ。前世でも身だしなみ程度のメイクがせいぜいだった。

この世界は厚化粧だけど、クレンジングや石鹸すらない。手間がかかる上にお肌に悪そうだ。

そんなところに時間を使うくらいなら、魔法の勉強や研究がしたいじゃない。

「お嬢さんは、本当に変な子だねぇ」

キイはカラカラと笑っている。

「悪かったね。別にいいじゃない」

私が言うと、キイは笑ったままで答えた。

「化粧品を売りたい商人としては、困るんだけどねぇ。でも、私としちゃあ嫌いじゃない。私だって女だてらに旅の商隊を率いて、口の悪い奴らになんのかんのと言われるからさ」

隊商の人たちが苦笑いしている。

……そうだ。この古代世界は、男女平等など程遠い。腕力や体力に劣る女性は何事も不利。

「キイは、どうしてキャラバンをやってるの？」

「さて？　金儲けが好きだからかな？」

彼女はいつもの笑みを浮かべて答えた。それからふっと一瞬だけ、遠いところを見る目になって言った。

「同じところに長くいると、息が詰まるから。あたしには旅が必要なんだ。広い大地に寝泊まりして、星空を見上げている時だけ、あたしはあたしでいられる」

「……キイ？」

思わず名を呼ぶと、彼女ははっとしたように目を瞬かせた。

「おっと。ゼニスお嬢さんの変人っぷりがうつってしまった。今のは忘れておくれ。さてさて、次はどんな話をしようかねぇ――」


それからしばらく、私はキイの珍しい話をたくさん聞いて充実した時間を過ごした。

ただ、パピルス以上に良い作物の話は出てこなかった。

サトウキビの話になった時は「おっ」と思ったのだが、サトウキビから砂糖を作るのは重労働。前世の日本でも沖縄や奄美大島で栽培されていて、幕末・明治期まで小作農に非常に重い労働を課していた……というテレビ番組を見た覚えがある。

奴隷たちの酷使を改善したいのに、サトウキビは逆効果だろう。

なお、サトウキビは太陽の国では絞ってジュースにするそうな。甘くて子供から大人まで大人気であるらしい。

では、やはり新作物導入案はパピルスで決まりだろうか。

そんなことを考えていると、キイが言った。

「さっき、砂漠でアロエが生えていたら旅人は喜んで食べた話をしただろう。水は旅に欠かせないが、量を持って歩くと重いし、すぐに腐って駄目になってしまう。それであたしたちのようなキャラバンは、スイカを持って歩くんだよ」

「へ？　スイカ？」

急に前世からお馴染みの果物が出てきて、私は首をかしげた。

「スイカはいいものだ。あれは一ヶ月も日持ちする上に、中身は新鮮な水が詰まっている。種や皮だって食べられる。水場のない砂漠を旅するには、必需品だよ」

そういえばスイカは、前世で熱中症予防に効果的だと言われていた。特に塩を少々振ってやれば『天然のスポーツドリンク』というほどに水分補給になると。

「キイ。今もスイカ、持ってる？」

「持ってるよ。ソルティアの農場でも、たまに栽培している所があるからね。商品を売るついでに買い付けているよ」

「見せて！」

私が言うと、キイは首をかしげた。

「スイカを？　別に珍しいものじゃないし、高価でもないが」

「いいから、いいから」

そこで私たちは外に出て、キイのキャラバンの荷物が置いてある納屋まで行った。

納屋の周辺はラクダとロバがつながれている。ラクダは少し離れた所で干している小麦の束に、熱視線を送っていた。残念だけどあげられないよ！

「ほい。これだ」

キイが荷物から取り出したのは、まぎれもなくスイカだった。

小ぶりの小玉スイカで、まんまるではなく少し楕円形になっている。

色はお馴染み、緑に黒のしましま。

「割っていい？　ちゃんとお金払うから」

「どうぞ。大銅貨二枚だよ」

うむ、お安い。大銅貨二枚はだいたい四百円くらいだ。スイカ一個としてはお買い得じゃなかろうか。

ソルティアはユピテル国内なので、ちゃんと同じ通貨が使えるのである。ユピテルの通貨はとても信用があって、国内以外でも近隣諸国ならだいたいどこでも使える。

ティトが包丁を持ってきてくれたので、板の上に置いて切った。

思ったより硬くて少し苦労する。皮が厚めのようだ。

そうして中から現れたのは、オレンジ色の果肉！　そして、たくさんの黒い種だった。

「オレンジ色なんだ」

前世のスイカは赤もしくは黄色だった。ちょっと意外で、切り口をしげしげと見つめてしまう。

「スイカといえば、普通はこの色さね」

と、キイ。

気の利くティトはスプーンも持ってきてくれた。半分に割ったスイカを持って、さくりと果肉にスプーンを入れる。

「いただきます！」

ぱくっと食べると、前世のような甘味はない。味は薄かった。

けれどもじゅわっと水分が口に広がって、なるほどこれは『砂漠の水筒』と言えるだろう。

モキュモキュ食べてぷぷぷぷと口から種を飛ばすと、キイが大笑いした。

「あっはははは！　ゼニスお嬢さん、いい食べっぷりじゃないか。ユピテルじゃスイカは出回ってないと思ったが、ずいぶん食べ慣れているね」

「まあね」

前世でスイカは好物だった。学生の頃は大玉スイカをひと夏に何個も買って、家族みんなで食べたっけ。

一人暮らしになってからも、四分の一や八分の一のカット品を買って食べていたよ。

スイカ。天然のスポーツドリンク。

ユピテルやソルティアの夏は暑くて、重労働で倒れる人は少なくない。奴隷はもちろん貧しい平民もだ。

その中には恐らく、熱中症もかなりまじっているのではないか。

スイカとほんのちょっぴりの塩があれば、熱中症はかなり改善できる。

もちろん、熱中症だけが病気の原因ではない。そもそも栄養失調や、そうでなくても古代の医学レベルはとても低い。ちょっとした怪我や病気で人々はあっさりと死んでしまう。

けれど、せめて熱中症だけでも取り除けたら。

農場で働く奴隷たちや、ユピテル本土の肉体労働に従事する人たちの助けになるのではないか。

安価だから、あまり儲けにはならないかもしれない。安価でなければ普及しないとも言える。

収益は小麦や他の作物で補いながら、まずはスイカを栽培してみるのはどうか。

私が考えを整理していると、マルクスが言った。

「ゼニスお嬢様。そのスイカ？　とかいうやつ、俺にも味見させてくれよ」

「うん、いいよ」

半割りのスイカとスプーンを渡す。

マルクスは果肉を口に入れて、私がやったように種を飛ばそうとして四苦八苦している。

「意外に難しいな、これ」

「まあね？　慣れは必要かな」

私がちょっとドヤ顔で言うと、彼は苦笑した。

「で、味は薄いがほんのり甘いな。何より水気が美味い。蜂蜜とミントを足せば、ジュースにいいんじゃねえか？」

「おお！　いいね！」

「早速やってみる？」

「うん！」

割ったスイカを持って母屋に戻った。

手を付けていなかった方の半分から果肉をくり出して、ボウルに出す。種を出来るだけ取り除いて、軽く潰しながら混ぜた。

そういえば、ユピテルにミキサーという調理器具はない。

けれどこの前、野菜水切り器ことサラダスピナーを作ってもらった。

どういうものであるかきちんと伝えれば、手回しのミキサーを職人が作ってくれるだろう。ユピテルに帰ったら頼んでみよう。

「ジュースなら、布で濾したほうがいいんじゃないですか？」

作業を手伝いながら、ティトが言った。

「果肉の食感があった方が、口当たりが楽しいんじゃないかな」

「両方作ってみるか」

口々に言っているうちに、蜂蜜とミントを加えたスイカジュースが完成した。

「よし、冷やすよ！」

大きめのタライを持ってきて、私は久々に魔力回路を起動する。

全身に魔力を巡らせて、しっかりと手のひらに集めて。

『小さき氷の精霊よ、その息吹を十の欠片として、我が手に贈り給え』

ガラガラと音を立てて手のひらからタライに氷が落ちた。

「な……!?　何もないところから、氷が出てきたよ！」

キイとキャラバンの人たちがひどく驚いている。

「何をどうやったんだい！」

「魔法。私、魔法使いなの」

「ゼニスお嬢様は、ユピテルでも屈指の魔法使いなんです」

ティトが誇らしげに紹介してくれた。照れる。

「魔法……」

キイたちはまだ呆然とした様子だった。

タライにスイカジュースを入れたボウルを二つ、入れた。氷だけじゃなく水も入れた方が冷えやすいかな？　よし。

『清らかなる水の精霊よ、その恵みを我が手に注ぎ給え』

手から水が注がれる。

「水まで……」

キイは口をぱくぱくさせている。ううむ、新鮮な反応だ。初めて魔法を見たらそうなるのかな。

私の周囲の人たちは魔法に慣れてしまって、ティトやマルクスはもちろん、フェリクスのお屋敷の人たちでさえ驚かないからなあ。

しばらくすると、ボウルのスイカジュースはよく冷えてきた。

「果肉ありとなし。飲み比べしてみよう」

ひしゃくですくってコップに入れた。

「さあ、いただきまーす」

まずは果肉ありのジュースを一口。

うん、おいしい。果肉の繊維質が残っていて、いかにもスイカという感じがする。蜂蜜の甘さとスイカ本来のわずかな甘味にミントの爽快さが足されて、暑い夏にぴったりの味だ。

果肉なしのジュースも飲む。

こちらもおいしい。さっぱりした上品な味わいで、ミントの爽やかさが際立っている。

「私はやっぱり、果肉ありの方が好きかなぁ」

私がそう言うと、ティトが答えた。

「あたしは果肉なしですね。すっきりしていて飲みやすいです」

「俺はどっちもいいと思うぜ」

と、マルクス。

「あ、そうだ。塩も足してみようよ」

「塩?」

「塩を足すと、甘味が引き立つでしょ。きっとスイカに合うと思って」

「そうだな。どれ、やってみよう」

塩の壺を持ってきて、小さじで少しずつ入れてみた。

「うん、おいしい!」

「何だか元気が出る味ですね。体にしみ込むような」

「甘いのだけより飲みやすい気がするぞ」

と、私たち三人がわいわい騒いでいる横で、キイとキャラバンの人々は無言でスイカジュースを飲んでいた。

「キイ、スイカジュースの味はどう？　気に入った？」

「……そうだねえ」

彼女はやっと口を開いた。

「正直、いつものスイカがこんなに美味いジュースになって、驚いてるよ。蜂蜜も塩も安いものじゃあないが、それでもちっと足すだけで、こんなにも変わるなんて……」

キイはコップを両手で握った。

「お嬢さんの魔法も、度胆を抜かれたよ。冷たい飲み物はとても美味いんだね。あたしはこんなごちそう、初めて口にしたよ」

「冷たい飲み物は、去年始めた商売なの。ユピテルでも大ヒットしたよ。でも『ごちそう』は言い過ぎじゃない？」

「いいや。あたしみたいな旅暮らしの商人は、美味いものを食べる機会なんぞありゃしない。ユピテルでも冷たい飲み物の商売をしていると言ったね。それは、誰が考えたんだい？」

「私です！」

私は胸を張って答えた。ちょっと照れくさいが、ここは誇っていいとみた。

「なんと、お嬢さんが……」

キイはまたコップを握って、何かを考える目になった。

横からマルクスが口を挟んできた。

「ゼニスお嬢様、このスイカジュース、アイスクリームにも使えるんじゃねえか？　オレンジ色だが、オレンジとは味がぜんぜん違うだろ。意外性がある」

「お、いいね。ユピテルじゃスイカはあまり知られていないから、売り込みにもなるし」

この機会に水気たっぷりで熱中症予防になるフルーツとして、ティベリウスさんにプレゼンするのもいい。水分は人間全てに必要だもの。

「ねえ、キイ。スイカを仕入れられる農場を知ってるよね。教えてくれないかな？　ついでにこの農場で栽培したいから、種と栽培方法を知っている人を紹介してくれると嬉しいんだけど」

平民や奴隷の水分補給だけでなく、富裕層向けのジュースの路線も出てきた。富裕層だって夏は熱中症の危険がある。予防は大事である。

将来的に甘いスイカを目指して品種改良してもいい。素人考えだけど、赤みが強くて甘いスイカを選んで受粉させて交配すれば、だんだん甘くなるのではないか。

「あぁ、もちろんいいよ」

キイはにやりと笑って答えた。何だか含みのある笑みだ。

「スイカの農場はいくつか馴染みがある。栽培に詳しい奴隷を一人二人、買い取れるよう交渉してあげるよ。それにお嬢さんは、珍しい作物に興味があるよねえ。太陽の国、もっと東や南の国々まで、あたしが見てきたものを全部教えてあげよう。欲しいものは取ってきてあげよう」

「え？　そこまでしてくれるの？」

「そうともさ。その代わりと言ってはなんだが――」

キイは手の中のコップをくるりと回して、スイカジュースを揺らした。それから一口飲んで言った。

「あたしを雇っておくれ。ゼニスお嬢さんの氷の商売、それにその魔法とやらに、次から次へと出てくるアイディア。ただのスイカをごちそうにする、見事な手腕。全部に惚れたのさ。あんたは必ず大物になる。だからあたしは、ついていくよ」

「えええぇ！」

急に飛び出た宣言に、私は思わず声を上げた。

どうしよう。キイの申し出はありがたくはある。

太陽の国とソルティアを行き来している彼女は、地理はもちろん各種の作物や商品に詳しいだろう。スイカに関してもコネがあるなら、種や人員の確保はスムーズに行くと思う。頼もしい人材といえる。

でも私と彼女は、今日出会ったばかり。

したたかな商人であるキイを、二つ返事で信用はできない。

それに、フェリクスのお抱え商人たちとの兼ね合いもある。私の一存では決められない。

「……悪いけど、すぐには決められない」

だから私は言った。

「私は見ての通り子供で、この農場は私の師匠のものなの。師匠は今、南の別の農場に行ってる。彼女が帰ってきてから相談しないと、何も決められない」

ところがキイは笑みを崩さずに言った。

「構わないよ。あんたがいくら賢くても、子供なのは見れば分かるからね。決定権はないだろうさ。それに、あたしを信用できないのも当然だ。そのくらいの慎重さがなければ、逆にこっちからお断りさね」

「むう」

私は眉を寄せた。見透かされている。

「で、その師匠とやらはいつ帰ってくるんだい？」

「あと一週間くらいかな」

予定ではそのくらいである。

「じゃあ、その一週間でスイカと栽培に詳しい奴隷の買い付けをしてくるよ。それを手土産に、お師匠様にくれぐれもよろしくと頼み込んでみよう」

スイカと奴隷が同列に並べられている。さすが物扱い……。

いや、それはともかくだ。

「それでも、師匠を説得できるか分からないよ。あの人、変に気難しいところがあるから」

「そうかい？　それじゃあ腕の見せどころだね。あたしは何としてでもあんたに雇ってもらうよ。売り込みは得意だ。それが物でも人でも、ねぇ」

キイはそう言ってカラカラと笑った。自信に満ちていて、断られるなんてこれっぽっちも考えていない様子だった。

「さあて。それじゃあ今夜は、スイカジュースのお代と将来の雇い主への礼儀を尽くすつもりで、面白い話をいっぱい聞かせてあげよう。太陽の国の女王様のゴシップから、最新の化粧の流行。薬師たちの軟膏のレシピに人気のモザイク画のモチーフまで、何でもござれだよ。ゼニスお嬢さん、何が聞きたいかね？」

そうして私は、彼女の言葉通り珍しい話をたくさん聞いて、大満足の時間を過ごしたのだった。

翌朝、キイたちキャラバンは農場を出発していった。

スイカをいくつかの他、アロエの化粧品などをお土産として置いていった。

スイカはとりあえず食べた後、種を土に埋めてみた。ちゃんと育つかどうかは分からない。

農場の小麦の刈り取りはだいたい終わって、今は脱穀をしている。

奴隷たちの仕事を手伝おうとすると恐縮されてしまうので、手は出さない。その代わりあちこち見て回って、農場の仕事をよく覚えておくようにした。基本、故郷の田舎村の規模を大きくしたような感じなので、違和感なく覚えられたよ。

それでも時々よく分からない点がある。その時はハミルカルが教えてくれた。賢い子だ。

そうして、一週間後。

同じ日の午前中にオクタヴィー師匠が、午後にキイのキャラバンが農場に戻って来たのである。

先に帰ってきたオクタヴィー師匠が言うには、南の農場は特に問題なく回っていたようだ。

師匠は一人の奴隷を連れてきた。三十歳前後の男性で、管理人候補ということだった。

「解放奴隷だとつけあがるから。奴隷身分のままで管理人にするわ」

だそうで。

私はキイの件を伝えた。

「そういうわけで、近いうちにキャラバンが来ます」

「ふうん。ま、来たら話は聞くわ。それにしてもスイカねえ。皮を額に当てて解熱剤にすると聞いたことはあるけれど、食べるとは知らなかったわ」

ユピテルでスイカは薬剤扱いであるらしい。

師匠はアロエの化粧品の壺を手にとって、あれこれ試していた。

そして午後、キイのキャラバンが到着した。

母屋のリビング兼応接間で、オクタヴィー師匠と私とで出迎える。

キイが口上を述べた。

「お初にお目にかかります、オクタヴィー様。それからお久しぶりでございます、ゼニス様。ゼニス様のご命令どおり、スイカの仕入れと栽培に詳しい奴隷の買い付けをしてまいりました」

キャラバンの男性に連れられて、三十代くらいの女性の奴隷が礼をした。

それにしてもキイの口調がやたら丁寧だ。私にはほとんどタメ口だったくせに、相手を見ているのか。別にいいけどさぁ。

「この者は、元の農場で長らくスイカを栽培していた者です。任せておけば、まず間違いはないでしょう。スイカ以外でも働き者で、キャベツやオクラの栽培も得意です。手土産として差し上げます」

「あっそう。もらっておくわ」

師匠が鷹揚にうなずいた。まだキイを雇うと決まったわけじゃないのに、もらえるものはしっかりもらうのである。

「他にも、フェリクスのお嬢様にふさわしい商品をお持ちしました」

キャラバンの男性が箱を持ってきて、開けた。中には色とりどりの顔料が入っている。

師匠は興味深そうに身を乗り出した。

「これは？」

「太陽の国で流行中の、最新の化粧品でございます。彼の国では今、上のまぶたに黒のラインを引いて、下のまぶたには緑のラインを引くのが人気です。オクタヴィー様のエメラルドのような緑の目に、さぞ似合うかと存じます」

「ふふん。いいじゃない」

師匠はご満悦だ。

私は思わず呆れた目でキイを見た。初めて会った師匠に対して、まあ、言うわ言うわ。

彼女は私の視線に気づいて、ちらりと笑った。

その表情を見て、私は悟った。一週間前の夜、彼女は面白い話をたくさんしてくれた。しかし同時にさりげなく、オクタヴィー師匠の情報も聞き取りをされていたと。師匠好みの化粧品を取り出してみせたのは、そのためだ！

「他にも、アロエの化粧品は肌を健やかに保ちます。ええ、ゼニス様にお土産として預けたお品の他に、こちらの金粉をまぶした最高級品もございます。それから、こちら」

キイは別の箱を取り出した。開けると、小さいアロエの鉢植えが入っている。

「こちらは、ゼニス様に。アロエを育てるための若株でございます。育て方はそこの奴隷が知っていますので、任せるとよろしいでしょう」

育てる用の株なんて持ってたの！　この前は言わなかったくせに。

私はモヤモヤしながらも、箱は受け取った。アロエを手元で育てられれば、高く売れる。楽しみだ。……師匠だけでなく私の好みも見透かされていた。

キイは他にも珍しい香料だとか、太陽の国の面白エピソードなどを交えて話しつつ、ついに本題に入った。

「ところで、オクタヴィー様。キイはゼニス様の才覚に感服いたしました。スイカは水筒代わりの安い果実ですのに、あれよあれよと言う間に美味なジュースに変わって。氷で冷やしたジュースは、今まで飲み食いしたどんなものよりも美味なごちそうでした。オクタヴィー様の指導がよほど良かったのだろうと、心打たれております」

「ふふ、そうよ。分かっているじゃない。この子は天才だけど、変な子でね。いつも暴走しておかしなことをやっては、周囲を驚かせるの。私と兄様とでしっかり導いてやらないと、どこかへ飛んでいってしまうわ」

失礼な！　私はいい年した大人だよ？　そんな糸の切れた風船みたいに言われるのは不本意だ。

あと天才はどうなんだ。単なる前世知識だが……。

などと思いながら口に出せないうちに、二人の会話は進んでいく。

「才能豊かなフェリクスのお嬢様方に、キイはぜひお仕えしたいのです。お二人のためならば、このキイ、南部大陸の果てまで行って珍しい品物を探して参ります。自分で言うのも何ですが、キイは役に立ちます。『冷蔵運輸』の商品も、いくつか心当たりがございますよ」

「…………！」

オクタヴィー師匠の表情に一瞬だけ緊張が走ってすぐに消えた。

冷蔵運輸の件は、まだ公にしていない。各地でフェリクスと運送ギルドの息のかかった商人たちが、商品の選定や輸送のルートなどを検討している段階だ。

ひた隠しにしているわけではないとはいえ、キイは一週間でそれを嗅ぎつけた。

ネットも電話もない時代、情報収集の手段は限られる。フェリクスの氷の商売すら知らなかった彼女が、この短期間でそこまでたどり着いたのはさすがだと思う。

やがて師匠は言った。

「熱意は買うけれど、まあ、もう少し考えるわ。今日は下がりなさい。宿泊は許可しましょう」

「ありがとうございます。何卒よしなに」

そう言って、キイとキャラバンの人たちは部屋を出ていった。

残ったのは師匠と私、それに壁際に控えていたティトとマルクスである。

「……まったく。ゼニス、きみは妙な人間とよく知り合うわね」

師匠はため息をついた。私は答える。

「能力は確かだと思うんです。前に一晩話を聞いて、話題がすごく豊富でした。ただ、どこまで信用していいか不明で」

「飛び込みの人間だものね。冷蔵運輸はフェリクスの大事な大事業。そう簡単に外部の人間を入れるわけにはいかないわ」

いろいろと贈り物をもらってしまったが、やはりそうなるか。

「ただ……」

少し間をおいてから、師匠は続けた。

「南部大陸は、フェリクスも運送ギルドもちょっと手薄なのよ。ユピテル半島の本土とグリアなんかの東方は、じゅうぶん手が回っているのだけど。特に太陽の国は、属国でもない外国。あちらはあちらで独自の商業網が発展していて、運送ギルドも手が出しにくいみたい」

ふむ。であればキイの入り込む隙もあるか？

「試用の価値はありそうね。彼女、幅広い商品に詳しそうじゃない。冷蔵運輸で取り扱うのは、主に生鮮品。食料と薬草などを含めたナマモノよね。太陽の国や、もっと南の方の掘り出し物があれば組み入れたいのが本音よ」

「そうですね」

ふと、私の脳裏に一つの可能性が浮かんだ。単なる美辞麗句とはいえ、キイは「南部大陸の果てまで行って珍しい品物を探して参ります」と言っていた。

彼女を軸に探検隊を出して、南部大陸の未発見の植物や作物を持って帰ってもらうのはどうだろう。いわゆるプラントハンターである。

もちろん、彼女が信用できるかどうかという話をしている現段階では、時期尚早だ。

けれどキイが本当に信用できてやる気があるのなら、将来的に実現しうるかもしれない。

「太陽の国の冷蔵運輸は、イスカンダリーヤの港町を使うわ。さすがに陸路でソルティアまで来るのは、時間がかかりすぎるもの。あの港町は、大規模な商業都市でもある。運送ギルドの既存ルートと並行して新しい商品を仕入れられるなら、キイを雇ってもいいわね」

「おぉ？」

師匠の前向きな言葉に、私は目線を上げた。

師匠は機嫌の良い顔でもらった化粧品の箱を撫でた。

「太陽の国は昔から化粧品が豊富なの。もちろん輸入はしているけれど、なかなか現地の細かいものまでは集められないじゃない。この化粧箱、箱からしていいものだわ。パレットの色もツボを押さえている。この色でアイラインを引いて、口紅塗って。あぁ、楽しみ」

あ。買収されてる。

まあ私もアロエとスイカで買収されたから、人のことは言えない。

そんなわけで、キイの採用が決まった。

夕食後、リビングにキイを呼んで採用の旨を告げると、彼女はたいそう喜んでいた。

「ありがとうございます。このキイ、誠心誠意、お嬢様方にお仕えします」

キイみたいな人の『誠心誠意』はちょっとうさんくさいが、とりあえず置いておこう。

オクタヴィー師匠が言った。

「さっそくだけど、商品に心当たりはあるかしら？　冷蔵の強みは商品が腐らず長持ちすること。それを生かしたものを教えて頂戴」

「はい。でしたら、太陽の国伝統の軟膏がよろしいでしょう」

キイはうなずいた。

「太陽の国では、皮膚の保護に軟膏がよく使われます。あの国は砂漠の国。昼間は焼けるほどに暑く乾燥しておりますので、皮膚を守ってやる必要があるのです」

「なるほどね。けど、それは冷蔵運輸を使うようなものかしら？」

「もちろんでございますとも。軟膏のレシピは基本的に秘伝ですが、蜂蜜やミルクなどの素材も多く使われます。そのままでは日持ちがしませんが、冷蔵運輸で船に載せて運べば、ユピテルのご婦人方の美容に役立つことでしょう」

「あら、いいわね」

化粧品大好きの師匠はうなずいた。

「キイ、軟膏職人にツテはある？」

「ございますよ。女の身で商人なぞやっていると、やはり女性目線で商品を選びますからね。イスカンダリーヤの軟膏職人街は、懇意にしている職人が何人もおります」

「よろしい。では、フェリクスと運送ギルドの者をイスカンダリーヤに派遣するわ。キイはその者たちと落ち合って、案内と手配をお願い。……マルクス」

「はい」

壁際からマルクスが進み出て、何やらテーブルの上に置いた。見れば、小さな陶器のタイルである。マルクスは小ぶりなハンマーを取り出して、タイルを割った。二分割された片方をキイに手渡す。

「割符よ。もう片方はフェリクスの使いの者に持たせるから、互いに確認しなさい。イスカンダリーヤは、今から向かえばいつ頃到着するかしら？」

「寄り道をせずにまっすぐ帰れば、一ヶ月少々ですね」

「では六月の十日に、イスカンダリーヤの市場の入り口で落ち合うように」

今は四月の下旬だ。妥当な日程だろう。

「かしこまりました。それで、オクタヴィー様」

キイが揉み手をしている。

「このキャラバンは、本来ならばソルティアの町まで行って商談をたくさんこなす予定でした。それをまっすぐ帰るとなれば、損失が出てしまいます。何卒、そこもお考えいただければ」

「はあ。まぁ、そうね」

師匠は肩をすくめた。私は小声で言う。

「商談が終わってから太陽の国に戻ってもらえばいいのでは？」

「そう簡単な話ではないわ。試用とはいえ、雇い主の信用問題でもあるもの。それに六月の十日であれば、兄様の結婚式にぎりぎり間に合う」

イスカンダリーヤからユピテルまでの航路は、風が順調であれば一週間程度。商品を買い付ける時間を考えても、六月後半の結婚式に滑り込みで間に合いそうだ。

師匠はキイに向き直った。

「分かったわ。いくら必要？」

「えー、金貨にして千枚ほど」

「…………」

あまり表に出さないようにしているが、私には分かる。師匠の表情が渋くなった。

今回、元管理人の横領騒ぎのせいでだいぶ損失が出ている。それに加えて金貨千枚の出費は、なかなか痛い。

「オクタヴィー様、こういうのはどうでしょう」

口を出したのはマルクスだ。

「あの管理人が残した悪趣味な像やら高価な布やら、あれを現物で引き渡すんです」

「あら。そういう手もあるわね」

師匠はうなずいたが、反対にキイの表情が酸っぱくなった。

「かさばったり重すぎるようなものではないし、旅の邪魔にならないでしょう」

「はあ。まあ、そうですが。金貨現物の輝きには届かないというか……」

「きちんと査定して、不足分は金貨で支払うわ。それで飲み込みなさい」

「はぁ……。ま、今後のお付き合いを考えれば悪くはないですけどね」

キイは酸っぱい顔のまま目をぐるっと回した後、うなずいた。

品物の査定は、明日明るくなったらやることにする。

こうして話はまとまったのだった。


翌朝から元管理人の遺物（？）の査定が始まった。

査定は数日かけて行われて、出た金額は金貨七百五十枚也。残りの二百五十枚分を金貨で支払った。

その頃にはキイも機嫌を直していて、割符を大事に抱えて東へと旅立って行った。

その間、私は新しくやって来た奴隷に話を聞いて、スイカとアロエの栽培を始めた。

といっても、スイカは種を植えただけ。アロエは株を鉢から畑に移しただけである。

「これがアロエかあ。変な形ですね！」

ハミルカルは面白がって手伝ってくれた。

農場の仕事は脱穀もだいぶ終わって、少し落ち着いた雰囲気になっている。次の繁忙期は秋の小麦の種まきだ。それまでは果樹と家畜の世話をしたり、野菜を作ったりして過ごす。放牧している羊の毛刈りや、羊毛梳き・糸紡ぎもやる。家畜たちの餌になる牧草刈りの時期は、もう少し後かな。

落ち着いたと言ったけど、それはあくまで繁忙期と比べての話。農場の奴隷は一年を通して働き詰めだ。

そろそろ四月も終わりが近づいている。

五月になれば南風が吹いて、ソルティアからユピテルへ船で行くのにいい季節になる。

この農場はまだまだ心配が多い上に、スイカやアロエの育ち具合も気になる。仲良くなった奴隷たちと離れるのは寂しい。

けれどいつまでもユピテルを留守には出来ない。

もうすぐ、北へ帰る時期が来る。

帰還

そうして、ついに五月の上旬。

私たちが農場を後にする日がやって来た。

南の農場から連れてきた管理人候補に業務を任せて、ソルティア行きの馬車に乗る。

行きのメンバーに加えて、ハミルカルも一緒だ。

「ゼニスお嬢様、オクタヴィー様。本当に俺なんかが、連れて行ってもらっていいんですか？」

ハミルカルは焦げ茶の瞳に不安そうな色を宿している。私はにっこり笑って答えた。

「もちろんだよ。ハミルカルは賢くて、心の優しい子だから。首都で私の弟たちと一緒に勉強して、いずれは農場の管理人になってほしいの」

オクタヴィー師匠と相談した結果である。

通常、アレクやラスみたいな貴族の家の子（ラスは王族の留学生だが）は、同じくらいの年齢の奴隷がつく。一緒に勉強して身の回りの世話をして、長い時間を過ごす。すると大人になった時、奴隷は信頼できる補佐となるのだ。

現在、フェリクスの家にそういった役割の奴隷はいない。ラスの事情が特殊なせいだが、今はアレクもいる。

ハミルカルはあの子らの補佐にはならないが、一緒に勉強させるメリットは大きいと思う。

一つには、フェリクス家門への忠誠心を高めるため。

そしてもう一つは、ラスとアレクの友だちになってほしいから。どっちかというと後者が本命。

そんな思惑で、私は彼を連れて行く。

ハミルカルは今、九歳。私と同年だ。ラスとアレクとは三つ離れている。少しお兄さんで頼れる相手になってくれるだろう。

そして私たちは、ソルティアの町から船出をした。

白魔粘土を使った冷蔵庫にスイカも詰めてきた。

帰りの航路は順調で、四日ほどでメスティアの港に戻ってこられた。

到着したのは夕方だったので、その日はメスティアに一泊する。

そうして、翌日。私たちは一ヶ月ぶりに首都ユピテルに、フェリクスのお屋敷に帰ってきた。

皆、私たちの帰りを大歓迎してくれたよ。

特にアレクは飛び回って喜んでいた。やっぱり寂しい思いをさせてしまったみたい。ラスは控えめながらも、ぱあっと笑って「おかえりなさい」と言ってくれた。

彼らにハミルカルを紹介したら、最初はぎこちなかった。でもすぐに打ち解けてくれた。

ハミルカルはまだ読み書きが出来ないので、小さいアレクたちと一緒に基礎教養の勉強をすることになった。

その他、料理人たちはアイスクリーム作りの腕をずいぶんと上げていた。

いろいろな果物やハーブなども手元に取り揃えて、気合が入った様子である。試作は何度も繰り返したようで、今では思い通りの味や食感を作れると自慢気に言っていたよ。

元々この視察兼旅行は、私のアイディア出しが一つの目標だった。

結婚式で披露する予定の、アイスクリームを使ったディスプレイである。

いろいろなことがあって忘れそうになっていたけれど、帰りの船の中でついに大きな閃きを得ていたのだ。

それは、ユピテルの地図。

今回の船旅と南部大陸への旅で、ユピテル共和国という国の広さと多様さを実感した。

これほどまでに広い国土を、目に見て分かる形で表現したい。

各地の町と名産品、そして町同士を結ぶユピテル街道。船の航路。

冷蔵運輸で深く関わるこれらを、地図の形で表現したい。一枚の絵のように美しく描きたい。

そのアイディアを伝えれば、ティベリウスさんもオクタヴィー師匠も二つ返事で許可を出してくれた。

そうして他の皆の意見を聞いたり力を借りたりしながら、アイスクリームアートの原案が出来上がった。

マルクスがパピルス紙に描いてくれた絵図を、一度試作してみることにした。

試作品作りは、飾り付けの前日から行われた。

量を増やしてアイスを作り始めると、なんと例の遠心分離機こと野菜水切り器が役に立った。

すくい取った山羊ミルクの脂肪分をこれに入れて回転させれば、水分が飛んでさらに濃いクリームになる。

ミルクそのものを入れて回転させてもちゃんとクリームが取れて、時短になった。

作っておいてよかった！

自然に脂が浮かんでくるのを待つと、何日もかかっていた。おやつや試食で食べるくらいならそれでいいけど、まとまった量が必要だもの。

そして飾り付け当日、まずは中庭に大きな大理石の台を用意して下にドライアイスを仕込んだ。

六月はかなり気温が高くなる。アイスや氷が溶けてしまわないよう冷やしておかないと。

思い描くのは、ユピテル全土の縮図。

大きな台の上に氷の板を置いて、その上に氷とアイスの造形物を配置する。金型を何種類も作って、型抜きしたのである。

陸地は緑や茶色のかき氷で、海は氷そのままで表現する。

中央に首都のある半島を置いて、北西山脈、北部森林から東のエルシャダイ王国、内海を挟んで南の大陸のソルティアまで。

そしてそれらを繋ぐ、ユピテルの大動脈である街道。

北西山脈はかき氷を高く積んで、山に見立てる。青い花の汁で本物っぽく色付けする。

今回は試作。本物の氷を削るのは大変だから、私が粉雪の魔法を降らせて色を付けた。

本番は色付けしたシロップ水やハーブ水を凍らせて削る予定である。

そうして出来た土地の上に、各地方の名産品やランドマークの形のアイスを置く。

名産品は実際に冷蔵運輸で扱う品を中心に、ティベリウスさんに教えてもらって作った。

ソルティアの名産品は小麦やイチジク、黒檀、他には見世物用の野生のライオンなど。でもこっそり、将来への期待を込めてスイカを置いておこう。

そして各町を結ぶ街道の上には、ミニチュアの荷馬車だ。氷細工の馬と、荷馬車には一粒サイズのアイスを乗せる。

海の上には小さい帆船もあるよ。

首都ユピテルの位置には、色とりどりのアイスキャンディーを立てて。これは、ユピテルの代表的な建築物である回廊広場《フォルム》を模したものだ。

その真ん中に氷の碑を置いて、冷蔵運輸のシンボルマーク——マルクス作の車輪と氷——を刻む。

こうして新しく始める冷蔵運輸をアピールしつつ、各地の名産品の形をしたアイスも食べられちゃうという、楽しい仕上がりになった。

みんなで色んな方向から確認して、アイスの配置を見直したり飾りを追加したりした。

海の部分が寂しいということで、波に見立てた白い花びらを散らしてみた。陸地の部分もところどころに、生花を置いた。華やかになったよ。

そうしてさらに完成度をアップさせると、誰ともなく拍手が起きた。うん、感慨深い……。

「ゼニスの発想はいつも素晴らしいね。こうして立体の地図を見れば、我が国の領土と名産品がよく分かる」

作業を見守っていたティベリウスさんが褒めてくれた。

「料理の最後を締めくくるのにふさわしい。ぜひ、これを作ってくれ」

「はい！」

最後に時間経過と溶け具合のチェックをして、オッケー。

全ての確認が終わった後は、使用人たちを含めてみんなでおいしくいただいた。

アレクとラスは羊の形のアイスを取った。羊肉と羊毛で有名な土地に置いていたやつだ。

オクタヴィー師匠は栗のアイスが気に入ったみたいで、つまんでは口に放り込んでいた。

私はもちろんスイカのアイスだ。スイカジュースの味がして、南のソルティアが懐かしくなったよ。

地図の原案を作るのと試作に時間がかかって、もう六月は目の前だ。結婚式まであと一ヶ月弱。ユピテルはもう夏と言っていい季節である。

時間ができた私は、首都の隣の港町へ駆り出されて魚の冷凍実験をやったりしていた。今のところドライアイスの魔法を使えるのは私だけなので、冷凍する時は呼び出される。

魔力回路の授業の際、学生たちに二酸化炭素や分子の概念を教えている。でもユピテルの常識からかけ離れた内容なので、どうにも理解してもらえない。私の教え方が下手くそだってのもあるだろう。血液の時のように目で見て分かる内容ではないし。

私だけのユニークスキルと言えば聞こえはいいが、実際は使い回しのできない不便さが目立つ。

ドライアイスなしで冷凍するには、塩や硝石など氷の寒剤を使うしかない。アイスクリーム程度ならともかく、量のある魚介類はこれでは無理だ。

当分の間、運送事業は冷蔵だけになりそうである。

冷凍は特別に貴重な品とか、そういう限定的な運用になるだろう。

他には、イスカンダリーヤの港町に向かったキイの動向も気になる。ちゃんと割符で合流できただろうか?

ソルティアの農場の奴隷たちは元気だろうか。心配は尽きない。

少なくともソルティアは、次に北風が吹く季節になったらまた行きたいと思っている。

そして時間は流れて、六月の後半になり。

ついに結婚式の日がやって来た。

結婚式と披露宴

今日はティベリウスさんの結婚式。とうとうこの日がやって来た。

数日前からお屋敷はバタバタと忙しい空気に包まれて、皆がそわそわしていた。

まずは結婚式にあたって、ティベリウスさんは親族や使用人、奴隷を引き連れて新婦の家へ向かう。

オクタヴィー師匠と私もついていったよ。ティトはフェリクスのお屋敷の準備に人手がいるので、来なかった。

ティベリウスさんはユピテル男性の正式な衣服であるトーガをまとっている。色は白で、結婚式にふさわしい堂々とした装いだった。

ユピテルでの結婚の儀式は、まずは新婦の家で行う。神殿とか教会ではないのだ。

古い時代には神殿で行っていたと聞いている。最高神祇官《じんぎかん》を筆頭として、十人の証人が式に立ち会った。新郎新婦は彼らの前で一つのパンを分け合って食べて、苦楽を分かち合う誓いを立てたそうな。

パン、つまり小麦は国家を支える重要な象徴。パンを夫婦で分け合うのは、国家の最小単位である家族《ファミリア》の結束、ひいては国への奉仕を意味する儀式だったようだ。

でも現在では、そのやり方を選ぶ人は誰もいない。結婚は神に誓うというよりも、人と人との契約であるとの意味合いが強くなっている。

だから神殿ではなく新婦の家で、立会人も友人や親戚なのだった。


新婦リウィアさんの家は、ユピテルにいくつかある丘の上に建っていた。

大貴族であるフェリクスのお屋敷に負けず劣らず立派な建物で、騎士階級《エクィタス》である家主の気概が感じられる。

玄関から入ってすぐに、アクアリウムという天窓付きの貯水槽スペースがある。このへんの造りはユピテル建築としてごくオーソドックスなもので、フェリクスのお屋敷と同じだね。

そして、花やリボンで飾り立てられたアクアリウムの奥で、新婦と家族が待っていた。

花嫁のリウィアさんは、薄オレンジ色のストラの上にたっぷりとした白いヴェールを垂らしている。ドレープが何重にも重なって、優美なラインを描いていた。

ヴェールは上品な透け感のある布だった。きっとあれは絹だ。ハンカチ一枚で庶民のお給料が飛ぶやつ！

私が内心でヴェールの値段を計算していると、ティベリウスさんが花嫁に歩み寄った。

新郎新婦とそれぞれのお付きの人で挨拶を交わした後に、結婚式の儀式が始まる。

まず、三羽のニワトリが籠に入れられて持ってこられた。どれも真っ白な羽の雄鶏だった。

「偉大なる主神ユピテルよ。我らが婚姻の先行きがいかなるものか、啓示を与えたまえ」

ティベリウスさんが言う。

するとニワトリが床に放たれて、小麦の粒が撒かれた。ニワトリはさかんについばんで、勢いよく小麦を食べている。

「まあ、よく食べること。私たちの結婚は、ユピテルとユノーの夫婦神が祝い給うているのですね」

と、リウィアさん。緊張しているのだろう、ちょっと棒読みである。

ニワトリを使った占いは、ユピテルではごく一般的な手法。個人であれば結婚や大きな事業を始める際、国家であれば戦争などの吉凶を占うために使われる。

こまごまとした占いは他にもたくさんあって、ユピテルには『鳥卜官《アウグル》』という占い専門の官職があるくらいだったりする。

なお、占いは出来レースが多い。このニワトリたちも何日か餌を抜かれていたのだと思う。ガツガツという表現がぴったりの食いつきだもん。腹ぺこニワトリだ。

ユピテル人は占いを気にするくせに、結果が吉と出ればそれでいいみたいなところがあって、不思議な民族である。

「私、ティベリウス・フェリクスと、リウィア・ドルシッラ・プルケルは、本日この時より夫婦となることを宣言する」

「ティベリウス様がガイウスであるところ、私はガイア。結婚を宣言します」

ティベリウスさんの言葉に続き、リウィアさんも言った。この言い方も定型句であるようだ。

彼は金の指輪を取り出して、まずは自分の指に嵌め、次に花嫁の左の薬指に嵌めた。

「……ゼニス」

ポケーっと二人に見とれていたら、オクタヴィー師匠に脇腹をつつかれた。

はっと我に返る。いかんいかん、私にも役目があるんだった。

私はテテテッと前に出て、新郎新婦の手と手を取って握り合わせた。

これは未婚の少女の役割だ。前世で言えばブライズメイドみたいなものだろうか。

おめでとう、と心を込めてぎゅっと手を握ったら、花嫁さんがヴェールの向こうで微笑んだ気配がした。


その後、アクアリウムの貯水槽の前に石の台が運び込まれた。

何だろう？　と思っていたら、次は仔牛が引き出された。角に銀箔を貼って飾られている。

仔牛が石台の上に横たえられ、奴隷の人たちが押さえつける。

あ。やばい、嫌な予感がするぞ。

「主神ユピテルよ、我が国を守り給いし神々よ。この獣を犠牲に捧げます。どうか我らの門出と末永い繁栄を見守り下さい」

ティベリウスさんが詩を読み上げるような口調で言うと、立会人の一人が進み出た。手には大きなナイフを持っている。

彼はナイフを振りかぶると、正確に仔牛の首を突き刺した。

悲鳴はろくに上がらなかった。

血しぶきもほとんどない。よく見ると石台には溝が造られていて、血はうまい具合にそこを流れて行っていた。

「…………」

そう、血の流れる様子をよく見てしまったのである。

グロ耐性が低い私は血の気が引くのを感じた。が、めでたい結婚の儀式で倒れるわけにはいかない。必死で足を踏ん張った。

「ゼニス、大丈夫？」

オクタヴィー師匠が呆れている。彼女は大貴族のお嬢様のくせに、神殿の儀式などで慣れているせいで平気のようだ。ずるくない？

ついでに言うとユピテルにおいて牛はお肉やミルクの家畜ではなく、農耕のパートナーであり神々に捧げる犠牲の獣なのである。牛は農村で大事な財産なのだ。

私はそんなようなことを考えて必死に気をそらしたが、効果はいまいちであった。故郷の村にいた頃、牛の尻尾を引っ張って危うく蹴られそうになった思い出とかがごっちゃになり、頭の中が牛で埋め尽くされる。モーモー鳴いてる。もーだめ。

「倒れそうです。師匠につかまっていいですか」

「嫌よ。何とかして頑張って頂戴」

頼れるティトは、ここにいない。頼りにならない師匠と小声で喋って気を紛らわせて、何とかかんとか耐えたのだった。


一通りの儀式が終わったら、今度はフェリクスのお屋敷に戻る。

花嫁は輿《こし》に乗って、ティベリウスさんはその横を歩いていく。

先導は五人の男性。それぞれの手に松明を一本ずつ持っている。

今はまだ陽が高い昼間だけれど、それこそ伝統的な結婚式は夕方に移動が行われていたみたい。松明はその時代の名残だね。

道行く人々から祝福を受けながら私たちは進んだ。楽団が同行しているので、生演奏でとっても豪華だった。婚礼の歌もあちこちで歌われている。

演奏の他にも、クルミや松の実なんかの木の実を道に撒きながら進んでいく。おかげで子供たちが我先に拾っていた。

で、祝福だけならいいんだけど、なんてーか、下品な言葉もまじってる。

「お貴族様のご立派なアレで、花嫁さんを満足させてやれよ!」

とか、なんかそんな系だ。

普段なら大貴族のティベリウスさんに、そんな舐めた口をきく通行人はいない。けれどどういうわけか、今回はちょいちょいまじっている。

しかもそれらのヤジを誰も気にしておらず、むしろ祝福と同じように受け取る始末。不可解。

あまりに解せぬので、私は師匠に聞いてみた。

「師匠、あの下品なの何ですか。どうして誰も注意しないの？」

「結婚式だもの。当たり前でしょ」

どうやら下品なヤジは結婚式につきものであるらしい。なんでじゃ！　解せぬ国、ユピテル。

歓声とフラワーシャワーとヤジを交えて行列は進み、フェリクスのお屋敷までやって来た。

輿から降りた花嫁さんを、ティベリウスさんが抱き上げる。お姫様抱っこである。

彼は花嫁を抱き上げたまま玄関の敷居をまたぎ、少し進んでから床に下ろした。その後は丁寧に手を取って歩き始める。

乙女憧れのシチュエーションと言いたいところだが、これも伝統に則った手順なのだそうだ。

何でもその昔、ユピテルが建国されたばかりの頃。

当時のユピテルは男ばかりの社会で、嫁が圧倒的に不足していた。

そこで彼らは、隣の都市国家の人々を祭りに招待するという名目で近くまでおびき寄せた。その上で女だけ誘拐して城門を閉ざしたのだ。

さっきの花嫁を抱き上げて玄関をくぐる行為は、さらってきた女性を暗喩しているとのこと。

いやそれってどうなの？　と思ったが、歴史は語る。

娘を誘拐された隣国の男たちは激怒して、ユピテルと戦争になった。

けれど花嫁として大事に扱われていた女たちは夫を許し、父や兄と戦う現状に悲しんだ。そこで乳飲み子を連れて、身重の体で戦場に飛び込んで、必死に戦いを止めたそうな。

女たちの心に打たれた男どもは、和解して今度は一つの国としてユピテルを作っていったとさ。

めでたし、めでたし……？

割とひどい話だが、古い時代の話だから気にしても始まらない。

お姫様抱っこにそのようなエピソードがあると教えてくれた、グリア出身のおじいちゃん先生に感謝である。


さて、私はここらで参列者から離れて、お屋敷の準備方に回る。

いつもの宴席より人数が多いので、中庭を使ってガーデンパーティーをするのだ。

今日はお屋敷全体が飾り立てられていて、とても華やかな雰囲気。

玄関から中庭へ続く廊下はバラの花びらが撒かれ、いい匂いがする。

入り口近くの貯水槽《プール》も花で飾られていた。貯水槽を取り巻く柱の間にきれいな色の布が渡されて、優雅なドレープを作っている。天窓から差し込む陽光が水面にちらちら揺れて、布にかげろうのような光を投げかけた。

中庭は特に念入りに飾られて、真っ白い布が掛けられたテーブルには豪華な生け花、銀の食器もセットされている。

普段は廊下に立っているブロンズ立像も持って来て、首に花輪をかけられていた。

ユピテルの正式な宴席では、臥台《がだい》に横たわって食事を取る。

だから中庭には、ありったけの臥台が置かれていた。一つのテーブルを囲むようにいくつかの臥台が置かれて、招待客たちは身分と序列に応じて席につくのだ。

中庭のすぐ横では楽士たちが、各々の楽器で演奏を始めた。結婚式の日にふさわしいめでたい感じの音楽だ。何種類もの金管楽器や、タンバリンみたいのもある。

アイスクリームを出すのは、料理の最後だ。まだ間がある。

金型から抜いたアイスとかき氷は準備済み。溶けてしまわないようタイミングを見計らって設置しよう。

私が手順を再確認していると、中庭の方からにぎやかな歓声が上がった。

覗いてみたら、正装に身を包んだティベリウスさんと花嫁さんの姿が見える。

晴れ渡った初夏の青空に、新郎新婦の白い衣装がよく映えていた。

「皆様方、この佳き日に新たな縁を結んだこと、改めて報告申し上げる」

ティベリウスさんのよく通る声が響いた。

「この婚姻を以て、我がフェリクスと妻リウィアの生家、プルケルは確固たる絆で繋がれた。皆様方の中には、両者の身分が不釣り合いであるとの見方をする方も、おられるだろう。しかし私は敢えて言おう。この婚姻は、名だたる貴族家とのそれに匹敵、あるいはそれ以上の価値があると」

賓客たちが軽くざわついた。夫婦の身分差は明らかだったが、ティベリウスさんがそこまで言う理由を訝《いぶか》しんでいる。

「その黄金のごとき価値の一端は、この宴で示されるだろう。皆様方においては、饗宴を存分に楽しみつつも、黄金の煌めきを見逃されぬよう、よく目を開いてご注視願いたい」

最後の言葉は堅苦しさを少し崩して、悪戯っぽい口調と笑みで言われた。緊張感が薄れて、お客さんたちがほっとしたように息をつく。

「では、これより大いに食べ、飲んで、我らの新しい門出を祝っていただきたい。――乾杯！」

「乾杯！」

「乾杯！」

配られていたグラスを、皆が打ち合わせる。ガラス同士がぶつかる澄んだ音があちこちで響いて、宴席が始まった。

「ゼニス、こんなところにいたの。ちょっと来なさい」

私がアイスクリームアートの最終確認をしていると、オクタヴィー師匠がやって来て手を引っ張られた。

「なんですか？　私、デザートの準備で気が気じゃないんですけど」

「きみね、仮にも貴族なんだから、使用人の真似事ばかりじゃだめでしょう。両親が来てるから、挨拶しなさい」

「師匠のご両親？」

「そうよ。他に誰の親だと言うのよ」

なんと。師匠のご両親、つまりフェリクス現当主だ。私が首都に来て以来、ずっと地方属州にいるという話だった。

「父は農場視察の後、属州総督に任命されてね。父も母も首都より地方の生活が気に入ってるみたいで、ぜんぜん戻ってこないのよ」

総督になった話は、そういえば前に聞いていた気がする。

「いい機会だから、しっかり自分をアピールなさい。服装は……まあ、ギリギリ合格。行くわよ」

私も一応は披露宴の出席者なので、フォーマルな装いをしていた。少し丈の長めの上着に、上等な布地のショールを肩にかけている。

なお師匠はストラと呼ばれる足首まである丈の長い服。胸のすぐ下とウェストを飾り付きの紐で締めていて、スタイルの良さを強調している。その上で赤く染めた絹のショールを羽織っていた。髪飾りやネックレス、腕輪指輪なんかのアクセサリーも盛りまくりである。本人がゴージャス系美女だから似合っている。

師匠は赤毛に緑の目、その色に合わせた装いだ。

私の髪は褐色、目は赤茶だから、真似しようとしたら茶色ばっかりになっちゃうよ。

「頑張って服装、整えたんですよ。それで『ギリギリ』ですか？」

「そのショール、刺繍も地味だし、もっと派手なの着なさいよ」

「このくらいが気に入ってるんです。師匠みたいな派手派手は私には無理ですー」

とか言い合いながらお客さんの間を進む。

途中でお客の何人かに挨拶されたので、こちらも返した。

「オクタヴィー殿、久しいな。相変わらずお美しい」

「お久しぶりでございます、ルフス前執政官《プロコンスル》。ご機嫌いかが」

「今日の宴は素晴らしい。さすがフェリクス」

「あら、セラヌス法務官《プラエトル》。本日はご足労いただき、ありがとうございます。お父上はお元気？」

なんか、役職聞いてるだけで大物感がすごいな。元老院議員の貴族たちだ。

そしてそんな人々を前にしても、師匠は言葉遣いこそ丁寧だが普通に態度がでかい。堂々としている。ある意味さすがである。

人の波をかきわけて、ご当主の前にやって来た。新郎新婦の次くらいに人が集まっている。

「おお、その子がゼニスか。可愛らしいお嬢さんだ」

ご当主が人好きのする笑みを浮かべて迎えてくれた。五十歳前後の恰幅のいいおじさまだった。

私は右手を左胸に当てる、ユピテル式の礼を取る。

「ゼニス・フェリクス・エラルです。ティベリウス様とオクタヴィー様には、いつもお世話になっています」

「あなたのことは、オクタヴィーからよく聞いていますよ。才能豊かな魔法使いと」

奥様はたおやかな雰囲気の貴婦人だ。

それから一通りの雑談をしてこの場を離れようとしたら、ご当主が言う。

「ティベリウスの晴れ姿を見て、私は今度こそ思い残すことはないよ。属州総督の任期が終わり次第、フェリクス当主の座を譲るつもりだ」

今度こそって変な言い方だなと思った直後の発言に、周囲も少しざわわした。

とはいえ、順当といえば順当なんだろう。そこまでの驚きはない。

「余生は夫婦でのんびり過ごしたいと思っておりますの。二人とも、地方の暮らしが性に合っています」

「余生だなんて、そんな。まだお若いでしょう」

客の一人が言うが、五十歳はユピテルでは老年期に近い。平均寿命が六十歳ちょっとだから、前世の五十代とは比べられないだろう。

そのまま話が総督をしている属州の土地紹介に移っていったので、私は軽く礼をしてその場を辞した。

はー、緊張した。ただでさえアイスの件で胃が痛いのに、こういう突発案件をねじ込まれるのは苦手だよ。

バックヤードに戻る前に、その辺の様子を見て回る。

料理は相変わらず豪華てんこ盛り状態で、しかもユピテル全土の名産品を集めているらしい。

冷蔵パワーで新鮮なまま運んできた遠方のお肉や、長持ちさせた季節外れの果物などもある。どれも本来なら手に入らない品物ばかりだ。

メニュー管理係の使用人が、新しい料理を運んでくる度に料理名と食材を読み上げている。

それを聞いたお客たちは、通常であればありえない品揃えにひどく驚いている。

ティベリウスさんの目論見は成功しているね。

そういえば、披露宴開始時の彼のスピーチ。見事に百パーセント政略結婚で、新婚さんの甘さはちっともなかったなぁ。

誰も疑問に思っていないようだし、貴族の結婚はそんなものなのだろうか。

私は前世以来喪女で結婚に夢を見る趣味はないが、お嫁さんはどう思っているんだろう。同じように割り切ってる人ならいいけど。


賑わう人々の間を縫うようにして、だいたい一通り見て回った。

さて、そろそろ戻ろうか。

そう思って中庭の端の方に行くと、ワイン壺がたくさん並べられていた。アンフォラと呼ばれる首が長い陶器の入れ物で、両側に取手がついている。表面には鮮やかな色彩の絵が描かれていて、ワインの産地が添えてある。

……あ！　実家のワインもある！

実家のワインの壺は、魔法使いと兵士と犬がリス退治をしている絵が描かれていた。犬はちゃんと二匹いる、プラムとフィグだ。よく描けてるなぁ。

今日の披露宴の様子、手紙に書いてお父さんとお母さんに教えてあげようっと。うちのワインも出てたよって。

アレクとラスにも後で教えてあげよう。ユピテルの宴席は小さい子供は基本、出席しない。だから二人はハミルカルと一緒に奥に下がっている。

リス退治の絵のおかげで緊張がほぐれて、気分が楽になった。

アイスの出番は近づいてきている。最終チェックをして、本番に臨もう。


披露宴は進み、とうとう料理はデザートを残すのみとなった。

かき氷もアイスも、全て配置は終わっている。

完成したアイスクリームアートには、大きな布がかけられた。

ドライアイスを仕込んだ大理石の台が荷車に載せられて、中庭へ引き出されていく。責任者である私も横についていった。

「本日最後の料理は、かき氷とアイスクリームの絵画です。名付けて『ユピテルの恵み』！」

メニュー係の使用人が声を張り上げる。

すると、中庭の招待客たちはざわめいた。

「アイスクリームとは？　聞いたことのない料理だ」

「今日はこれだけのものが出てきたのに、まだ隠し玉があるのか」

今までの料理は冷蔵運輸の力を見せつけるものだった。

期待と好奇心、見極めようとする目が入り交じるような、何とも言えない熱気が中庭に渦巻いている。

やがて荷車は、中庭の真ん中に据えられた。

そして両側に立った奴隷が、勢いよく覆いの布を取り外す。

現れたアイスと氷のアートに、私は仕上げの魔法をかけた。

『小さき氷の精霊よ、その息吹を微細なる欠片として、この手に注ぎ給え』

手のひらからキラキラと氷の小片が舞った。それは六月の陽光を乱反射して、空中にプリズムのように七色を描き出す。そうしてやがて、ゆっくりと下へと舞い落ちていった。

私とお屋敷のみんなで作った、アイスと氷のユピテルの地図へ。

「これは……！」

「なんと、素晴らしい」

一斉に感嘆の声が上がった。

氷の海は初夏の日差しを反射して煌めいている。波に見立てた白い花びらが揺れて、ミニチュアの船の舳先に触れる。

かき氷の陸地は土の茶色、草原の緑。ところどころに本物の生花の花畑が咲いている。

氷の街道で結ばれた先は、各地の名産品の形のアイスクリーム。羊や豚といった家畜から、麦やブドウなどの農産品。レンガや木材まである。もちろんソルティアにはスイカだ。

街道にあるミニチュアの荷馬車の荷は、かわいらしい小粒のアイス。色とりどりだ。

そして全ての街道が収束する先には、首都ユピテルがある。

ぐるりと首都を取り囲むように、アイスキャンディーの列柱回廊が並んでいる。中央には結婚を祝う言葉とユピテルの繁栄を祈る語句が刻まれた、氷の碑。車輪と氷を組み合わせたシンボルマークも添えられていた。

「これが全部、氷？　この夏の季節に、なんと贅沢な」

「ユピテルの地図だわ。まあ、この場所にこんな名産品があるのね」

「見るだけで興味深いのに、食べられるのか？」

興奮した人々が荷車の前に詰めかけている。熱気がすごくて、荷車の隣の私は内心ビビリである。

彼らを制しながら、ティベリウスさんが前に出た。

「皆様方、落ち着かれよ。これなるは氷とアイスクリームの絵画、ユピテルの恵みを表している。

無論、食べることも可能だ。目で楽しんだ後は、舌と胃とを満足させていただきたい。かき氷は説明するまでもないが、このアイスクリームなるものは――」

リウスさんは私を見た。おう、なんじゃいな。

「我がフェリクスの小さな魔法使い、幼き天才ゼニス・フェリクス・エラルの発明品である」

彼はそう言って、私を客たちの前に引っ張り出した。

ちょ、ちょっと待って！　そんなの打ち合わせにない！

私は単に、仕上げの魔法だけやればいいって言われてたのに⁉

人々の視線が私に集中して、めちゃくちゃ怯んだ。

目立つのは苦手だってのに！

体格のいい奴隷の人が素早くやって来て、私を抱き上げた。肩に座るように高く持ち上げられてパニックになる。

いやいやなんだよこのアドリブ！　聞いてないよー！

「去年の夏、平民たちの間で冷たい飲み物と氷菓が流行したこと、ご存知の方も多いだろう。あれらはこのゼニスが考案し、私が後押しした。斬新かつ画期的な魔法で、氷の世界に変革をもたらした。小さき氷の魔女である！」

なんか変なあだ名を付けられた！

私がうろたえまくっていると、楽団の楽士さんたちが『しゃらら～ん』みたいな涼し気な音楽を奏でた。

なんだそれは。私のテーマ曲か？　キャラソンなのか？

「これから始まる我がフェリクスの運送事業も、彼女の功績によるところが大きい。魔法使いは長らく低俗な職とされてきたが、その認識を改める必要がある。我らがユピテルは建国以来、様々な困難と変化を乗り越えてきた。時には古い常識を打ち破り、新たな人々を、新たな知識や技術を受け入れもした。そうしてユピテルは、長きにわたる繁栄を築いてきたのだ。今はまさに変革の時。偉大なる父祖にならい、我らもまた新たな時代を迎え入れようではないか！」

満場の拍手と歓声が起こった。

ティベリウスさんは満足そうにそれを浴びて、しばらく後、片手を上げる。ぴたりと声が止んだ。

「皆様方の心意気に感謝する。今日は存分に、未来の可能性を感じていただけたことだろう。是非帰宅後に、本日見て味わった光景を思い出し、新しい時代の到来を家族や友人と共有してほしい。

――さて、堅苦しい口上はここまでにして。ゼニスの渾身の作でもあるこの氷の絵画を、どうぞ召し上がれ」

使用人と奴隷たちがお皿を配って歩いている。

食器を受け取ったお客たちはアイスの絵画に押し寄せて、あれこれ物色を始めた。

「どれを食べようかしら……。とてもきれいだから、崩すのがもったいないわ」

「まずは、あのかき氷の北西山脈を一口もらおう。次はどうしようか」

「この地方のレンガは、我が家も工房に出資していましてね。頑丈で長持ちすると評判ですよ。一つ食べてみよう」

「この町は祖母の実家がありまして。上等な毛織物が有名です。この地図にも羊がいますね」

みんな口々にお喋りしながら、自分にゆかりのある場所の説明をしたり、アイスを食べたりしている。

「濃厚な口溶けですな。冷たくて、今まで味わったことのない菓子だ」

「甘くておいしいこと。蜂蜜の甘さとはまた違うようですわ。レシピを教えていただきたいわ。うちの料理人に覚えさせなくっちゃ」

「かき氷は、氷自体に味と色がついているのか。今の暑い時期にぴったりだな」

味の方も好評だ。料理人たちが工夫を凝らしてくれたからね。

そして、アイスを楽しんだ人たちが私の方にやって来た。

「ゼニスさんと言いましたね。まだ小さいのに魔法を使うのですか」

「きみの氷の魔法はどんなものだい？　見せてほしいな」

「え、あの、その……」

まだテンパっていた私は、抱っこしてくれた奴隷の人の頭にしがみついた。だって肩に座るのって、案外不安定で怖いんだよ。

私ももう十歳になった。そこまで小さいわけじゃない。おかげで肩からはみだしそうなのである。

「おやおや、かわいらしい。話を聞かせてくれないか？　氷の魔女さん」

やめてくれ、今喋ったらデュフフwウボァwって言いそうなんだよ！

氷の魔女もやめれ！　雪だるま作ってありのままにとか歌わなきゃならんだろ！

心の中で叫んでいると、ティベリウスさんが助け舟を出してくれた。

「ゼニスはまだ、あまり人慣れしていなくてね。お披露目も済んだし、先に下がっていなさい」

助け舟と言ったが、そもそもこの状況を作ったのはリウスさんじゃないか。解せぬ。

後で小一時間問い詰めてやらなければ。

奴隷の人は主人の言葉を受けて、私を抱き上げたままさっさと中庭から出ていった。しぬかとおもった。


これで披露宴はお開き……ではなくて、その後はお酒を飲みながら音楽を聞いたり、踊り子さんの舞を見たりする第二部となった。

宴席は夜のけっこういい時間まで続く。問い詰めるタイミングがなかった。

後片付けを手伝おうとしたが、使用人たちに断られてしまった。

私の今日の服装はフォーマルだし、汚れる仕事はちょっと無理か。

オクタヴィー師匠に断りを入れて、自室に戻ることにした。

師匠の姿を探すと、見目麗しいイケメンと歓談中であった。あれかな、前世でもよくあった結婚式を利用した合コンみたいなやつ。私には無縁のイベントである。

声をかけるのをためらっていると、向こうから気づいてくれた。

「ゼニス、どうしたの？」

師匠はお酒が入っているようで、上機嫌だ。

「私、そろそろ部屋に戻りますね」

「ああ、そうね。ここからは大人の時間だから」

イケメンに流し目してる。相手もまんざらでもなさそうだ。

「今日はご苦労さま。ゆっくり休みなさい」

「ほんと、ご苦労ですよ。変なあだ名つけられたり、お客様の前に引っ張り出されたり」

思わず文句を言うと、師匠は身をかがめて小声で言った。

「きみに前もって知らせると、そつなく対応するでしょ。今回は、こんなに小さい子供が偉業を成し遂げたというギャップで注目を集めたかったの。思った通り、子供っぽく振る舞ってくれたわね」

ええぇ？　じゃあアドリブはわざとだったの？

私が突発事件に弱いのを悪利用された。ていうか性格見抜かれてる……。

わざわざ奴隷に抱っこさせたのも子供演出か。なんだよもう。

と。

ここで私は、師匠の手に抱えられてる小さい壺に気づいた。アラバスターという真っ白な石で作られた、とてもきれいな壺だ。そしてアラバスターは太陽の国の名産品である。

「師匠、それ、もしかして？」

「あら、気づいた？　そうよ。キイが持ってきたの。船が遅れたみたいで、本当に今日になってから到着したのよ。ゼニスも後で一声掛けてあげなさい」

師匠は得意げに笑った。

「これは、例の太陽の国の軟膏。確かに滑らかで良い使い心地なの。女性の招待客にお土産で持たせているわ。反応は上々よ」

「やりましたね！」

私は思わずガッツポーズした。二人で笑い合っていると、

「オクタヴィー、氷の魔女との内緒話は終わったかい？」

イケメンの人が口を挟んできた。

「師弟で仲がいいのは美しいけれど、その美しさにすら、僕は嫉妬してしまうよ」

おおう、クソキザ野郎だ。あと氷の魔女やめろ。雪だるま作って投げつけるぞ？

「ええ、もう終わりよ。それじゃあね、ゼニス」

ぽんと肩を叩いて追い出された。師匠はあんなクソキザがいいのか。私には分からん世界である。

結婚式を利用した冷蔵運輸のお披露目は、まずは成功だろう。

冷蔵の力を目の当たりにした招待客たちは、ティベリウスさんの言葉通り家族や友人に口コミする。ネットもテレビもない国だから、宣伝と言えば口コミ一択なのだ。

そうして認知度を上げて、本格稼働に備える。

冷蔵運輸が軌道に乗れば、大げさじゃなくユピテルの物流や交易に革命が起きると思う。

中庭を出る時、もう一度宴会を振りかえる。

大きな寝椅子に、ティベリウスさんと花嫁さんが寄り添って座っている。

その仲睦まじい様子に、思わず微笑んでしまった。

たとえ政略結婚でも、幸せになれないわけじゃない。

運輸事業も夫婦の行く末も、幸運の女神様のご加護がありますように。

閑話　ゼニスのお料理教室・極

ティベリウスさんの結婚式が終わって、一ヶ月ほど。そろそろ夏も真っ盛りである。

今年の夏もお店でかき氷を出している。

マルクスが工夫してドライアイスを使わずともかき氷を作れるようにしてくれたので、私はすっかりお役御免となった。

ちょこちょこ手伝うくらいで、去年に比べるととても楽をしている。

魔法使いの雇入れも徐々に増やしている。今後は魔法学院を卒業したばかりの新人も確保する予定だ。

さて、時間に余裕がある以上、やらねばならないことがある。

究極にして至高のアイスの追究だ！

披露宴のアイスクリームアートは、味付けを料理人たちに頼った。あの時はそれで正解だったと思う。

しかし、どうせなら自分でやりたいではないか。

料理人にいろいろ教わったおかげで、私だって食材とスパイスに詳しくなったのだ。今なら絶対、いいものが作れるはずだ。

「というわけで、アイス作りに再チャレンジしようと思うの。完成したら試食をお願いね」

試食メンバーはティト、アレク、ラス、ハミルカルである。マルクスは夏が繁忙期なので、時間が取れなかった。ヨハネさんやオクタヴィー師匠も誘ったのだが、気を使わず子供だけで楽しくやりなさいと断られてしまった。

まあいいや、自信作が出来たら彼らにも持っていこう。

「またアイス食べられる！　やったね！」

「結婚式が終わったら、試食できなくて残念だったんです」

アレクとラスのちびっこ組が喜んでいる。

「ゼニスお嬢様のアイス、俺もいただいていいんですか」

ハミルカルが言う。ティトも機嫌がよさそうだ。

一時期はおやつが毎日アイスだったけど、みんな飽きずに食べていた。試作品だったから、毎回味が違ったのが良かったのかも。

「よしよし、期待していなさい。ティト、手伝ってね」

張り切って厨房に行く。こうして私のアイスクリーム道が再開した。

「アイスクリーム、おいしくなぁれ♪」
私は上機嫌で自作の歌を歌いながら、基本のアイスを作っていく。
「山羊のミルクはおいしいミルク
めぇめぇ山羊さんありがとう
ふわふわホイップ生クリーム
卵も入れて魔法を一つ
これでアイスの素になる♪」
なお、魔法とは殺菌消毒こと微生物滅殺魔法のことである。
衛生問題もあるので、アイスクリームのレシピは今のところ秘伝扱い。外部流出はない。
卵を加熱するレシピなら、販売向けに公開してもいいかもね。
次に種々のスパイスの箱を取り出す。試作用に料理人たちが小分けにしてくれたのだ。

「何入れよう、何入れよう♪

まずはさらっとサフランを
鮮やかイエロー、東の香り♪」

サフランを入れて混ぜると、きれいな黄色が出てくる。エキゾチックな香り。

「次に、次に何入れよう♪

クミン、クミン、みんなのクミン
はくしょん、胡椒
それから秘密の蜂蜜を♪」

ラップ調の即興歌詞も絶好調。

蜂蜜と胡椒の組み合わせはユピテルでは定番。甘辛いおつまみによく使われる。

「それから、それから何入れよう♪

くんくん臭いよ、ニンニクくん
俺がいるぜ、オレガノだ
聖人君子の、セージさま♪」

「ゼニスお嬢様、種類が多過ぎじゃないですか？」

色々と入れていたら、ティトが不安そうに言った。

「大丈夫、大丈夫！　いっぱい入れた方がおいしいよ。味はハーモニーだからね」

私は自信たっぷりに答えた。複雑な味が絡まり合ってこそ、究極と至高に届こうというもの。

本当はチョコも入れたかった。隠し味と言えばチョコではないか。

カカオ豆、どっかに自生してないかな。コーヒーや紅茶の木も見つかると嬉しいんだけどなあ。

「まぜまぜ、練るねる～♪」

黒砂糖も入っているせいで、色がちと黒っぽいな。

もうちょいサフラン入れるか。

「あっ」

サフランをひとつまみ入れようとしたら、手が滑ってざばっと山盛り入った。……まあいいか！

おっとそうだ、クルミとヘーゼルナッツを忘れるとこだった。砕いて入れよう。

「それから、ウニも入れちゃう！」

「ウニ⁉」

冷蔵運輸のおかげで、隣の港町の魚介類が新鮮なまま運ばれてくる。ユピテル人はウニも好物だ。

こういうところ案外、日本に似ている。

「どうしてウニを！」

ティトが叫ぶように言った。

前世でそういうアイスがあったんだよ。北海道でカニとウニのアイスがあるの。

私は食べたことないけど、普通に売っているくらいだからおいしいと思う。

前世の話は説明できないのが残念だ。

「ガルムも垂らしておこう。ウニにぴったり」

ガルムは魚醤《ぎょしょう》だ。大豆のお醤油とは風味が違うが、塩味でユピテル料理には欠かせない。ちょいとクセのある香りで、海産物とよく合う。

おや、また色が黒っぽくなってしまった。えーと、食用バラの白い花びらを入れてアレンジしよう。香り付けにもなっていい感じ。

「よし、完成！」

「………」

私が意気揚々と言ったのに、ティトは黙ったままだった。

「あとはかき混ぜながら凍らせる、と。ラスたちと遊びながら待っていよう」

最近のあの子たちは、お馬ごっこがブームらしい。

棒の片方にもう一本棒を結んで馬の頭に見立て、またがって走り回るのだ。

頭の部分に藁を結わえて本物っぽくしたら、大好評だった。

彼らは今、七歳。もう少し大きくなったら、本当の乗馬を習う予定である。

十歳のハミルカルが加わったので、彼と一緒に体育館《スタディウム》通いをしてもいいかもしれない。体育館は町のあちこちにあって、ユピテルの青少年の運動場になっているのだ。

そして数時間後、究極を目指すアイスクリームが完成した。

容器からお皿に盛ると、茶色かったり黒かったり妙な色合いである。おかしいな、きれいな色になるように調節したのに。まあいいか。

お皿の上に盛られた見慣れない色のアイスに、アレクとラスは固まっている。ハミルカルとティトも無言である。

おや、今、アレクがティトを見た。彼女は首を振っている。

「姉ちゃん、俺さ、宿題があるからもう行かなきゃなんだ。な、ラス？」

「えっ？　そ、そうですね」

「じゃあ食べてから宿題やりなよ。すぐ食べられる量でしょ」

「…………」

「…………」

妙な沈黙が漂う。なんでやや。

しばし後、決意を込めた顔でラスがスプーンを握った。アレクが焦ったように止める。

「やめろ、無理すんな。死んじゃうよ！」

「いいえ、ゼニス姉さまがせっかく作って下さったのです。食べないとシャダイ男子の名誉に関わります」

「ラス王子！　お気を確かに！」

ハミルカルが青ざめている。アレクは拳を握りしめた。

「ラス、お前、そこまで……っ！」

なにそのやりとり……。

ラスが緊張みなぎる眼差しでアイスをすくう。するとそのスプーンをティトが取り上げた。

「ラス殿下、失礼します。ゼニスお嬢様。まずはご自分で食べてみて下さい」

差し出されたスプーンを受け取る。ティトの圧がすごい。

仕方なく一口、ぱくっと口に入れて。


その時の私の心象風景は。

火山噴火もかくやという大爆発が巻き起こり、私はそれに巻き込まれて宙を舞っていた。意識が吹き飛びそうになり、魂が半分幽体離脱したような気分になった。

そのくらいすごかった。

すごく……マズ……かった……。

「姉ちゃん！」

「お嬢様!?」

「ゼニス姉さま!!」

耐えきれず、床に崩れ落ちた私は皆をたいそう心配させ。

その後、半永久的な料理禁止を言い渡されたのだった。

ティトいわく「結婚式のアイスの味付け、料理人に任せて正解でしたね。お嬢様がやっていたら大惨事でした」。

基本のアイスはあくまで基本に忠実に、アレンジしないで作ってたから、こんなことにはならなかったのだ……。

食材を無駄にしてしまって、とても申し訳ない。

究極にして至高のアイスクリームは、来世までおあずけのようだ。

閑話　ミリィと麦酒

アイスクリーム大爆発事件（主観）から、また少しの時間が過ぎた。

夏の残暑が続く中で、私たちはいつも通りに過ごしている。

六月のティベリウスさんの結婚式が終わってから、アレクは一人で寝るようになった。

四月は私が不在で寂しい思いをしたようだ。そのため五月は毎日一緒に寝ていたけれど、ついに卒業してしまった。

お兄さん役のハミルカルの存在も、いい転機になったのかもしれない。

あの子の成長は嬉しいけど、ちょっぴり寂しいなあ。

アレクとラスはいつも仲良し。

勉強ができて秀才タイプのラスと、活発で運動が得意なアレクは、お互いに良い刺激になっているようだ。

今はさらにハミルカルが加わって、三人で仲良くしているよ。

話は変わって。本日の魔法学院での講義を終え、私が研究室に戻ろうとした時のことである。

「あなたがゼニス先生？　氷の魔女の」

廊下で呼び止められた。

氷の魔女はなぜかすっかり定着してしまったので、もう諦めている。そのうちどっかの山に氷の城を作ってやるわ。

振り向くと、私と同じくらいの年頃の女の子が立っていた。身なりは質素で、裕福な学生が多い中で少し浮いている。金髪に緑の目の、お人形さんみたいに可愛い子だった。

私は今、十歳。学院に入学した七歳の頃から三年経ったが、それでもまだ周囲は年上ばかりだ。なので同年代に見えるその子は新鮮に映った。

「はい、そうですよ。学生さんですか？　何かご用ですか？」

つい、教師仕様の丁寧口調で答えてしまった。同年代相手だからタメ口でよかったかな。

するとその子は、急に床に跪いた。

「私はミリィ・ヘルウェといいます。お願いです、ゼニス先生！　私を弟子にして下さいっ」

「え？　え？」

廊下の途中で突然、他人から最上級の礼を取られ、私はうろたえた。

慌ててその子の腕を取る。

「とりあえず立って。そんな姿勢をされても、困っちゃうよ」

「お願いです、弟子にしてくれるまで立ちません！」

なんでや！

それからも立って、立ちません、と押し問答していると、すぐ先の研究室のドアが開いてティトが顔を出した。

「大きな声を出して、どうかしましたか？」

「ティト、助けて！　この子が立ってくれないの！」

「はあ？」

経緯を聞いたティトは、ミリィの横にしゃがんで言った。

「とにかく、部屋の中に入って下さい。そんなところにうずくまっていたら、通行の邪魔ですよ」

「うう……」

邪魔と言われて、ミリィは渋々立ち上がる。

その腕に触れて私は言った。

「話、聞くよ。ティト、お茶を淹れてくれる？」

「はい」

うつむいたままの彼女を促して、私たちは研究室に入った。


「さっきはごめんなさい。他にいい方法が浮かばなくて」

冷たい麦茶を飲んで、ミリィは落ち着いたらしい。ぽつぽつと事情を話してくれた。

「あたしはこの学院の一年生です。入学して半年くらい。どうしても魔法使いになりたくて、親に無理を言って入学したの。でも最近、お父さんの商売がうまくいってなくて、お金がなくて……。授業料が払えないんです。このままじゃ退学になっちゃう。だから氷の魔女の弟子になって、お金を稼ぎたいんです！」

「ミリィのおうちの事情は分かったけど、どうして私の弟子になるなんて言い出したの？」

この子とは初対面だ。いきなり弟子入り希望されてビビったわ。

「だって、みんな言ってます。氷の魔女は新しい商売を考えて、お金持ちだって。それに貴族なのに平民にも心を配る、優しい子だって」

はぁ〜〜？　なんじゃね、その謎の評判は。

またティベリウスさんあたりが変な噂を流したのか？　勘弁してほしい。

ティトがこそっと耳打ちしてくれた。

「ティベリウス様に掛け合って、マルクスと彼のお母さんを助けてあげたでしょう。あの一件が美談になってるんですよ」

「そりゃ知らなかった」

ミリィは麦茶のカップを握りしめながら続ける。

「あたしは平民で、まだ十一歳の子供だから、お金だって自分じゃろくに稼げない。でもあたし、どうしても魔法使いになりたいんです！」

お、一コ上か。同い年ではないが、同年代だね。

魔法使い志望の同年代の子だから、できれば助けてあげたい。でも誰も彼もを援助するわけにはいかない。もうちょっと話を聞かないと。

「ミリィはどうして、魔法使いになりたいの？」

「軍隊に入るためよ」

あれ？　なんか、予想外の答えが来た。

確かに国軍は男性、それも十七歳の成人を迎えた男性しか入隊できない。ただし例外は魔法使いだ。魔法使い枠であれば、女性も軍人になれる。

「どうしてまた、軍隊に？」

「それは……」

ミリィはカップを持った指をもじもじと組み合わせた。

「お兄ちゃんを追いかけるためです」

「お兄ちゃん？」

「あたしの憧れの人です！　近所に住んでいる五歳年上の人で、小さい頃からずっとずっと大好きだったの。いつか必ず、お兄ちゃんのお嫁さんになるんだって決めてた。でも、お兄ちゃんの家も貧しいから。軍に入って、実家に仕送りするんだって言って。来年、十七歳の成人を迎えたら、すぐに軍に行っちゃうんです！　だから私も魔法使いになって、軍に入って、お兄ちゃんを追いかけなきゃ!!」

ミリィは宝石みたいな緑の目に涙を溜めている。

いやこれ……反応に困るぞ。

必死なのは伝わってくるんだけど、生死に関わるとかではないし。どうしたものか。

「まあ、そうだったの！」

しかし、意外にもティトが身を乗り出した。

「小さい頃から一途に想い続けるなんて、とても健気だわ。ああ、ロマンチック！　ゼニスお嬢様、助けてあげましょうよ。何か仕事を割り振って、授業料の代わりにすればいいじゃないですか」

「簡単に言うね。仕事って言っても、一年生でしょ。まだ魔力操作もできないよね。ただの十一歳の子に振れる仕事なんて、特にないよ」

魔法学院の一年生は、魔法語を学んでいる途中。魔法の実践は二年次から始まる。

だから冷たいようだが実際、仕事はない。そして誰にでも施しが出来るほど、私の心も財布も余裕はない。

「それに軍に入ってお兄さんを追いかけるって言うけど、軍人になれば自動的に同じ配属先になるわけじゃないよね。国軍の管轄は広いよ、首都の周辺から属州の辺境まである。それはどう考えてるの？」

「ちゃんと調べました。軍に入る時点で結婚していたら、夫婦として同じ場所になるよう配慮してもらえるんだって」

と、ミリィ。

魔法使いは人数が少なくて貴重だから、そういう配慮もあるのか。

ていうか、軍人は除隊するまで結婚禁止だったような気もするけど、そこらも特例なんだろうか。

魔法使い強いな。

私はさらに言ってみる。

「でも結婚してたらでしょ？　ミリィまだ十一歳だよね。来年、お兄さんが入隊するんだよね。十二歳で結婚は無理じゃない？」

ユピテルの成人は十七歳だが、女性は十五歳程度で結婚する人もいる。でもさすがに十二歳は厳しい。

「それも調べたわ。入隊から三年経ったら、一度まとまった休みが出るんだって。それでお兄ちゃんが里帰りしたら、その時に結婚するの。……既成事実を作ってでも！」

「まあ！」

ひえぇ！

ティトは頬を赤らめたが、私は背中がヒュッとなった。十一歳にして恐ろしい子……！

年齢イコール恋人なしの私にはとても真似できない。

入隊後三年ってことは、今から四年後。ミリィ十五歳。うう〜ん、ギリいけるといえばいける。

いやぁ、ここまで聞くと力を貸してあげたい気がしてきた。思ったよりもしっかり、計画の目算を立てているみたいだから。

とはいえ、今の私はフェリクスの看板を背負っている。ミリィは真剣に悩んだ末に私のところに来たのだろうが、軽々しく前例を作ってしまうとただのタカリや群がりに対処が難しくなる。

どうしようか。何かヒントはないかと聞いてみる。

「そういえばミリィ、あなたのおうちは商売してるの？」

「エールの醸造と酒場をやってる。でも最近、お客さんが冷たいワインの方に行っちゃって、売れ残りが多いの」

おっと、それ、私も関係していますね。

それでエールか。ビールのことだね⁉

「へえ、エールを造ってるんだ。ワインばかりのユピテルじゃ珍しいね」

「うちはノルドの移民だから。あっちじゃエールが主流なの」

ノルドは北西山脈の向こうに住んでいる民族。部族がいっぱいあって、群雄割拠状態でいる。部族全部をひっくるめてノルド人という。

シリウスのご先祖と同族だ。確かに、ミリィもきれいな明るい金髪に緑の目をしている。色素が薄めなのはノルド人の特徴だ。

そして、エール。ビール。

私は前世、お酒はビールが一番好きだった。居酒屋行ったら「とりあえずビール」と昭和の親父のような頼み方をしたものだ。

クリ〇アサ〇が家で冷えてると思えば、深夜の残業も頑張れたのだ！　アイスと並んで私の癒やしである。

「よし、分かったよ」

私は重々しく頷いた。

「弟子は取ってないけど、お金の問題は何とかしてみよう。一度、ミリィのおうちに行っていい？」

「…………！　ありがとう！　いつでもいいよ！」

こうして明日、ミリィの家を訪ねることになった。

一途に恋する少女は応援したいではないか。決してビールが飲みたかったからではない。


ミリィの家はユピテルの貧民街近く、平民の中でも比較的貧しい人々が暮らすエリアにあった。

行き先の治安があまり良くないからと、ティトの他に使用人と奴隷が護衛についてきてくれた。

その他の場所と同じく五～七階建てのアパートが立ち並んでいるが、石造りが一階部分だけだったり、あまり造りが良くない。表通りの建物ならばきれいに塗られている漆喰《しっくい》も、ところどころひび割れて剥がれている。全体的に薄汚れた雰囲気だった。

ミリィの家はその一階部分にあった。中くらいの太さの路地に面した小さな酒場兼、住居だ。酒場も兼ねているから、住居としてはかなり狭い。

「氷の魔女様、娘がわがままを言ったようですみません」

私が挨拶すると、ミリィの両親は恐縮していた。夫婦ともノルド人らしい金色の髪に色の薄い瞳の人たちだ。

「いえ、私が来たくて来たんです。あと氷の魔女はやめて下さい。ゼニスと呼んでもらえると嬉しいです」

慣れてきたとはいえ、やっぱりその二つ名は落ち着かないよ。誰だよ定着させた人。ティベリウスさんか？

リウスさんといえば、昨日のうちに私がミリィの家を訪れてエールの可能性を探る話をしておいた。話が進んだらまた報告する予定だ。

さっそくエールを見せてもらう。こじんまりしたお店に似合う、小さい樽に詰められていた。

木製のジョッキに注いでもらって、一口。

ユピテルでは子供の飲酒も禁止ってわけではないが、アルコールの摂り過ぎはよくないだろう。ここは味見程度にしておく。

……うん。あんまり美味しくない。

ぬるいし、雑味も多い。炭酸はごく弱くて喉越しもいまいち。

私がぱっとしない表情でジョッキのエールを見ていたら、ミリィのお母さんが言った。

「口に合いませんか」

「……ちょっと思ってたのと違いました」

「故郷がある北西山脈のふもとでは、もっと美味しいエールができたんです。ユピテルは水が濁っているし、暑すぎるから」

そう言ってからはっとしたように、「すみません、ユピテルの悪口を言うつもりはないんです」と付け加えた。

移民のノルド人は肩身が狭いんだろうな……。

私はうなずいてみせた。

「なるほど。おいしいお水と涼しい気候がエールには大事なんですね」

「はい。山の雪解け水で仕込んで、山から吹き下ろす風のもとで熟成させたエールは、とってもおいしいですよ。ノルドではエールは家庭で造ります。主婦の仕事なんです」

「妻のエールは村で、いいえ、あの一帯で一番と評判でした。支族のいさかいに巻き込まれて故郷を追われた時も、このエールがあればどこででも生きていけると思っていたのに」

お父さんが眉尻を下げている。

ユピテルがワイン主流でエールが蛮族の酒扱いされているのは、民族性もさることながら、気候による品質の違いも大きそうだ。

ユピテル本土はワイン用のブドウ栽培に適した土地がたくさんある。

一方、エールの原料となる大麦は冷涼な気候で育つ。涼しい地方属州産が多いわけだ。首都ではさほど品質がいいものは手に入らないだろう。水や気候も然りだ。

どうしたものかと考えながら、エール造りの様子を見せてもらった。

水を含ませて発芽させた大麦を砕き、一時間ほど鍋で煮る。温度が上がりすぎないように、かき混ぜながら弱火にかける。

それから漉し器で濾過《ろか》して、麦芽などを取り除く。

さらに何種類ものハーブを混ぜ合わせて投入。あとは数日置いておくと若いエールになる。

その後は好みで七日程度熟成させて、完成。

ビールにおなじみのホップというものはないらしい。その代わりにハーブ類を入れているようだ。

「ハーブの種類や組み合わせで風味が変わります。腕の見せどころですよ」

ミリィのお母さんはそう言って微笑んだ。

しかし、ホップがないのは無念だな。カカオ豆もそうだけど、前世には当たり前にあったものが足りなくて不便である。

そのうちプラントハンターのチームを組んで各地に派遣するべきかもしれない。いよいよ本当にキイと相談して、南部大陸の奥まで行ってきてもらおうかな？

そして今回はワインの時のように、冷やすだけで劇的変化とはいかない。

でもでも、この程度で美味しいビールを諦めてたまるか。

いや違った、ミリィの一途な恋を諦めてはいけない、だった。

私が腕組みして考えていると、入口の方で声がした。

「親父さん、今日の分の大麦を持ってきた」

「ああ、ありがとう。こっちに置いてくれ」

見れば、十代半ばくらいの少年がズタ袋を肩に担いでいる。焦げ茶の髪に同色の瞳の、よく日に焼けた人だった。色彩や顔立ちからして彼はノルド人ではなく、ユピテル人だ。

「ガイウスお兄ちゃん！」

ミリィが飛び上がって彼に駆け寄った。

「ゼニスさん、この人がお兄ちゃんよ！　素敵なひとでしょ！」

「ミリィ。やめろ」

ガイウスはぶっきらぼうに言ったが、ミリィを邪険にしている様子はない。

お互いに軽く自己紹介すると、ガイウスは私が貴族ということに面食らったようだった。

彼はあまり喋らず、すぐに「次の仕事があるから」と店を出ていく。

私はガイウスを追いかけ、店を出た所で話しかけた。

「ガイウスさん」

「さんはいらない」

「じゃ、ガイウス。私、ミリィに頼まれてここに来たんだ。……軍に入隊するのと、結婚の件で」

「…………」

後ろを振り返るが、ミリィは店の中にいる。小声で喋れば聞こえないだろう。

「ミリィはあなたと結婚したいと言っていたけど、ガイウスの気持ちはどうなのかなって」

もしこれがミリィの一方的な片思いなら、私は手を貸すべきじゃない。確かめておかないと。

ガイウスは表情を変えず、しばらく黙ったままでいた。ちょっと不安になりかけた時、ようやく口を開く。

「別に、嫌ではない」

お？

「私はミリィに協力してあげたいと思ってる。それでいい？」

重ねて問うと、彼はまたしばらく黙った後に、言った。

「あいつは、今はまだ妹のようなものだが。俺を好いてくれる気持ちは、嬉しかった。だから、よろしく頼む。いや……貴族にそんな口のききかたはいかんな。どうか、お願いします」

「――了解！」

日焼けした頬がうっすら赤くなっているのを見て、私はうなずいた。そういうことなら任せておきなさい。

二人の幸せと私のハッピービールライフの一挙両得といきましょう。


それからの私はバリバリ働いた。

まず、ティベリウスさんに掛け合って水質の良い土地の別荘を借りた。ユピテルから徒歩で数日の位置にある、山あいの避暑地だ。

次に白魔粘土を何日か吐く寸前まで頑張って作って、余剰分をもらってきた。それを大きな箱の内側に張って、大型冷蔵庫もどきを作る。

同時にノルド産の大麦を手配した。届くまでに少し時間がかかるが、それは仕方ない。

ミリィの両親にお店を一時休業してもらって、別荘に滞在させた。お店は閑古鳥が鳴いていたから、構わないとのことだった。

別荘の良質な井戸水と冷蔵庫もどきの安定した低温を使い、エールを造ってもらう。

ついでに別荘の比較的涼しい常温でも造ってもらおう。

前世、ビール好きだった私は多少の知識がある。十度以下の低温で熟成すると下面発酵と言って、いわゆる前世ののど越しスッキリなビールになるのだ。

十五度以上だと上面発酵のビールになる。こちらは豊かな香りと味わいが楽しめる。

低温の下面発酵がラガー、高温の上面発酵はエールと呼ぶんだったっけな。

それぞれ発酵や熟成の期間が多少違ったはずだが、そこはエール造りに精通したノルドの民。ミリィのお母さんは心得ているとのことで、任せた。

そうして、約一ヶ月後。夏は終わっても、まだいくらかの暑さが残る初秋の季節。

出来上がったラガーとエールを小ぶりの樽に詰め、ユピテルのフェリクスのお屋敷まで運んでもらった。

大きな氷の樽でキリッと冷やしてグラスに注ぎ、いざ！

「なんてこと。おいしいわ」

最初は「蛮族の飲み物でしょ」と難色を示していたオクタヴィー師匠が、目を丸くしている。

「炭酸ののど越しで騙されそうになるが、酒精はそれなりに強いね」

と、ティベリウスさん。彼はラガーが気に入ったようで、もう一杯目のグラスを干してしまった。

ワインを水割りで飲むのに慣れているユピテル人としては、ビールのアルコールは強く感じるんだろうね。

「シャダイ教では、ぶどう酒の飲酒に制限があるのです。麦から造った酒であれば、気にせずに飲めます」

これはヨハネさん。実はお酒好きだったらしく、嬉しそうだ。

私もラガーとエールを一口だけ飲んで、口当たりと喉を滑る感触を楽しんだ。子供の舌にお酒はちょっと苦い。美味しく飲める大人になるのが楽しみだ。

「このエールに合う料理は……食材は、スパイスは……」

ぶつぶつ言ってるのは料理長だ。彼の頭の中では、さっそく色んなレシピが組まれているみたい。

「蛮族のイメージを払拭できれば、新しい商品になりえると思うんです」

私が言うと、皆がうなずいた。

ティベリウスさんが二杯目のラガーを持って言う。

「これも氷と冷蔵の力で造った酒だからね。フェリクスの事業の一環として、支援を行おう」

「ありがとうございます……！」

ミリィの両親が深々と礼をしている。この美味しいエールには、ノルド人である彼らの協力が欠かせない。頑張ってもらわないとね！


あとは安定した生産確保と、悪いイメージを覆さないと。

でもそれも時間の問題だと思う。特に悪いイメージの方は、美味しいもの好きで異文化に抵抗が薄いユピテル人なら、けっこうすぐ馴染んじゃうのではないかな。

エールが軽んじられていたのは、品質が悪いっていうのが大きかった。

ワインとの競合は一部起きるだろうが、そこまで深刻にならないと予想している。

というのも、ワインは常温で長期保存ができるからだ。すぐに腐ってしまう水の代わりに、軍や隊商などで大量に使われている。

ビールの保存性はあまり高くないので、この点の競合はない。

白魔粘土はまだまだ供給不足で、そうそう使えないし。

というわけで。

ユピテルの暑い夏と公衆浴場の熱気で温まった体に、冷えたエールをぐいっと一杯。

お好みでアイスもかき氷もある。もちろんワインでもいい。

ふへへ、ばっちりじゃないか。早く大人の体になって、エールの苦味をウマイと感じたいわあ。


こうして私の未来のビール愛飲生活は保証されて。

ミリィは魔法学院での勉強を継続し、若い恋人たちの幸せな将来は途切れずに続くこととなった。

めでたし、めでたし。

閑話　お嫁さんはどんな人？

六月に嫁いできた花嫁さんは、リウィアさんという。二十一歳で、オレンジブラウンの髪と琥珀色の目をした美人さんである。

いつもおっとりニコニコと笑顔を浮かべており、私にもアレクとラスにも優しくしてくれる。

彼女の生まれは騎士階級《エクイタス》。貴族と平民の間にある身分だ。

騎士階級は一定以上の資産を持つ平民がなる身分。リウィアさんの実家は、運送ギルドに強い影響力を持つ大商人だった。

フェリクス本家が冷蔵事業をスタートさせるにあたって、強力な運輸網を持つリウィアさんの家と提携をした。

大事業を共同で手掛けるのだ。ビジネス上の関係とはいえ、両者の絆は強くないと困る。でも大貴族と大商人では、お互いに価値観が違うし信用できない面がある。

それでティベリウスさんとリウィアさんの結婚で、婚姻関係を結んだのだった。

ぶっちゃけ政略結婚ってやつだね。

ある秋の日のこと。

私がミリィの家のエール造りに奔走していた頃だ。

ミリィ一家は山あいの別荘地に行って、エール造りをしている最中。エールは熟成期間も必要だから、完成まで手持ち無沙汰だった。

ここしばらく、白魔粘土をかなり無理して作り続けていたので、疲れが溜まっていた。

少し昼寝でもしようと思い、フェリクスのお屋敷の廊下を歩いていく。

すると、リウィアさんが使われていない小部屋に入っていくのが見えた。手には籠を持っていたような気がする。

どうしたのかな?

嫁いできてもう三ヶ月ほど経っているから、家の中で迷うことはないと思う。でもまだ不慣れだろうし、探しものでもしてるのかも？

心配したというほどでもなく、私は軽い気持ちで彼女の後を追った。

ほんの少し開いたままのドアの前まで来ると、中からなにやら物音がする。布をがさがさする音、あとなんかモッチャモッチャみたいな音。

「ふひぇ～、あ～、もう、しんど～」

ちょっとくぐもった声もした。いつもと調子が違うけど、リウィアさんの声だ。

なんだ……？　でも、しんどいって言った？　具合が悪いのか？

心配になってきた。慣れない新居で心を許せる人もおらず、具合が悪いのを無理に我慢してるとか⁉

「リウィアさん⁉　大丈夫ですか！」

思い切ってドアを開け、小部屋に飛び込んでみると。

部屋の中でリウィアさんが、お行儀悪くあぐらで座り込んでいた。干しイチジクを入れた籠を足の間に置いて、モッチャモッチャと食べていた。

私と目が合って、彼女は凍りついたように固まる。

その口の端から、イチジクのかけらがぽろりと落ちた。

「ゼニスさん、絶対誰にも言わないで！　あぐらかいてたなんて、絶対に秘密よ！」

無言で見つめ合うこと十秒ほど、リウィアさんは飛び上がるようにして立ち上がって、私の肩を掴んできた。

「そうだ、これ。これあげるから！　口止め料！」

籠の干しイチジクを無理やり手に押し付けられる。私は何がなんだかさっぱり分からない。

「えっと、あの……」

「今、あなたは幻覚を見たの。あぐらをかいて地べたに座っていた女はいなかった。いいわね⁉」

「あ、はい」

彼女はそう言って、そそくさと出ていこうとする。

「ちょっと待って下さい、リウィアさん」

「何⁉　まだなんかあるの？」

「しんどい、って聞こえたんですけど。大丈夫ですか？」

無理に元気を装っているなら、やめた方がいいと思う。どこかで無理は祟るもの。前世の私みたいに……。

そう思って言ったのだが、彼女は戸惑ったように視線を泳がせて。

やがてため息をついた。

「はぁ……。やっぱ、隠し続けるのは無理だったかなあ。上手くやってたつもりだったのに……」

下唇を突き出してふうっと息を吐いて、前髪を揺らしている。

そんな仕草をしていると、大貴族の奥様というよりお転婆なお嬢さんという感じだ。

リウィアさんは今度はドアをきちんと閉めて、部屋の中に戻ってきた。

「ゼニスさん。悪いけど、聞いてくれる？　私の悩み」

「私でよければ」

「ありがと。他の誰に言うわけにもいかないし、あなたが適任かもね」

壁際まで行って、床に腰を下ろす。私も少し間をあけて、隣に座ってみた。

「私ね、嫁いできてからずっとしんどいの」

干しイチジクの籠を引き寄せながら、彼女が言う。

何があったのだろう。やっぱり愛のない政略結婚が嫌だったんだろうか。それとも本当は好きな人がいたのに、引き裂かれたとか……？

「ティベリウス様が…………かっこよすぎて、しんどい!!」

…………。

…………はい？

「最初にお見合いした時からドチャクソ好みだったのよ！　見た目はもちろん、中身も仕草も何もかも！」

「ドチャクソって、あんた」

思わず素で突っ込んでしまったが、リウィアさんは聞いていなかった。

「大貴族の御曹司らしい上品なルックスなのに、ちょっとS入ってるんじゃないかってくらいリアリストな性格。それなのに仕草はあくまで優雅！　ああもう、好き！　私の旦那様、世界一!!」

「ちょっと落ち着いて」

どうどう、と実家の犬や馬を落ち着かせる口調で言ってみた。

「あんな素敵な人と結婚できる幸せ者は誰だ、私だ！　ってなってしんどい、ほんとしんどい」

そしてモッチャモッチャとイチジクを噛みちぎる。

「イチジクでも食べなきゃ、とても耐えられないわ。ねえゼニス、この気持ちわかる？」

「分からんて」

いつの間にか呼び捨てにされていたので、私もタメ口で返してみた。

「ふふーん、そうよね、分かんないよね。だってティベリウス様は他の誰でもない、この私の旦那様だもんね！」

「もう帰っていい？」

「やだ、ゼニスつめたい。さすが氷の魔女」

「そんなこと言ったら、リウィアさんのこと『あぐらかいてイチジク食べる魔女』って呼ぶよ」

「あっはは、あんた面白いわねぇ」

リウィアさんはひとしきり笑うと、はあっと息を吐いた。どうやら落ち着いたようだ。

「……ごめん、見苦しいとこ見せたわ。ゼニスはまだ子供なのに、頼っちゃった。……ありがと」

「別にいいよ。ティベリウスさんが大好きなのは、よく分かったから」

「うん……」

すると彼女は、本当に落ち込んだような表情を見せた。

私は干しイチジクを一つもらってモッチャと噛み、先を促す。

「うん、大好き。けど、私、本当はこんなふうにガサツな女だから。本性を知られたら嫌われるんじゃないかと思って、ずっと猫をかぶってた。うちの実家のプルケル商会は、運送業でしょ。力自慢の荒くれ男がいっぱいいるのよ。そいつらに囲まれて育ったものだから、私もこんなでさ。女の仕事の糸紡ぎや機織りより、男どもと取っ組み合って喧嘩したり、武芸の腕を磨くほうが好きなんだ。父さんは私をなるべくいい政略結婚の駒に使おうとして、結局、ハタチ過ぎても嫁入りの当てがない娘になっちゃって、がっかりしてたわ」

ユピテルの結婚適齢期は十七歳の成人から二十代前半くらいとされている。特に女性は成人前に婚約が決まるケースも少なくない。二十一歳のリウィアさんは適齢期も後半だった。

「でも、おかげでティベリウス様っていう超大当たりを引き当てたんだけど！　だから私はもう後がない。それ以上にティベリウス様に嫌われたくない。それで、なるべくお淑やかなレディを演じてた。いずれ離婚になるとしても、良い妻の思い出として残ってほしくて」

「離婚？　まだ新婚なのに何言ってるの？」

「ん？　ゼニス、貴族なのに知らないの？　ティベリウス様みたいな大貴族が、騎士階級の娘と添い遂げるわけないじゃない。もっといい条件の結婚があったら、そっちに乗り換えるに決まってる。実際、ティベリウス様は再婚だしね。前の奥さんとは、実家同士の縁が上手く働かなくなったとかで、別れたみたいよ」

なにー!?　知らなかった。

確かにリウスさんは、ユピテル人としてはけっこうな晩婚だと思ってたけど。

そういや披露宴で、フェリクスのご当主が「今度こそ」みたいなこと言ってたっけ。再婚を指した言い方だったんだ、あれ。

なお、ユピテル人は離婚率も再婚率も高い。騎士階級や貴族なら政略結婚が当たり前で、それゆえに利益が噛み合わなくなったらあっさり離婚する。

再婚であれば多少年齢が上がっていてもＯＫで、特に女性は子供がいると、子を産んだ実績があるということでプラスに働く。

女性の再婚時、子供は元夫が引き取ったり、女性の実家で育てたりする。連れ子として再婚先に連れて行くケースもある。要は何でもありだ。

子持ち女性の再婚で、子供の存在がマイナスどころかプラスになるなんて、元日本人としては少し不思議な感覚である。

極端な例になると、妊娠中の人妻に惚れ込んだある男性が、人妻の夫に正面切って「奥さんに惚れました。結婚させて下さい」と直談判して、円満離婚の後に再婚した話もある。再婚後に生まれた子は新しい夫が育てたそうだよ。

「ま、そんなわけでね。いつまで続くか知れない結婚生活だから、できれば愛されたいじゃない。子供だって授かりたい。ただちょっとばかり、猫をかぶるのに疲れちゃう時もあるだけ」

リウィアさんは茶化して言ったが、その瞳は切なそうに揺れていた。

私は言ってみる。

「ティベリウスさんの好みがお淑やかな人だって、誰に聞いたの？」

「んー？　別に？　きっとガサツは嫌いだろうから、反対にしてみただけ」

「じゃあもっと素を出してみたら？　ティベリウスさんはオクタヴィー師匠と仲がいいけど、師匠はちっともお淑やかじゃないよ」

「妹と女の好みは違うでしょ。それにオクタヴィー様は、淑やかでないにしても気品があるもの」

むう、それはそうだが。

私が次の言葉を探していると、リウィアさんは立ち上がった。イチジクの籠を渡してくる。

「ありがとね、ゼニス。ずいぶん気が楽になったわ。また今度、話し相手になってくれる？」

「うん、それは全く構わないよ。でも……」

「あはは、それ以上はいいっこなし。じゃあね！」

そうして部屋を出ていってしまった。

いつもの女らしい歩き方ではなく、颯爽とした足取りが印象的だった。

私はこの件で、どこまで口を出していいのか悩んでいた。利害も絡む大人同士の話で、まがりなりにも夫婦間のことだから。

だが、転機は意外な形で訪れたのだ。

ミリィのお母さんのエールがお披露目されて、しばらく後。

仮のエール醸造所となっている山あいの別荘に、ティベリウスさんが視察に行くことになった。一度醸造の様子を見たいのと、本格的な醸造の場所を検討するためということだった。

同行者は私とリウィアさん、ティト、それに冷蔵運送事業に携わっている使用人が何人か。あとは荷物持ちの奴隷の人など。

別荘はユピテルから数日の距離にある。別荘では二泊することとなった。

往路も到着後の視察も問題なく終わり、夕食を取りながら意見交換をする。その後ミリィ一家は下がって、食休みの時間となった。

リビングに居るのは私とティト、ティベリウスさんとリウィアさん。明日の予定などを軽く話していた時のことである。

壁際の椅子に座っていた私の背後で、ふと妙な音がした。フシューとかそんな感じの、空気が漏れるような音。

「ゼニスお嬢様！　すぐこっちに来て下さい！」

ティトが壁を指さして、青い顔で叫んでいる。

恐る恐る後ろの壁を振り返ったら、天井の梁《はり》から垂れ下がるようにして縞《しま》模様の蛇がこちらを見ていた。その毒々しい色合いに気づいて、私はすぐに察した。

――やばい、これ、毒蛇だ。

イカレポンチ時代に故郷の山で何度か見た覚えがある。ユピテル半島の山に広く生息している毒蛇。危ないから見かけたら逃げろと、お父さんからきつく言われていた。

この別荘は山の中にある。どこからか紛れ込んできたらしい。

「ど、どうしよう」

声が震えた。蛇を刺激しないようゆっくり立って、その場を離れなければと思うのだが、足が強張ってうまく動けない。

蛇は舌をチロチロしながら、さらに近づいてきた。その縦長の瞳孔に無機質な殺気が見える。

私のことを噛む気だ。冷や汗が出る。この蛇の毒はそれなりに強い、子供の体の私なら死ぬかもしれない。

やっと足が動いた。時間にすればほんの数秒とか、そのくらいのごく短い間だったと思う。でも遅かった。

蛇がカッと口を開いて飛びかかってくる――。避けられないと感じて、私は思わず目をつぶった。

――カツンッ!!

乾いた音が響いた。

蛇の牙が突き刺さる痛みは、いつまで経ってもやって来ない。

恐る恐る目を開けて見れば、今まさに私に噛みつこうとしていた毒蛇が、ナイフに頭を貫かれて壁に突き立てられていた。

ナイフの柄の延長線上、飛んできた先にはリウィアさんの姿。投擲後の腕を振り下ろした姿勢のままでいる。

その両目はギラリと鋭い光を放って、壁の蛇をにらみつけていた。

「お嬢様！」

ティトに手を引っ張られて、つんのめるようにして壁際を離れた。

「リウィアさん……ありがとう」

「ありがとうございます、お嬢様の命の恩人です」

かすれた声でお礼を言うと、ティトも泣きそうになりながら感謝していた。

リウィアさんは泣き笑いのような表情で、「無事でよかった」と言った。先程の鋭さは嘘のように消えている。

それからティベリウスさんの方を向いて、一礼した。

「ティベリウス様、今まで騙して申し訳ございませんでした。私は見ての通り、ガサツで男のような武芸を好む、貴族にふさわしくない女です。離縁されても仕方ないと思っています。けれど冷蔵事業が安定するまでは、フェリクスのお家と我が実家のためにも、どうかこのまま……お仕えさせて下さい」

うつむいた喉が震えている。

ティベリウスさんはそんな彼女を眺めて、軽く腕を組んだ。

「なるほど。きみには違和感を覚えていたが、何重にも猫の皮をかぶっていたということか。まんまと騙されてしまった」

「………」

「夫を何ヶ月も騙すとは、悪辣な妻だ。ひどい話だよ」

「何と言われてもその通りです。罰を与えて下さるなら、甘んじて受けます」

「とはいえ、離縁はできないな。冷蔵事業は始まったばかり。きみの実家の力はこれから必要になるからね。では……」

彼はちょっと言葉を切ってから、続けた。

「投げナイフの他に得意な武芸は？」

「え？　ええと、弓と剣は自信があります。そこらの男には負けません」

「そうか。それでは命令だ。――そんな強いきみを、すっかり征服させてくれ」

「え？　え？」

戸惑っている彼女を、リウスさんは抱き上げた。横抱き、いわゆるお姫様抱っこである。

「ちょっと早いが、寝室に行くよ。奴隷たちは他に蛇がいないか確認してくれ。……ああ、寝室はいい。俺とリウィアでちゃんと見るから、邪魔をしないように」

リウスさんはいかにも可笑しそうに笑っている。

ぽかーんとしている妻の額にキスをして、さっさと行ってしまった。

後には無言の私たちと、ナイフで絶命した蛇が残された。

「えーと……」

何がどうなった。いきなり毒蛇が天井から降ってきたと思ったら、ナイフが飛んできて、夫婦の絆が深まった？

わけがわからん。わけわかめ。

「ティト、この状況、分かる？」

「分かりますとも！　リウィア様が強くて凛々しい方だということ、ティベリウス様は寛大で懐の広い方だということです。あぁ、素敵！」

ティトの目が夢見る乙女みたいにキラキラしている。どうやら年齢イコール彼氏なしの私には理解不能の世界に入っているようだ。

まあいいか、結果オーライで？

奴隷の人たちが蛇の死骸を片付けている。梁の上を覗き込んで、他にいないか確認が始まった。

結局他の蛇はおらず、私が泊まる部屋も安全が確かめられたので、休むことにした。


翌朝、絆を深めたらしい夫婦は、二人してやけにツヤツヤのお肌で朝食にやって来た。まあ深くは問うまい。

「ありがとう、ゼニス。あなたは私にとってウェスタの使者よ」

頬を赤らめながらリウィアさんが言う。ウェスタはかまどの女神で、家庭と夫婦の守り神とされている。ウェスタ本人（本神？）は永遠の乙女と言われているのに、不思議な神様なのである。

私が女神の使者ならあの蛇は聖獣だろうか。はた迷惑な話だね。

「いいよいいよ、その代わり、お礼にまたイチジクちょうだいね」

そう言い返してやったら苦笑いしてた。

何にせよ、彼女が明るくなってよかった。蛇で怖い思いをした甲斐があったというものだ。

「イチジクとは？　いつの間にゼニスとそんなに仲良くなったんだい？」

ティベリウスさんが問う。どことなく不満そうな様子だ。

リウィアさんはくすっと笑って答えた。

「内緒です。ティベリウス様といえど、女同士の秘密に立ち入ってはいけませんよ」

「おやおや。もう隠し事はなしだと、昨夜あんなに約束したのに」

うおおおお、空気が甘い！　黒砂糖と蜂蜜を混ぜてぶちまけたかのようだ!!

これが前世の恋愛小説で言うところの「砂糖を吐く」というやつか？

いたたまれなかったので、私は朝食を手早くお腹に詰め込んで席を立った。甘すぎて胃もたれするわ。

後で合流したティトとミリィが、昨日の件で楽しそうに恋愛談義していた。

ティトが蛇をやっつけたリウィアさんのかっこよさと、その後のお姫様抱っこを語って「きゃー！」とか言ってる。

うんうん、スイートだねえ。

でも私は甘い空気より甘いお菓子の方がいいな。本気でそう思ってしまうから恋愛駄目駄目なんだろうね。

私自身の転機は当分、下手すると今生も一生、訪れないかもしれない。

まあ、別にいいか！

追記。

リウスさんはリウィアさんの本性に割と早いうちから気づいていたらしい。

気づいてたのなら教えてあげればいいのに。乙女心をもてあそぶ、女の敵である。

……あれ、でも、リウィアさんは彼のそんなところも好きだからいいのか？　ワカンネ。

それで気づいてはいたが、さすがに投げナイフで蛇を仕留める腕前とは知らなかったそうな。

「強い女性は好きだよ。精神的にも、肉体的にもね。その方が乗りこなし甲斐があるじゃないか」

とのこと。

十歳の子供にさらっと聞かせるセリフじゃねぇわ。これだから色々とオープンすぎるユピテル人は！　と思いました。まる。

参考図書リスト　――もっと古代ローマを知りたいあなたに――

『ローマ人の物語』（塩野七生／新潮文庫　二〇〇二年第一巻発行）
『古代ローマ人の24時間　よみがえる帝都ローマの民衆生活』（著）アルベルト・アンジェラ、（訳）関口英子／河出書房新社　二〇一〇年）
『古代ローマの日常生活』（著）フィリップ・マティザック、（訳）岡本千晶／原書房　二〇二二年）
『奴隷のしつけ方』（著）ジェリー・トナー、（訳）橘明美／ちくま文庫　二〇二〇年）
『ラテン語図解辞典』（水谷智洋／研究社　二〇一三年）
『古代ローマの女性たち』（著）ギイ・アシャール、（訳）西村昌洋／文庫クセジュ　二〇一六年）
『古代ローマの日常生活』（著）ピエール・グリマル、（訳）北野徹／文庫クセジュ　二〇〇五年）
『通商国家カルタゴ』（栗田伸子・佐藤育子／講談社学術文庫　二〇一六年）
『古代の船と航海』（著）ジャン・ルージェ、（訳）酒井傳六／法政大学出版局　二〇〇九年）

あとがき

『転生大魔女の異世界暮らし』第二巻、お読みいただきありがとうございました。

今回の旅の舞台となったソルティアは、現実の史実のカルタゴという国をモデルにしています。古代ローマ史の中でも一大イベントである、第二次ポエニ戦争――ハンニバルとスキピオで有名なあの戦争の当事者となった国です。

作中では戦争はずいぶん昔に終わって、今は一大農業地となっている土地です。


ハンニバルとスキピオの物語は大好きなエピソードです。

第三次でカルタゴを完全に滅ぼすポエニ戦争は、ローマをイタリア半島の小国から地中海の覇者へと押し上げる重要な転機になりました。

一方でカルタゴは、それ以前は海軍大国としてギリシアと地中海の覇権を争う国でした。初期においてはローマよりもカルタゴの方がずっと強かったのです。

手に汗握る戦闘の行方と、ハンニバルとスキピオのライバル関係。ローマとカルタゴの国としての有り様など、様々な要因が絡まりあった戦争でした。

この部分をごくわずかでも作中に登場させたくて、カルタゴをモデルとした土地へ旅するお話になりました。

ここでこれ以上ローマ史について語るのもどうかと思いますので、代わりにおすすめの書籍を参考図書リストとして掲載しておきます。中でも『ローマ人の物語』はとても長い小説で、通読するのはなかなか大変。ハンニバルとスキピオのお話のように、盛り上がる部分から読むのもいいと思います。

なお、『ローマ人の物語』文庫版では三～五巻がその部分に相当します。


さて、話は変わりまして。

本作のコミカライズ連載中です。藤田先生の可愛らしく素敵な絵で描かれるゼニスが、生き生きと漫画の中で動き回っていて、原作者冥利に尽きる出来となっています。小説の読者様にぜひ見ていただきたい、素晴らしい作品になりました。どうぞお楽しみ下さい！

最後に、本作を出版に導いて下さった編集のO様、キャラクターと世界にビジュアルを与えて下さったイラストレーターのｓａｒａｋｉ様、書籍化に力を貸して下さったＴＯブックスの皆様にお礼を申し上げます。

それでは、またどこかでお会いできることを願いながら。

二〇二四年五月吉日　灰猫さんきち

コミカライズ第1話試し読み

漫画：藤田 麓
原作：灰猫さんきち
キャラクター原案：saraki

TENSEI DAIMAJYO NO ISEKAIGURASHI

きんきん
キラキラ金曜日！
ぎょっ
華金《はなきん》
花の金曜日～！
明日は
うきうき週末で
だけどわたしは
出勤日!!
あははは っ
どーーん

待ってくださいゼニスお嬢様！
また変なことばかり叫んで！
やっと追いついた
ティトおそーい！
早く来ないと遅刻でタイムカード押しちゃうよ！
はぁはぁ
なんですかタイムカードって
わたしもわかんない！
ダッ
あっ
正義の味方は高いところが好きなんだよ
よじよじ
なんですかそれ
降りてくださいお嬢様がケガでもしたら奥様に怒られちゃう
そんなヘマしないよ！

見て！
ザザッ
セーラーな美少女戦士の決めポーズ！
月に代わって――
ぐら…!!
あ
どしゃあっ
ゴッ
お嬢様!!
ズキン
ズキン…
痛い
痛い
フォン
何？

私の中には
赤ん坊の頃から
ふたつの記憶と人格が
混在していた
ユピテル共和国の
片田舎に生まれた
弱小貴族《パトリキ》の長女
ゼニス・フェリクス・エラルと
21世紀の日本で
32歳まで生きた
社畜《しゃちく》喪女《もじょ》

私は前世仮想世界の魔法使いのようだと憧れて
プログラマという職業に就《つ》いたものの
ブラック労働に明け暮れて不摂生のすえに過労死をした
そんなふたつの記憶が混在していた私の頭は
頭を打った衝撃で急激に整理された
私はゼニスこの村の領主の娘で先月誕生日を迎えた7歳女児
そして前世の記憶を持っている
つまり私は
異世界転生を果たしたのだ!

ゼニス
よかった
目が覚めたわね
お母さん…
ここは？
家よ
あなた木登りして
木から落ちたのよ
ティトが
真っ青になって
家まで運んで
くれたの
大丈夫そうだから
仕事に戻るわね
キィ
うん
バタン
きゅ
うわあああああ
なんてこった
頭がまともに
なったおかげで
全部思い出した！
私は相当な
イカレ幼女に
なっていたんだ！

これまでのイカレポンチゼニスまとめ☆
おやつはポテチがいい！
ポテチ？
美少女戦士のおもちゃがほしい！
納期までもう時間がない！
こうなったら土下座だ！
ビターン！
ぽーい
コブラツイストぉ！
いたたたたたっ
!?
そして今日は
きんきんキラキラ金曜日〜！
うわあああ
お父さんとお母さんは
こんなイカレ幼女をよく見捨てないで育ててくれたな…
ガク…
ここユピテルの文化レベルはおそらく中世以前
なんなら古代ローマとかその辺なので
児童福祉なんて概念もないため
どこかで捨てられていてもおかしくなかった

私たちの大事な娘
大丈夫よ ゼニス
ううう心の底から申し訳ない
育ててくれてありがとう…!
だーっ
ばんっ
お嬢様!
おねぇちゃん
ティト
アレクも
起きたと聞いたので
お水を持ってきました
ありがとう ティト
それから今までごめんね
どうしたんですか?急に
こんなイカレポンチの子守《こも》りは大変だったでしょ…
ティトも子供なのに

お嬢様がそんな普通の人みたいなことを…
えー…
ちょんちょん
ドン引きしないで
おねぇちゃんまだあたま痛いの？
大丈夫？
アレク…
今までさんざん
くらえっ
かめ◯め波ぁ！
とかやってたのに
ビクッ
優しいな…
ニコッ
大丈夫だよ心配してくれてありがとう
お嬢様お医者さんを呼んだほうがいいのでは？
ヒミッ
本当に大丈夫だから

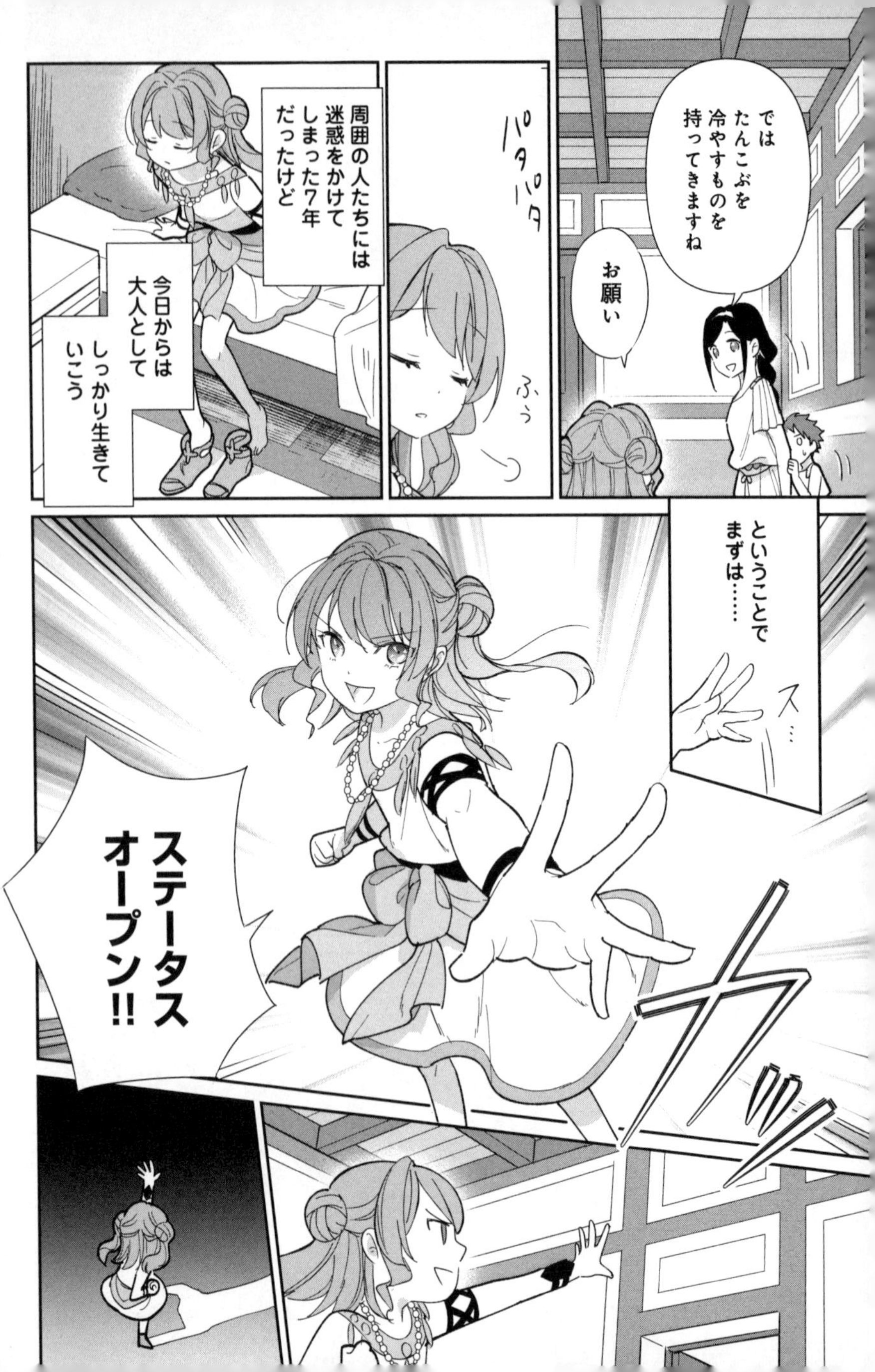

ではたんこぶを冷やすものを持ってきますね
お願い
パタパタ
ふぅ
周囲の人たちには迷惑をかけてしまった7年だったけど
今日からは大人として
しっかり生きていこう
ということでまずは……
ス…
ステータスオープン!!
カッ

残念ながら この世界に ステータスは ないらしい
ねぇティト この世界には スキルは あるかな?
じゃばー
はい?
ほら 人が身につける 特別な技術とか 技能とか……!
お裁縫《さいほう》とか お料理ですか?
そうそう それが天の声? みたいなものに 与えてもらったり 神殿とか行って 鑑定してもらうやつ
お嬢様

技術は練習して
身につける
ものです
スン…
そんなわけの
わからない方法で
得られるわけ
ないでしょう？
あ、はい
すみません
ぱっ
じゃあ魔法は!?
魔法は
あるよね？
私は魔法が
大好きだ
ゲームでも
魔法系のキャラを
選んでいたし
この世界に
魔法があれば
あんなことや
こんなことが…
大魔法!!
空を飛ぶ!
精霊たちと仲良し!
魔法ですか……
都会のほうでは
あると
聞いたことが
ありますが
あたしは
見たことない
です
ガーン

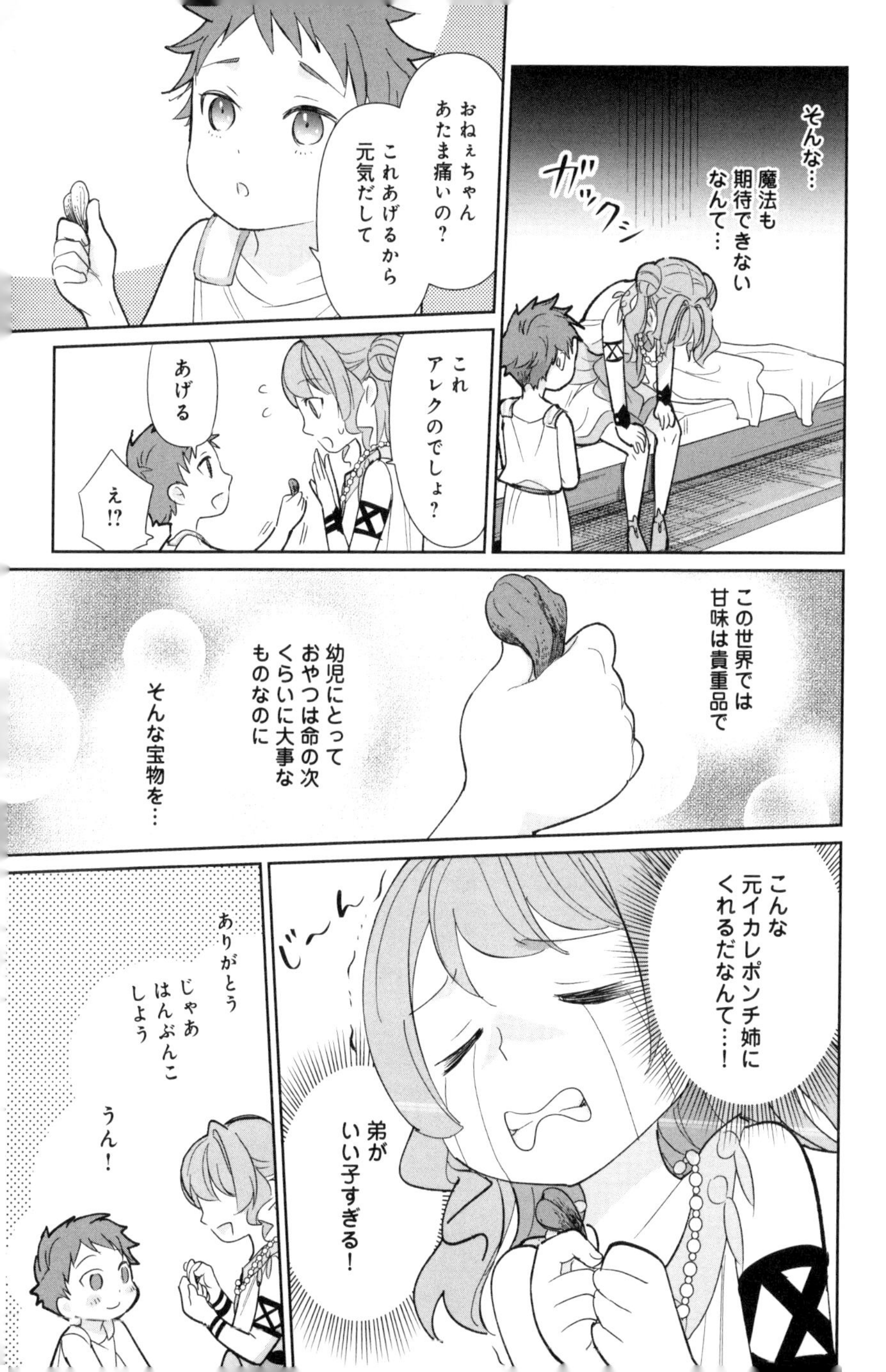
そんな…
魔法も期待できないなんて…
ガックシ
おねぇちゃんあたま痛いの？
これあげるから元気だして
これアレクのでしょ？
あげる
え!?
この世界では甘味は貴重品で
幼児にとっておやつは命の次くらいに大事なものなのに
そんな宝物を…
こんな元イカレポンチ姉にくれるだなんて…！
じ〜ん
弟がいい子すぎる！
ありがとう
じゃあはんぶんこしよう
うん！

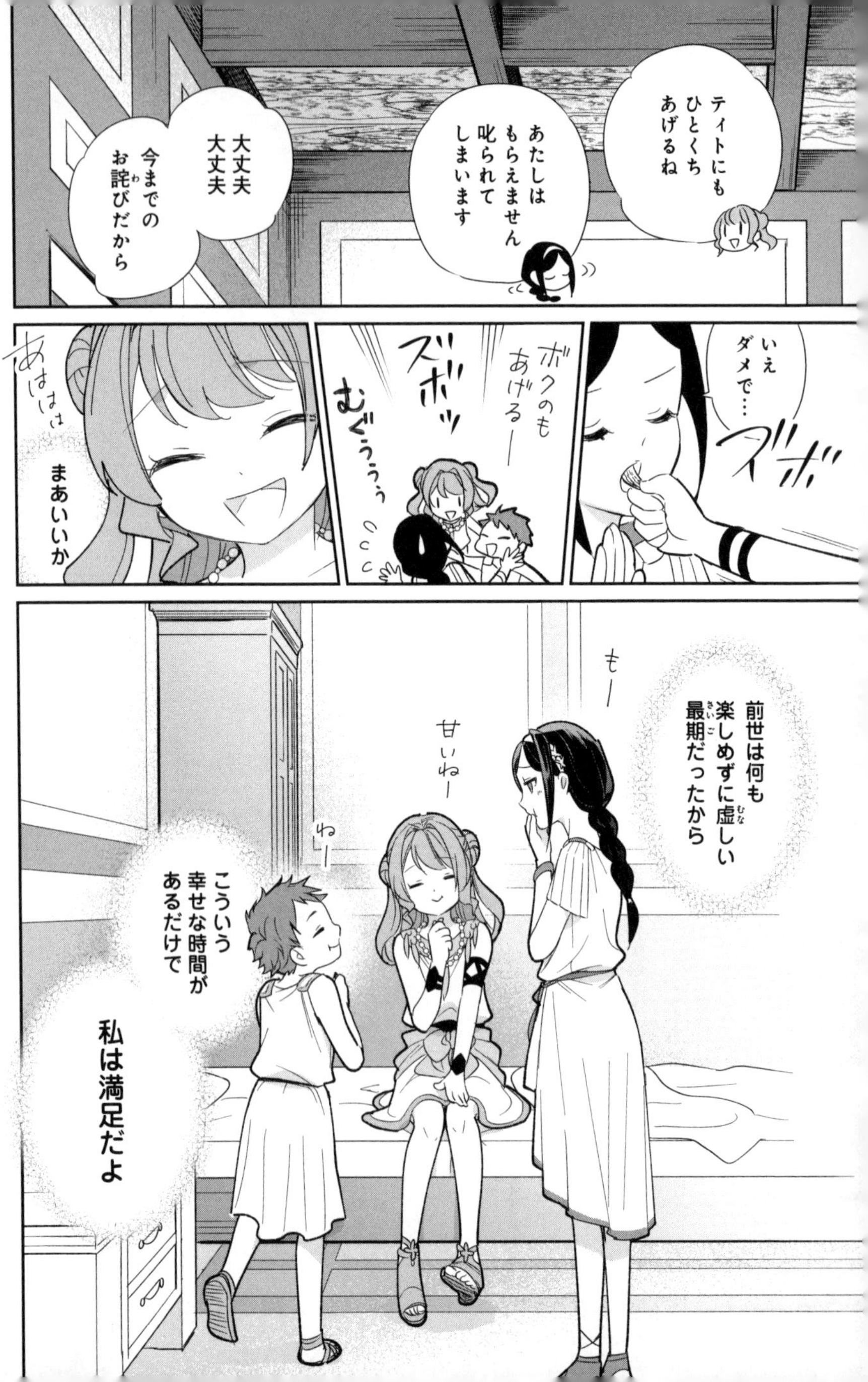

テイトにも
ひとくち
あげるね
あたしは
もらえません
叱られて
しまいます
大丈夫
大丈夫
今までの
お詫《わ》びだから
いえ
ダメで…
ズボ
ボクのも
あげるー
ズボッ
むぐううう
あははは
まあいいか
前世は何も
楽しめずに虚《むな》しい
最期《さいご》だったから
もー
甘いねー
ねー
こういう
幸せな
時間が
あるだけで
私は満足だよ

転生大魔女の異世界暮らしⅡ
~古代ローマ風国家で始める魔法研究~

2024年6月1日　第1刷発行

著　者　灰猫さんきち

発行者　本田武市

発行所　TOブックス
〒150-0002
東京都渋谷区渋谷三丁目1番1号　PMO渋谷Ⅱ　11階
TEL 0120-933-772(営業フリーダイヤル)
FAX 050-3156-0508

印刷・製本　中央精版印刷株式会社

ISBN978-4-86794-187-4

Printed in Japan